KB118117

미리도
괴리도
없시

미리도
괴리도
엽시 성석제
소설

문학동네

차
례

블랙박스

─블랙박스요? 내비게이션 말고요?

너는 스마트폰에서 눈을 떼지 않은 채로 물었다. 가게 바깥에 쓰여 있는 내비게이션과 블랙박스의 글씨 크기 차이를 상기시켜주듯.

─블랙박스요. 나 같은 기계치도 다루기 쉬운 걸로.

올 데가 아닌 데를 온 것 같다는 생각에 말을 우물거리는 내가 어떤 사람인지 대충 알겠다는 듯 너는 조금 더 낮은 음성으로 확인했다.

─블랙박스요, 사장님. 차는 가지고 오셨죠?

너는 종이상자가 벽면 가득 천장까지 쌓여 있는 곳으로 목을 돌려 뭔가를 가리켰다.

─요샌 내비게이션 겸용 블랙박스도 나와요. 비싸서 그렇지.

나는 복잡한 건 필요 없다고 말했다. 비싼 것도.

─중국산도 괜찮아요. 디자인은 좀 떨어지게 나와도 전자제품 생긴 거 보고 사는 건 아니잖아요. 기본기능만 확실하면 되죠. 고장날

게 별로 없어요. 가장 중요한 건 아주 저렴하다는 거죠.

나는 그 중국산 블랙박스가 얼마나 하느냐고 조심스럽게 물었다. 국산 블랙박스의 가격도 알아두고 싶다고 했다.

—사장님은 전후방 투 채널에 주차중 녹화기능까진 필요 없고 해상도는 중간 정도면 되겠는데요. 저기 십만 원짜리면 충분하겠네요.

네가 일어섰다. 갑자기 기둥이 하나 생긴 것 같았다. 키가 나보다 한 뼘, 아니 최소 반 뼘은 큰 것 같았다. 너는 긴 팔을 뻗어 선반에 있는 종이상자를 꺼내서 자리에 앉았다. 네가 상자를 열려는 순간 밖에서 내 또래의 남자가 들어와 물었다.

—밖에 서 있는 그랜저가 사장님 차예요?

나는 그렇다고 대답했다.

—아이구, 연식은 십 년도 훨씬 넘었던데 아직도 새 차 같네요. 차를 되게 깨끗하게 조심해서 타셨나봐. 아끼고 정든 차일수록 기왕이면 블랙박스도 좋은 걸 다세요. 좋은 기계를 사면 다른 차 사도 그 차에 기계를 옮겨 달면 되거든요.

그 차는 세 달 전까지는 중학교 동창 독고태원의 것이었다. 태원은 2008년 미국발 세계금융위기 때 '위기는 기회'라면서 사업을 시작해 부도를 내기까지 친가, 외가, 처가, 친인척, 동창, 친구, 직장 동료, 군대 동기, 고향 선후배 등등 돈 꾸어줄 사람을 찾아 동분서주하다가 자신의 차에서 이십 미터쯤 떨어진 비탈 아래에서 두개골이 파손된 채 발견되었다. 차는 멀쩡했다. 자동차 전용도로의 갓길에 멈춰 있었고 엔진은 사망 추정시간 두 시간 전부터 꺼져 있었다. 경찰은 차의 연료통에 기름이 전혀 없었노라고 했다. 태원의 주머니에서 나온 지갑에는 잔고가 없는 체크카드와 유효기간이 지난 신용카드 다섯 장, 스무 장쯤 되는 명함이 있었다.

　—돈이 없어서 기름을 제때 못 채워가지고 다니다가 다리 위에서 기름이 떨어진 게 틀림없어요. 책임보험밖에 안 들었으니까 보험사에서 주유 서비스 같은 것도 못 받고, 새벽이라 지나가는 도로공사 차도 없었고. 이럴 때 차 밖에 나가서 얼쩡대봐야 졸음운전이나 음주운전 하는 차에 치여 죽기 딱 좋은데. 비상등 켜고 앉아서 기다릴 것이지.

　순찰차의 경찰관이 순식간에 상황을 정리, 요약하고 난 뒤 태원의 아내는 자신의 시누이가 아니라 남편의 친구이자 채권자 가운데 하나인 내게 쓰러졌다. 나는 도대체 두 사람이 무슨 관계냐는 듯 경찰, 시누이가 수상하게 바라보는 것을 의식하면서 그녀를 경찰차의 뒷자리에 태웠다. 태원의 차는 견인되어 경찰서 앞마당까지 따라왔다.

　—차는 어떻게 하실 거예요?

　경찰관이 진술조서를 프린트하며 묻자 태원의 아내는 경찰이 아니라 나를 향해 차를 좀 부탁한다고 했다. 자신은 차를 운전하지 못하고 남편 생각이 나서 그 차를 보기조차 두렵다고 했다. 그녀는 태원이 내게 진 빚에 대해 자세히 알지 못했고 자신의 남편이 죽기 일주일 전 내게 더이상 돈을 빌려줄 능력이 없다는 이유로 얼마나 지독한 욕설을 퍼부어댔는지 모르고 있었다. 사흘 뒤 영결식장에서 그녀의 여동생이 조금 더 확실하게 언니의 뜻을 전했다. 망설이던 끝에 그 차를 받아온 게 보름 전이었다.

　차를 타고 다니면서 사진을 찍거나 녹음을 하거나 메모를 하는 건 주의가 분산되고 위험하고 번거로운 일이지만, 블랙박스를 달면 입으로 말만 하면 원할 때 그걸 다시 돌려볼 수 있었다. 내가 모르는 내 삶, 내가 모르는 의식의 변화를 지켜보는 게 가능해질 것 같았다. 가령 내가 죽을지도 모를 교통사고를 당하기 직전에 어떤 표정일지, 그런 사고가 어떻게 일어나고 또 어떻게 내가 모르는 채로 아슬아슬하게 사고를 모면하는지 알고 싶었다. 내가 그 차의 전 주인처럼 제 운명에 잡아먹히는 순간을 블랙박스가 기록한다면 살아 있는 사람들은 어떤 기분으로 그 기록을 볼까. 어쨌든 블랙박스가 있고서야 그 모든 흥미로운 일이 가능해질 것이었다.

가게 주인은 네가 꺼냈던 종이상자를 치우고 가게 앞쪽에 진열돼 있던 블랙박스를 가지고 왔다.

—보자, 이게 요새 새로 나온 최신형이에요. 이건 국내 블랙박스 전문업체가 전량 국내 공장에서 생산한 거예요. 전후방 카메라에 실내 녹화 다 되고 고해상도, 화각 이백이십 도, 터치 엘시디 달고 메모리도 상시녹화 때 쓰는 거 따로, 주정차 때 쓰는 거 따로예요. 배터리 방전 방지기능에다가 주차 감시, 고온 보호모드까지 있어요.

—얼만데요?

—이렇게 여러 가지 최신 기능에 최상급 해상도, 메모리 용량 빵빵한데도 이십오만 원밖에 안 합니다. 제휴카드 할인받고 육 개월 무이자 할부에 세이브 포인트 하면 부담도 없어요.

—난 그렇게 비싸고 좋은 거 안 써도 되는데……

가게 주인은 너와는 대조적으로 작고 영리하고 끈질겼다.

—싼 맛에 중국제 찾는 사람이 있어서 우리도 팔긴 하지만, 화질도 후지고 언제 고장날지 몰라요. 저만 망가지면 좋은데 멀쩡한 차 배터

12

리까지 방전시켜버린다니까. 그런 싸구려 달아봤자 고장나면 우리만 욕 들어먹고 고치는 값이 더 들어요. 좋은 차에 좋은 걸 다셔야죠.

차 안에 번개탄을 피우더라도 내가 죽어가는 과정이 고급 제품으로 고해상도로 찍히는 편이 싸구려로 흐릿하게 보이는 것보다는 더 극적이고 모양이 나을 것이라는 생각이 들었다. 나는 그걸 달아달라고 했다.

너는 가게 주인이 시키는 대로 새 종이상자를 가지고 와서 내용물을 꺼냈다. 네가 밖에 있는 차에 블랙박스를 장착하러 간 사이, 가게 주인은 내게 제휴카드가 없으면 이참에 하나 만들라고 했다. 나는 순순히 카드 발급 신청용지를 달라고 했다. 내가 신청 양식을 작성하는 동안 너는 내 차에 블랙박스를 장착했고 가게 주인이 치과에 간다면서 자리를 비우자 상담용 테이블로 와서 나와 마주앉았다.

—어? 박세권? 나하고 이름이 똑같으시네. 우리 동명이인이에요, 동명이인.

나는 대수롭지 않게 대꾸했다.

—지금 전국에 투표권 있는 박세권이 예순일곱 명 있죠. 오늘 그중 두 사람이 만났네요.

—아, 솔직히 내가 사장님 하도 순진하시고 사탕발림에 잘 넘어가고 하는 것 같애도 그냥 놔둘라 그랬는데, 우리 동명이인이고 하니까…… 이거 카드 결제 할부로 해서 비싼 이자 물지 마시고 일시불로 하고 포인트 할인 오 퍼센트 먼저 받으세요. 카드는 대금 청구되고 한 달 있다 해지하시면 돼요. 쓸데도 없고 연회비만 아까우니까.

너는 카드회사에 전화를 걸어서 카드 발급 신청을 하고 그 카드로 결제를 하면서 이름을 부를 때마다 어색해했다. 내게는 그게 순진하게 보였다. 결제를 마친 뒤 너는 나와 함께 내 차로 가서 차의 시동을 걸고 좌우방향을 보며 녹화가 제대로 되는지 확인해주었다. 그 블랙박스에 최초로 녹화된 사람은 너였다.

—사장님, 저 박세권이에요. 내비게이션 가게요. 블랙박스.

한 달 뒤에 너에게서 전화가 왔을 때 나는 그나마 글이 잘 써지는 카페 구석자리에서 노트북컴퓨터로 핀볼 게임을 하고 있었다.

—아, 예. 제가 좀 바쁜데요.

—사장님, 제가 최대한 빨리 용건만 말씀드릴게요. 사장님, 인터넷에 댓글 올린 적 있으세요?

나는 핀볼 게임을 보류 상태로 만들고 전화기를 바꿔 쥐었다.

—왜 그러시는데요?

—저 인터넷에서 이상한 글을 봤거든요. 이름만 안 나왔지 완전 우리 가게 욕하는 이야기던데요. 어떤 사람이 블랙박스 달러 갔는데 이리저리 한 삼십 분을 사람 들었다 났다 졸라 헷갈리게 하다가 자기네 마진이 많이 나는 걸로 달아주고 바가지를 옴팡 씌웠다고요. 그래놓고 나서는 제휴카드를 발급받게 하고 일시불로 해서 포인트 할인 받으라네 한 달 있다 해지를 하라네 하고 잘해주는 척하더라고, 완전히 양심 불량에 거지같은 가게라고, 절대 가지 말라고 까놨어요. 블랙박스는 쓸데없이 복잡한 기능에 조작하기 힘들다고 볼 때마다 열받는데 바꾸러 가기 귀찮아서 참고 있다고. 유레카라는 회사 제품, 사장님한테 달아드린 그거는……

—잠깐만요. 제 블랙박스는 유레카 아니에요. 전화 잘못 거셨어요.

—사장님, 사장님, 하나만 확인해주세요. 사장님이 게시판에 그 글, 쓰셨어요? 솔직히, 예? 저도 그 거지같은 가게 때려치웠거든요. 그 가게 사장 새끼요, 내가 잠깐 내 개인사업 쉬는 동안 나가서 열심히 도와주고 나하고 진짜 친한 동네 사람들 내가 다 소개시켜주고 했는데 말이죠. 지는 매일 골프연습장 가서 여자들 끼고 살길래 중국산 물량 많이 받아놓은 거 몇 개 삥땅을 쳤는데 이 새끼가 가게 안에다 나 모르게 몰카 달아놓고 다 찍었어요. 기다렸다는 식으로 바로 짤라버리더라고요. 일 년 반이나 있었는데 퇴직금 한푼 없어요. 근데 내가 누구 시켜서 인터넷 게시판에 그 글을 올렸다는 거예요. 요새 손님이 뚝 떨어진 게 그거 때문이래요. 영업방해로 고소한답니다, 그 개 같은 새끼가.

나는 핀볼 게임의 세계신기록을 경신하는 일을 다음으로 미루었다.

—내가 썼습니다, 그거. 요새는 누구든지 자기가 생각하는 걸 표현할 권리가 있는 시대 아닙니까.

—예, 잘하셨어요. 잘하셨어요, 사장님. 아니 작가님.

—작가라는 거 어떻게 아셨나요?

—요새 인터넷하고 에스엔에스하고 검색이 얼마나 잘되는데요. 솔직히 그런 데다가 자기 이름 다 쳐보잖아요. 작가님 대한민국 동명이인 박세권 중에서 제일 유명하고 사진도 착착 뜨고 어디 사는지도 나오고 해서 금방 알았죠.

—확인하셨으면 이젠 끊죠.

—작가님, 요 옆에 성하동 원조할매기사식당에 아침 드시러 가끔 오시죠? 별다른 뜻 있는 거 아니고요. 이리저리 왔다갔다하다 만나면

막걸리나 한잔 대접할려고요. 작가님이 처음부터 형님, 저 고등학교 때 돌아가신 형님처럼 보였거든요. 세상에서 제가 제일 존경하고 사랑하는 형님인데 군대 가서 그만. 작가님은 저보다 여섯 살이나 위시고 정말 소설도 잘 쓰시고. 다음에 만나면 꼭 형님으로 모실게요.

　—아, 고맙지만 됐어요. 저 동생 많아요.

　—에이, 삼대독자 외아들이라는 거하고 이혼하고 친권 지정 박탈 당하신 것도 다 인터넷에 나오던데요.

　—이보세요. 지금 뭐하자는 겁니까? 당신 스토커요?

　—아니, 요새는 검색만 하면 그렇게 쉽게 알 수 있다는 거죠. 작가님처럼 유명한 분이야 말할 것도 없잖아요. 저 솔직히 형님, 아니 작가님이 정말 우리 동네에 이사 오신 게 고맙습니다. 저 작가님 책 우리 동네 도서관 가서 다섯 권이나 빌려와가지고 사흘 동안 쉬지 않고 읽었어요. 정말 감동적이었어요. 나이 마흔 넘어서 책 읽고 펑펑 울기는 처음이에요. 작가님 살아오신 건 개똥같이 굴러온 저랑은 딴판이지만 달라서 더 마음에 쏙쏙 와닿더라고요. 저는 고향이 원래 이 동네예요. 아버지가 군인이라서 여기저기 따라다니다가 군대 갔다 와서 여기 자리잡았지만요. 제가 살아온 거하고 우리 동네 사람들 이야기 하나씩만 써도 소설이 백 권은 쏟아질 겁니다.

　너의 장광설이 밉지 않았다. 나는 보름 안에 단편소설 마감을 해야 할 형편이었으나 어떻게 할 것인지 작정이 없는 상태였다. 너에게서 뭔가 만들어낼 수 있을 것 같은 가능성이 느껴졌다.

　써야 할 소설을 앞에 두고 절벽 앞에 선 듯 막막해지는 주기가 점점 짧아지고 있었다. 누구는 마감이 지나야만 소설을 쓸 기분이 난다고 하던데 나는 마감 독촉을 받는 게 대출 추심 전문 조폭의 목소리 듣기보다 싫었다. 조상 대대로 농사짓고 살아왔고 나 역시 농부 유전자의 지배를 받고 있어 자연의 시계에 때맞춰 파종하고 김매고 추수하고 하다보니 결과적으로 원고를 마감에 딱 맞춰서 준다는 식으로 말은 해왔지만 실상은 스스로가 마감 넘기는 것을 참을 수 없었다. 강박이었고 병이었다. 누구도 아닌 나를 내가 후려치고 물어뜯었다. 모르는 사람이 보면 일생일대의 부부싸움이라도 치른 꼴이 되었다.

하지만 원고를 마감에 맞춰 빨리 보낸다는 게 다음 원고를 청탁받는 데는 도움이 되지 않았다. 문제는 잘 쓰느냐 못 쓰느냐이고 더 큰 문제는 언제나 전과 다르고 새로운 것을 보여줘야 한다는 것이고 더 큰 문제는 독자를 움직일 수 있느냐 없느냐였다. 나이가 들면 소설을 쓸 거리가 차 있는 탱크는 줄어들고 감정의 에너지는 약화되어서 독자를 움직이기가 더욱 힘들어진다. 나도 모르게 동어반복적인 이야기를 하고 있다는 걸 알게 되면서 소름이 끼친다. 내가 원래 생각했던 소설, 문학이 이런 것이었나 생각하면 자괴감에 몸서리가 쳐진다. 쉽게 말해 내가 쓴 소설이 전혀 내 마음에 들지 않는다. 내가 썼다는 걸 부인하고 싶어진다. 필명을 쓸 생각을 한 적도 있다. 하긴 그러면 어떤 잡지에서 청탁을 하고 싶어주겠는가. 알량한 기득권도 포기하지 못하고 소설도 제대로 못 쓰니 미칠 것 같다. 어쩌다 들어오는 소설 청탁이 뜯어보기도 두려운 출두 통지서나 다름없다.

—이야, 서로 일 킬로미터도 안 떨어진 데 살았네.

—그러게요, 작가님. 서울은 동네가 바로 지척에 있어도 동 이름이 달라요. 오늘도 이 동네 사람이 저기 길 건너 성석동에 쓰레기봉투 버

린다고 호각 불고 사진 찍어서 고발한다고 난리치더라고요.

검은 피부, 무사형의 각진 얼굴을 한 너의 말은 생각 밖으로 상냥했고 곰살맞았다. 그건 큰 체구에서 뻗어나온 손을 잡았을 때 느낀 따뜻함과 부드러움처럼 친밀했다.

—내가 그쪽 동네니까 내일 배출하면 되겠구만. 고맙소.

—작가님, 정말 제가 덩칫값은 할 테니까 속이 뻥 뚫리게 형님, 하고 부르게 해주십시오. 말씀 좀 편하게 놔주시고요.

—그리 소원이라면 그럽시다. 인간관계라는 게 처음에 깨끗하게 하는 게 편리하거든. 할 걸 안 하고 어정쩡하게 놔뒀다가는 속으로 이 새끼 저 새끼 하면서 평생 시비를 하고 어색하게 대하게 되더라고. 보자, 우리가 여섯 살 차이라니까 그냥 동생이라고 할게.

너는 공손한 태도로 손을 모은 뒤에 "형님!" 하고 불렀다. 나로서는 오랜만에 들어보는, 마음을 두드려 울리는 호칭이었다. 내 마음이 움직이는 것을 눈치챘는지 너 또한 눈매가 부드러워졌다. 빈대떡집에는 내 또래의 남자들이 막걸리 병과 파전을 앞에 놓고 이멜다의 구두가 몇 켤레였는지를 두고 열을 올리고 있었다.

—그럼 자네는 그 일 그만두고 지금은 뭘 해? 결혼은 했겠지? 애들은?

—요새 정말 죽겠습니다. 돈 되는 일도 없고.

나는 약간 긴장했다. 너의 입에서 돈을 빌려달라거나 보증을 서달라는 말이 튀어나올까봐.

—형님, 요 앞 사거리에 통신사 간판 보이죠? 거기가 제 후배가 하는 데예요. 요새는 거기 가서 잠깐씩 일봐주고 있어요. 걔는 거기서

십 년째예요. 걔 말이 뭐가 돈이 좀 된다 싶으면 벌써 장사하고 있는 가게 옆이고 뒤고 가리지 않고 완전 양아치 새끼들이 깔세 내고 들어와서 수두룩 빡빡하게 장사해 처먹다가 장사가 안 된다 하면 덤핑으로 확 날려버리고 사라져버린대요. 지들이야 죽든 살든 모르지만 정상적으로 영업하던 가게들도 쓰나미에 다 걸린다니까요. 상도의도 없고 하루 벌어 하루에 다 써버리는 날파리 같은 애들이에요. 나도 옛날에 술집도 해보고 여자애들도 수십 명씩 둬봤는데 걔네들보다도 싸가지가 없어.

—술집도 했어? 어떤 술집? 종류가 많잖아.

넌 피식 웃었다. 짧게 깎은 검은 머리에 검은 유광 와이셔츠, 검은 바지가 잘 어울렸다. 검은 에나멜 구두까지 색깔을 맞춰서 입고 나온 게 틀림없었다.

—술집 아가씨들이 줄줄 따라왔겠구만. 한때는.

—아, 형님, 역시 작가님은 뭐라도 쉽게 알아보시네. 지금도 제가 전화 한 통만 때리면 SA급 애들로만 열 명은 동원할 수 있습니다.

—에스…… 그게 뭐야?

—에이, 왜 그러세요. 순진하신 척하시네. 스페셜 A급, 특 A다 이 말이죠. 소설가들은 그런 쪽 공부는 안 하시나요? 워낙 고고하신 분들이라.

—자꾸 소설가 소설가 하지 말게. 누가 들으면 쪽팔려. 돈을 잘 벌어, 알아주기를 해, 옛날처럼 읽어나 주나.

—설마요. 농담 아니라 제가 진짜 어릴 때부터 좋아하고 해보고 싶은 직업이 소설가였거든요. 저 어릴 때부터 집에 세계문학전집 한국

문학전집 전후일본문학전집 해서 소설이 하도 많아서 소설밖에 읽을 게 없었어요. 아버지가 직업군인이라 이사를 자주 다녀서 친구를 사귈 수가 있나, 전방에 방송 채널이나 많나…… 책은 뭘 봐도 어른들이 공부하는 줄 알고 간섭을 안 했거든요. 솔직히 저 어릴 때부터 빠꼼이라서 야한 역사소설, 일본 추리소설 엄청 봤어요. 젊을 때 잠깐 성질 못 참아서 사고 치고 한 일 년 국립 호텔에 갔을 때도 낙이라고는 소설책밖에 없었어요. 어떻게 소설가들은 수백만 사람들이 숨도 못 쉬게 저런 재미있는 이야기를 다 써내나, 나는 죽었다 깨나도 못 하겠다고 생각했지요. 형님처럼 소설 쓰는 분들, 정말 위대하고 우러러보인다니까요. 소설 읽다보면 꼭 내 일 같고 바로 내 아버지 엄마…… 성격들 다 나오더라고요. 형님, 정말 배우고 싶습니다. 어떻게 그렇게 남의 인생을 잘 아세요? 광화문에 자리 깔고 나가셔야 되는 거 아닙니까?

그때 막걸리 병이 각자 앞에 세 병씩 놓였다. 바람은 선선했고 주변에 사람도 없었다. 지난해의 열매를 아직 매달고 있는 플라타너스 나뭇가지에 걸린 청사초롱이 흔들거리며 여름 저녁의 시침을 빨리 돌게 만들고 있었다. 다음에 전화가 걸려왔을 때 너의 말투는 조금 더 사근사근해져 있었다.

―형님, 저녁바람 시원한데 뭐하세요? 자전거 안 타세요?

―아, 자전거? 그거 고장나서 베란다 처박아놓은 지 오래됐어.

―형님 자전거 마니아라고 문단에 소문이 다 났다면서요? 제 친구 동생이 자전거 가게 오픈했거든요. 형님 자전거 새 거로 개비해서 타세요.

자전거를 고치고 나서 이십 킬로미터가량의 강변길을 같이 달렸다. 너는 열세 살 때 자전거를 타본 게 마지막이라면서 곧잘 나를 따라왔다. 페달을 밟는 동안이나 잠시 숨을 돌리는 동안 가리지 않고 쉴새없이 이런저런 이야기를 늘어놓았다. 예를 들면 자전거 가게 주인의 형이 중국에서 삼천 원씩 주고 자전거를 들여와서 신문사 지국들에 판촉용으로 팔아서 떼돈을 벌었는데 인도네시아 원목에 현물 투자해서 다 말아먹었다는 식의 이야기였다. 안 써지는 소설에 대한 고민이 지칠 줄 모르고 떠들며 뒤에서 따라오는 동명이인의 이상한 사내에 의해 날아가고 있다는 느낌이 들었다. 한강변의 자전거 길과 동네의 길이 만나는 교차점에 음식점이며 술집이 많았다. 너는 익숙하게 한 곳으로 찾아들어갔다.

—형님, 여기가 이 지역의 야당 국회의원 단골입니다. 그 인간이 국회 안이나 밖이나 시끄럽긴 해도 맛있는 거 많이 알아요. 이 집 복국 끝내줍니다. 회도 좋고 지리도 좋고 매운탕도 괜찮아요.

그날 나는 만취해서 자전거를 탄 채 집으로 돌아오다 내리막길에서 균형을 잃고 된통 나동그라졌다. 잠이 들긴 했으나 다음날 아침 깨보니 제대로 일어설 수가 없었다. 겨우 운전을 해서 병원에 찾아가자 여러 군데 찢어지고 멍든데다 오른쪽 무릎뼈에 끌로 찍힌 듯한 자국이 생겨서 깁스를 하고 한 달은 통원치료를 해야 한다는 것이었다. 일단 찢어진 데를 봉합하고 압박붕대를 감고는 진찰실에서 나와서 너에게 전화를 걸었다. 너는 댓바람에 병원으로 달려왔다.

—형님, 이게 무슨 일이십니까그래. 액땜 크게 하셨네. 제가 이 병원 의사놈하고 친해요. 한여름이고 하니까 기부스는 꼭 안 해도 됩니

다. 그 대신에 절대 안정하고 나다니지 말래요. 제가 운전해서 댁에 모셔다드릴 테니까 일단 댁으로 가십시다.

얼떨결에 네가 치료비를 내는 것을 지켜만 봤다. 마치 오래도록 만나지 못했던 친동생이라도 만난 듯했다. 너는 나를 거의 업다시피 하여 삼층까지 올려다놓았다.

—이게 어디 사람 사는 뎁니까. 나는 성질이 더러워서 이렇게 창틀에 먼지 쌓이고 바닥이 쩍쩍 달라붙는 건 절대 못 참아. 형님은 가만히 누워 계세요. 삼십 분만 하면 설거지까지 싹 할 테니까.

너는 정말 부지런하고 유능했다. 큰 덩치가 바람 소리를 내며 빠르게 움직였다. 벽에 못을 박고 거울을 걸고 내가 이사를 다니면서 풀지도 않았던 묵은 옷들을 옷걸이에 걸었고 변기와 싱크대도 깨끗이 닦았다. 미안하고 고마웠다. 찬장에서 삼 년 묵은 유자차 병을 찾아내서 차를 만들어놓고 탁자에 마주앉으니 식구라도 된 듯했다.

—저녁은 어떡할 건가?

—형님 하라시는 대로 하죠. 해서 먹어도 되고 시켜 먹어도 되고 나가서 먹어도 되고. 뭘 드시고 싶으세요? 아니 형님, 이때까지 뭘 어떻게 해서 뭘 드셨어요? 여자 손이 없으니까 정말 집안 꼴이 말이 아니네요.

같이 저녁시간을 보내고 아무런 이야기라도 하고 걱정거리도 털어놓고 할 상대를 만난 게 얼마 만인가 싶었다.

—글쟁이 이십 년, 홀애비 된 지 십 년에 더 안 망가진 것도 어디야. 늑대 소굴, 뱀굴이 안 된 게 이상한 거지.

—왜 그쪽에는 소설가 하면 껌벅 죽는 여자 팬 많은 것 같은데 하나

쯤 물고 오시죠.

―소설 읽는 여자들이 얼마나 똑똑한데. 어쩌다 귀신에 씌어서 뭐가 된다 해도 일주일 이상 못 갈걸. 부담만 되지, 부양 능력도 없는데. 자넨 어쩌구 사나?

―전 일부러 꼬시는 편은 아닌데 어떤 여자든지 몸을 던질 때는 다 받아줘요. 받아줄 거라 믿고 던지는데 밑에서 모른 체해봐요. 뼈 부러져 죽는 거지. 극락 가기 위해 보시한다, 나중에 죽을 자리 잘 봐놓는다 생각하고 결혼까지 했죠. 재미도 없고 애도 없이 사는데 이게 꼴값한다고 샛서방 두고 한눈을 파는 눈치예요. 둘 다 확 잡아패서 죽여버리려다 또 국립 호텔 갈까봐 깨끗하게 찢어져줬죠. 그렇게 공덕을 쌓았더니 그럭저럭 괜찮은 여자들이 계속 줄지어 오는 거예요. 여자 아쉬운 건 없어요.

―그런 애들이 혹시 듀엣으로 오면 하나 부탁한다.

―에이, 듀엣으로 오면 쓰리섬하느라 바쁘죠. 셋이 한꺼번에 오거든 진짜로 형님한테 연락드릴게요.

다음날 오전, 너는 냄비에 고추장두부찌개를 담아서 집으로 왔다.

―할매기사식당 할매한테 혼자 사는 동네 형님 편찮으시다고 이야기했더니 오랜만에 음식 제대로 해본다 어쩐다 하면서 만들었어요. 멸치가 이게 가죽방렴이라고 진짜 죽방렴처럼 그물로 잡은 건 아닌데 모양이 그대로 있어서 한 마리에 몇십 원 하는 거래요. 시장에 건어물 파는 형님이 특별히 주신 건데 함 넣어봤죠.

내가 잠긴 목소리로 고맙다고 하자, 너는 내 얼굴을 꼼꼼하게 훑어보았다.

—형님, 어제 못 주무셨죠?

　—그래, 직업병이야.

　십여 년 전부터의 메모까지 모두 다 들여다보면서 꺼져버린 불씨를 다시 찾는 마음으로 하나씩 훑었다. 어떻게든 한 문장이라도 시작해보려고 애를 썼다. 예전의 문장은 불이 타올랐다가 꺼져버린 성냥개비 같았다. 하나같이 다음 문장을 끌어내지 못하고 제자리를 헛돌 뿐이었다. 바닥이 갈라져버린 습지, 불모의 황무지, 지하수면이 수백 미터 아래로 내려간 마른 계곡을 헤맸다. 입이 바싹바싹 말라와서 차만 수십 잔을 마셨다. 그 때문에 하룻밤에 열몇 번 다리를 절뚝거리며 화장실에 가야 했고 그럴 때마다 벽에 손을 짚고 서서 쌍욕을 해댔다.

　—에어컨을 놔야 할까봐. 더워서 그런지 한 줄도 못 쓰겠어. 도저히 못 견디겠다. 남극으로 이민을 가든가.

　너는 내가 말을 하자마자 다녀오겠다면서 밖으로 뛰어나갔다. 자전거 바퀴 구르는 소리가 들려왔다. 잠깐 기다려보라고 하던 사람이 오후가 되어도 소식이 없었다. 나는 침대에 누워 숨을 헐떡이고 있었다.

　—계십니까?

　에어컨 설치기사였다.

　—무슨 일이에요?

　—여기가 박세권씨 댁 맞죠? 성석동 655번지, 302호.

　—예, 맞긴 맞는데요.

　—대리점 사장님하고 무슨 사이세요? 딴 데 배달 가다가 하도 부탁을 하길래 중간에 빼돌려 가지고 왔어요. 안 그래도 에어컨 재고가 없어서 난린데.

주문하고 결제한 사람을 적는 난에는 분명히 내 이름이 선명하게 쓰여 있었다. 주소는 물론 맞았다. 이 사람이 그 사람이 아니고 이 주소는 그 주소 맞다. 설명하려니 골치가 아팠다. 그러고 보니 나는 너의 이름과 전화번호 말고는 아는 게 없었다. 에어컨은 삼십 분도 되지 않아 설치가 끝났다. 곧 오겠지 했는데 너는 에어컨 시운전이 끝나고 기사가 내 사인을 받아간 뒤에도 오지 않았다. 저녁이 되어 나는 네가 가져다준 찌개에 밥을 먹었다. 에어컨 때문인지, 멸치 덕분인지, 할머니 음식솜씨 덕인지, 허기 때문인지 무척 맛이 있었다. 내가 찌개 한 냄비와 밥 한 공기를 달게 먹기를 기다렸다는 듯 네가 왔다.

—야, 세권아, 너 뭐 예전에 쓰던 일기 같은 거라도 없냐? 연애할 때 주고받은 편지나 쪽지 같은 거. 베끼겠다는 게 아니고 분위기가 어떤지만 보잔 거야. 나 정말 급하다.

말을 먼저 꺼낸 건 나였다. 네가 유도한 것도 아니었다.

—형님, 그럼 잠깐만 기다려보세요. 제가 집에 한번 갔다 올게요.

너는 한참 있다가 돌아와서 꽤 두툼한 서류봉투를 내밀었다. 받아보니 뜻밖에 가벼웠다. 내용물은 요즘 보기 드문 습자지였다. 그 안에 빼곡하게 편지글이 적혀 있는.

군사우편으로 주고받은 듯 일련번호까지 매겨진 수십 통의 편지였다. 연인을 두고 군대에 간 남자가 있고 연상인 여자는 결혼을 하라는 집안의 재촉에도 남자를 기다린다. 여자의 아버지는 남자의 존재를 알게 되자 남자의 집에 찾아가 남자의 홀어머니에게 절대로 두 사람의 결합은 용납할 수 없다고 선언한다. 휴가를 나온 남자는 밤중에 연인의 방에 숨어든다. 목조주택의 방에서 가족들의 잠을 깨우지 않으려고 숨을 죽인 채 두 사람은 서로를 죽도록 탐한다. 그때 여자의 머리와 몸에서 풍겨나오는 냄새는 남자를 불기둥처럼 달아오르게 만들었다. 그렇게 밤을 새우고 여자의 방을 빠져나온 남자가 맞은 새벽의 빛, 거리의 소리, 쓰레기를 태우는 연기까지 생생하게 편지 속에 살아 있었다. 그런 시절은 내게도 있었다. 밤이 새도록 뜨겁게 떨며 서로를 더듬고 냄새 맡던 불안하고 사납던 시간이. 평생 잊을 수 없는 단 하룻밤의 기억이.

너를 보내고 난 뒤 오랜만에 나는 키보드를 두드렸다. 타이머를 세 시간으로 맞춰놓은 에어컨이 어느새 멎고 온몸이 땀으로 흠뻑 젖었지만 다음의 이야기가 잊힐까봐 무서웠다. 단거리 주자가 숨도 쉬지 않고 전력으로 질주하듯 달린 뒤에 나는 책상 아래 방바닥에 널브러졌다. 내 능력은 그게 한계였다. 결승선까지는 중간에도 미치지 못한 채로 힘이 다해버렸다. 죽고 싶었다. 죽이고 싶었다. 아무나.

정신을 차렸을 때 그래도 내가 가장 먼저 찾은 건 노트북컴퓨터였다. 보이지 않았다. 이상했다. 방의 배치가 바뀌어 있었다. 침대는 보송거리고 공기는 새벽이라도 되는 듯 서늘했다. 나는 몸을 일으키려다 말고 어지러워서 다시 쓰러졌다. 팔에 꽂혀 있는 주삿바늘이 눈에 들어왔다. 나는 좌우로 몸을 움직이며 노트북을 찾았다.

노트북은 있었다. 누군가 콧노래를 흥얼거려가며 내 노트북을 두들기고 있었다. 검게 물들인 군복처럼 각진 어깨가 낯설었다. 죽음의 사자인가. 머리끝으로 전류가 흐르는 듯했다.

—여보세요. 여보세요.

나는 있는 힘을 다해 외쳤다. 목소리가 나오지 않았다. 면도칼로 목을 도려내는 듯 아파왔다.

—아, 형님. 이제 살아나셨네.

너였다. 너는 삼 킬로그램 가까운 노트북을 한 손에 들고 나를 내려다보며 웃고 있었다. 내 목소리는 여전히 나오지 않았다.

—어제 오전에 궁금해서 댁으로 가보니까 형님이 쓰러져 있더라고. 큰날 뻔했어요. 의사 말이 무르팍 깨진 거 화농한 건 둘째 치고 인후염에 폐렴까지 살짝 겹쳤대요. 삼십구 도 넘는 고열로 사람도 몰라보고 헛소리까지 하시길래 병원으로 옮겨서, 보자, 지금이 스물여섯 시간째네요. 형님, 왜 에어컨을 켜지도 않고 창문은 다 때려 걸고 주무셨어. 전기세 많이 나올까봐? 아는 사람 없었으면 요새 같은 때 고독사해요, 고독사. 형님 나이를 생각하셔야지.

너는 웃고 있었다. 나는 네가 손에 들고 있는 노트북을 손가락질했다.

—아, 이거요, 형님. 제 동생놈 하나가 PC방 해요. 형님 집에 있던 노트북 이거 석기시대 돌도끼라는데, 그것도 맛탱구리가 갔더라고요. 그놈한테 가서 손 좀 봤어요. 바이러스에 엄청 걸려 있던데, 다시 돌아가는 게 신기할 정도로요.

나는 노트북을 내 앞으로 가져오라고 했다. 팔 년 전 모델이었지만 워드프로세서와 인터넷을 쓰는 데는 아무런 지장이 없었다. 그것 또한 내가 혼수상태에 빠져 있는 동안 완전히 고장날 뻔했다는 게 우연처럼 생각되지 않았다.

나는 한글 워드프로그램을 구동했다. 마지막 파일의 이름을 뭐로 저장했는지 기억이 나지 않았다. 최근 문서를 열었다. 그건 내가 쓴 소설이었다. 또한 아니었다. 나는 마무리를 하지 못했다. 능력이 없었다. 하지만 그 소설은 완성되어 있었다. '끝'이라는 글자까지 매달고서. 내가 한 번도 쓴 적이 없는.

　—도대체, 이 뭐……

　겨우 말이 바람 소리처럼 새나왔다. 어느새 너는 밖으로 나가 있었다. 너는 복도에서 간호사와 무슨 이야기를 나누면서 웃고 있었다. 멀쩡하다못해 능력이 넘치는 네가 가증스러웠다. 금방 그 간호사와 빈 병실에서 뒤얽혀 신음을 내는 광경이 연상됐다.

　—뭐라고 해명을 해봐. 뭐든 좋으니. 뭐라고 해보라고.

　겨우 말이 돼 나오기 시작한 건 하루가 지나서였다. 그동안 당혹감은 열과 함께 많이 가라앉았다. 내 소설 속에서는 처음으로 오십대의 남자가 주인공으로 등장했다. 내가 쓰지 않은 후반부의 문장은 십대처럼 거칠게 질주하고 있었고 어휘는 낯설었다. 십대에 만났던 여자를 연상케 하는 여자와 늦바람이 난 오십대 남자의 집착과 관능이라는 뻔한 소재를, 삼십대 여성 화자의 열렬하고 진실한 사랑으로 변주함으로써 근래 내가 쓴 소설에서는 전혀 볼 수 없던 이상한 힘이 생겼다.

　—요새 젊은 애들이 돈이 없어 연애를 못한대잖아요. 이십대는 청년 백수라 못해, 삼십대는 비정규직이라 돈이 없고 사십대는 가정을 지켜야 해서, 육십대 이상은 돈이 있어도 몸이 살짝 안 따라주고 좀 그렇죠. 그래서 오십대 남자하고 삼십대 여자만 진짜 열렬한 연애를 할 수 있다 이런 말이죠. 그런 세태를 반영해서 제가 손을 대봤습니다. 용서해주십시오, 형님.

악마에게 수혈을 받은 것 같았다. 나는 그 소설을 읽으면서 고대의 신화에 나오는 남매간의 근친상간을 보는 듯한 부조리함을 느꼈다. 형제가 한 여자와 뒤얽혀 있는 모습도 떠올랐다. 알몸의 남매, 형제 중 하나는 분명히 나였다.

─형님 소리 그만하고 인간 대 인간으로 이야기를 해보자고. 너도 소설을 쓸 줄 알아. 이야기의 힘을 구사할 줄 안다고. 그게 쉬운 게 아니라는 거, 또 누가 대신해줄 수 없는 재주고 업이라는 걸 알고서 넌 했어. 게다가 난 절대 죽었다 깨나도 못 쓰는 스타일로 네가 썼어.

─형님, 솔직히 그 소설이 컴퓨터 화면에 떠 있길래 좀 읽다가 그냥 덮으려고 했는데요. 나도 모르게 손이 나가버렸어요. 그 소설 앞부분이 너무 강렬해서 숨도 못 쉬겠는데 뒤에 가서는 바람 든 무처럼 매가리 없이 흐지부지하는 게 꼭 제 일처럼 안타깝더라구요. 어째 제가 좀 알 만한 이야기 같기도 하고 해서 몇 줄 더 보태보면 어찌되나 싶었는데…… 저도 어쩔 수 없게 손이 제멋대로 막 나가는 거예요. 그러고 나서 갑자기 노트북까지 맛탱이가 가버려가지고 파일 살려내느라 졸라 삥이 쳤죠. 솔직히 솔직히, 저도 뭐가 뭔지 모르겠어요.

─전에 정말 소설을 써본 적이 없나?

─없어요. 정말 제 인생을 걸고 맹세합니다. 이번에 말고는 한 줄도 써본 적 없어요.

─그런데 이런 문장이 어떻게 나와. 이건 전문적인 훈련을 거친 사람만 쓸 수 있어.

말하고 나서 보니 내 말은 틀렸다. 네가 이질적이고 독특한 감각을 보여주는 건 맞지만 오래도록 훈련을 받은 사람이 쓸 수 있는 압축과 상징, 복선 따위의 기술은 드러나 보이지 않았다. 소질 하나는 타고났다. 대충 말을 해도 저절로 문장으로 번역되는 것 같았고 문학과는 거리가 있는 낯선 어휘의 조합이 만들어내는 신선함이 있었다. 깊고 마른 우물 바닥에서 좁은 하늘을 쳐다보는 듯한 집중된 관점, 유치한가 하면 직설적이고 감성적인 표현은 정말 탐이 났다.

너는 삼각형으로 튀어나온 뒤통수를 긁었다. 그것도 연기처럼 보였다.

─사실 제가 마음먹고 기집애들 자빠뜨리려고 하면 편지부터 썼죠. 전화도 아니고 덩치 땜에 그런지 집 앞에 가서 죽치는 것도 잘 안 통하는데 편지는 말이 됐어요. 편지는 약발이 오래도 가요. 마누라가 이혼할 때 저한테 받은 편지를 샛서방하고 사는 집으로 가지고 갈려고 하더라니까요.

─됐어. 앞으로 어떻게 할 건지만 이야기해.

마감은 코앞이었다. 병원에 입원해 있다는 걸 이야기하면 다음 호로 연기가 될 수는 있었다. 그렇지만 다음 호가 아니라 다음다음 호로 연기한다 해도 지금 내 노트북에 들어 있는 소설보다 나은, 그 정도의 완성도에 다다른 뭔가를 쓰는 건 불가능했다. 너는 두 손을 앞에 모아 포개잡은 채 말했다.

─형님 편한 대로 하세요. 저한테 이건 그냥 접촉사고 같은 거예요. 잊어버릴 수도 있고 다시는 할 수 없을지도 모르고 제가 왜 그랬는지도 모르겠어요. 형님이 하라시는 대로 할게요.

내게는 그 소설이 내가 가지고 있던 모든 것이었다. 결국 나는 그 원고를 약간 수정해서 마감에 맞춰 잡지에 보냈다. 그 덕분에 나를 책

벌하지 않아도 되었다. 며칠 뒤에 내게 배달된 교정지에 노란색의 메모가 붙어 있었다.

─와, 선생님! 이번 소설 정말 최고예요! 교정볼 것도 별로 없구요. 그냥 표시한 데 확인만 해주시면 될 것 같아요. 깜짝깜짝 놀랐어요!

편집장으로부터 내 소설에 대해 직간접적인 언급을 들은 것은 등단 이후 두번째였다. 첫번째는 이십여 년 전이었다.

어떻게 소문이 퍼졌는지는 몰라도 다음 호 월간, 계간 문학잡지에서 단편소설 청탁이 세 편 들어왔다. 아직 몸이 회복되지 않아서 못 쓸 것 같다고, 마감을 제대로 지킬 수 있을지 모르겠다고 말은 했지만 마음 한편으로는 다시 한번 헌 칼을 휘두르는 모습이라도 보여주고 싶다는 욕망이 꿈틀거렸다.

단편소설이라는 것. 그거 말이 좀 되게만 하면 그만 아닌가. 데뷔할 때처럼 한 편 한 편에 전력투구할 것도 아니고. 단편 전문 작가라는 건 시인처럼 '예술'을 하는 것이지 소설가라는 '생활인'과는 거리가 있다. 단편소설 하나하나에 죽고 못 살 것처럼 했다가는 출발선에서 얼마 못 가 길바닥에 엎어지기 일쑤이다. 자연스럽게 몸에 생활의 잉크가 차오르고 지진계처럼 잉크가 흘러나와서 파일에 기록되는 것을 기다려보자고 생각했다. 기다리자. 내가 작가라면 하루 몇 장, 몇 장면, 몇 문장은 쓸 것이다. 성급하게 거절하지 말고 기다려보자. 그냥.

너에게는 지난번 발표한 작품에 대한 반응이나 청탁 같은 것에 대해서는 아예 알리지도 않았다. 나는 동시에 두 편, 아니 세 편의 마감까지 버텨보기로 작정했다. 한 번도 그렇게 해본 적이 없었기 때문에 뭔가 다르리라는 기대가 있었다. 말라가던 말초기관의 혈관에 다시

피가 채워지는 것 같았다. 몸이 제자리로 돌아오려면 한 달 가까이 남았다는 것도 차라리 잘된 일이었다. 자연스럽게 술과 담배를 끊었고 아침마다 정신이 맑은 채로 일어나 오전 내내 앉아 있을 수 있었다. 준비는 전에 없이 완벽했다. 컨디션도 좋았다. 하지만 쓸 게 생각나지 않았다. 셋은커녕 단 하나도.

적당히 하면 되겠지 싶은 것들이 적당히 떨어져 있으면서 조각조각이 물리적으로 아귀가 맞지 않았다. 억지로 옆에 가져다놓아도 이야기의 아교로 접착이 되지 않았다. 부분의 구심력은 강해졌지만 각자 따로 노니 합체가 되어 다른 우주로 떠나갈 동력이 사라져버렸다. 불면과 불안 증세가 다시 나타났다. 수면유도제를 다섯 알씩 부숴서 뜨거운 물에 녹이고 티스푼으로 떠 마셔도 잠이 오지 않았다. 앉아 있다는 게 지옥이었다. 생시의 지옥은 있는지 없는지 모르는 사후의 지옥보다 더욱 지독하게 실감났다. 강박 탓, 술 탓, 나이 탓, 남 탓을 할 때가 나왔다. 너는 내 변화를 눈치챘다.

―형님, 기분 푸시러 바깥나들이나 하러 가시죠. 양평이나 강화도 어떠세요? 제가 모시고 갈게요.

양평도 가고 강화도도 갔다. 폐허가 된 왕궁터를 보았고 해수관음이 있는 절벽까지 악착같이 기어올랐다. 천 년 된 은행나무를 보고 오는 길에 양수리의 강가에서 목발을 태워버렸다. 오가는 동안 너는 쉼 없이 이야기를 했다. 마치 소재를 제공하기 위해 일부러 그러는 것처럼. 그럴수록 나는 기분이 나빠졌다.

―이제 내 집에는 그만 왔으면 좋겠어. 일 있으면 내가 먼저 연락할게. 지금까지 내가 먼저 연락한 적이 거의 없구만.

차에서 내리게 하면서 내가 별러서 하는 말에도 너는 화를 내지 않았다. 우리는 서로 사귀는 사이가 아니었고 유전자를 나눈 것도 아니었으니 때가 되면 각자 갈 데로 가면 그만이었다. 그러고 보면 나도 최소한의 노력을 안 한 건 아니었다.

　―형님, 또 뵐게요. 전 형님이 잘 계시는 것만 알면 돼요. 그럼 제 맘이 좋고 편해요. 언제든 연락 주세요.

　너는 문자로, 메신저로 계속 인사를 보내왔다. 나는 대꾸하지 않았다. 다시 술을 마시기 시작했다. 이전처럼 불임, 아니 발기부전, 아니 발기불능의 상태가 되었다. 전에는 속도라도 느렸으나 지금은 우물로 굴러떨어지듯 빨랐다. 도저히 내 힘으로 다시 기어오를 수 없을 게 분명했다. 한 달쯤 뒤 어느 날 나는 너에게 배터리가 거의 다 닳은 전화기로 전화를 걸었다.

　―도와다오. 살려다오. 난 아직 죽을 수가 없어. 더 살고 싶다. 조금만 더.

　너는 기다렸다는 듯이 달려왔다. 아침부터 술을 마시던 술집 앞, 가을비로 생긴 진창에 쓰러져 뒹굴던 나를 일으켜세운 뒤 집으로 데려가서 옷을 벗기고 씻기고 뉘었다.

　―형님, 소설이 뭐라고 이럽니까. 그냥 대충 쉽게 쉽게 생각나는 대로 쓰세요. 사람 나고 소설 났지 소설 나고 사람 났습니까.

　전에 그런 말을 들었다면 네가 뭘 안다고 그러냐고 욕을 했을 것이다. 나는 살찌고 병든 애벌레처럼 무기력했다. 아니, 아니야…… 네 말이 맞아.

　나는 매일 저녁 너와 마주앉았다. 혼자 술을 마시고 혼자 아무 말이나 떠들어댔다. 너는 스승에게서 무예 수련을 받는 제자처럼 절도 있는 자세로 술을 따르고 내 말을 받아주고 전화기에 녹음을 했다. 모르는 단어가 나오면 검색하기도 하고 더 물어보기도 했다. 집에 가서 쓰러져서 점심때까지 잤다. 할매기사식당에 가서 밥을 먹고 오후 동안 무기력하게 널브러져 있다가 해가 기울면 자전거를 타고 한강변을 미친 듯 달렸다. 어두워지기 시작한 강변의 술집에는 네가 기다리고 있었다. 그렇게 규칙적으로 열흘쯤 보내고 난 뒤 파일이 나왔다. 네가 뒤죽박죽인 내 말, 이야기를 네 나름대로 질서 있게 끼워맞춘 것이었다. 너의 어휘, 너의 어투, 너의 스타일로. 그것이면 초고로는 충분했다.

네가 파일을 가지고 온 날은 술을 마시지 않았다. 너와 나는 플라타너스 아래에서 찻잔을 사이에 두고 마주앉았다.

—넌 작가로서의 천부적인 감각이 있다. 네가 몰랐을 뿐이지. 이제 막 불길이 타오르기 시작한 너에 비하면 나는 거의 다 사그라진 숯불 같다. 혼자서 나름의 문장을 생산하고 소설을 완성해낼 생체 에너지가 없다. 새로운 걸 대하면 새롭다는 걸 겨우 지각할 수 있을 뿐이야. 너는 새롭다. 순수한 너만의 단편소설을 써봐. 뒤는 내가 봐줄 수 있으니까 그냥 나오는 대로 쓰기만 해. 두말 말고 한번 시도해보자. 이건 너나 나에게 뭔가 특별한 일이 될 거야. 작품이 완성된 뒤에 그걸 받아들이고 말고는 다음 문제야.

너는 그새 다른 존재가 된 것 같았다. 반지의 노예처럼, 무소불위의 능력을 가지고 있으면서 누군가에게 매인.

—형님 의향에 따르겠습니다.

너는 정중하게 문어체로 대답했다. 나는 여러 가지를 생각해 보름의 시간을 주었다. 너는 약속한 날짜에 네가 처음 쓴 소설을 가져와서 부끄러워하며 내놓았다. 그건 아마추어의 습작에 불과했다. 인물은 전형적인 시장통 건달의 유형이고 서사는 중구난방으로 질서가 없었다. 아마도 그 작품을 신춘문예 같은 데 응모했더라면 예선에서 탈락하고 말았을 것이다. 하지만 나는 거기서 명백한 오류만 집어내 바꾸었다. 서툴지만 강렬한 몸짓으로 춤을 추는 시골 소년에게서 나는 비릿한 몸냄새 같은 느낌을 살렸다. 허구적인 고대 문서에서 따온 인용문을 달고 역사적 인물을 가짜인 것처럼 만들어 혼란을 조성했다.

작가의 이름이 박세권으로 된 두 편의 단편소설은 문예지에 실린 뒤에 대부분의 주요 리뷰에서 언급되었고 각 다섯 번이 넘는 재게재로 가외 수입을 올렸다. 문학상 후보에도 올랐지만 작가가 몸이 극도로 좋지 않아 당분간 활동을 포기했으며 편집자 외에는 일절 연결을 끊고 작품에만 전념하고 있으므로 어떤 상이나 인터뷰도 거절한다는 의사를 단호하게 표현함으로써 최소한의 양심은 지켜냈다. 나는 원고료를 반분해 네게 주었다.

다음부터는 아예 완전한 대필로 이어졌다. 네가 모든 걸 쓰고 나는 편집자처럼 수정을 하는 식으로. 약간의 수업이 필요했다. 나도 오랜만에 공부를 하는 기분으로 돌아갔다.

—넌 문장의 기본이 되어 있어. 그건 타고난 재능이다. 남이 쓰면 흩어지고 마는 말도 네가 문장으로 쓰면 남는다. 그렇지만 소설을 쓰면서 입에 붙었다고 욕 쉽게 하지 마. 씨팔 개새끼 씹새끼 씹할 놈, 다 꼭 필요한 데 아니면 쓰지 마. 소설의 힘이 새버려. 뽀록 쭉쭉빵빵 탱

탱 졸라 이런 유행어도 쓰지 마. 격이 떨어지고 김이 새니까. 꼭 쓰고
싶으면 단편소설 한 편에 서너 개 정도만, 대사에서 안 쓸 수 없을 때
써. 의성어, 의태어도 남발하지 마. 문장의 밀도가 낮아지니까. 그렇
게 해보면 단어 하나하나가 얼마나 전체 소설에서 중요한 역할을 하
고 있는지 알 거다. 말은 문학의 자원이니까 순도를 높이고 아껴 쓰는
걸 익히란 거다. 그리고 그래서 그리하여 그러므로 같은 접속사도 남
발하지 마라. 구닥다리에 말 못하는 인간이, 할말 없어진 놈이 시간
벌려고 하는 것 같다. 네가 가진 매력은 살아 있는 말이야. 어법에 맞
는 듯 맞지 않는 듯 늘어놓는 말과 문장의 중간쯤에 있는 거. 시도 산
문도 아니고 드라마 있는 노래가사, 힙합 같은 거지. 좋은 무기이기는
하지만 계속 그것만 쓰지는 마. 인간은 뇌 속에 지구상의 생물 누구에
게도 없는 거울신경세포를 가지고 있어서 금방 모방하고 또 금방 지
겨워하거든. 근거 없는 과장도 위험해. 일인칭을 쓰면 평면적으로 흐
르기 쉽다. 요새 같은 복잡한 세상에 네 주장만 해서 통할 수 있다고
생각해? 최소한 한 명의 독자, 심사위원이 있다 생각하라고. 너 톨스
토이가 무조건 싫다고 했지? 왜? 그 사람은 지난 세기 사람이야. 지금
톨스토이가 무덤에서 걸어나와서 『안나 카레니나』를 아무리 기가 막
히게 잘 써낸다 해도 복잡한 현대인들의 여러 가지 심리를 다양한 각
도에서 정교하게 묘사하는 건 불가능해. 말발이 안 먹힐 것 같으니까
도덕이나 인간의 도리 같은 걸로 독자를 찍어누르는 거지. 그런 소설
보다는 차라리 요새 나오는 신자본주의나 신경과학, 소비심리학 책을
참고하는 게 나아. 그쪽 저자들의 시각이 톨스토이보다 훨씬 다각적
으로 예리하게 세상을, 사람들의 속셈을 속속들이 파악하고 있으니까

말이야.

우리 사이는 잘되어갈 수 있었다. 네가 내 말에 충실히 따랐더라면. 네가 완전히 자립하기 전까지만이라도. 내가 소설에 대한 욕망을 완전히 포기하기 전까지만이라도. 내가 자연의 거세를 받아들일 때까지 얼마 남지 않았었다. 일 년 반? 이 년? 네번째로 이사한 작업실의 임대 계약기간 정도?

— 형님, 이제 우리 힘을 합쳐서 장편소설에 본격적으로 진출해봅시다. 장편은 상금도 크고 공모도 많으니까 잘만 하면 몇억은 땡길 것 같아요.

— 장편은 단편하고 공약수만 소설이지 전혀 다른 분야야. 시간, 기회, 문장, 동원되는 자원량, 등장인물 다 달라. 가곡하고 오페라 차이?

— 그러는 형님은 다 써봤잖수.

— 그때는 뭘 몰랐었지. 길게만 쓰면 장편소설이 되는 줄 알고 마구 내지른 거다. 하지만 장편소설은 한 작가가 일생 동안 성취하는 작품의 질과 결, 작가의 질과 결까지 적나라하게 보여준다. 가짜로는 남들을 속일 수 없어. 또 장편소설을 쓰게 되면 작가의 뇌가 중독자의 뇌처럼 변해. 자원을 많이 쓰고 몸을 최대한 가동하는 거지. 쓰고 나면 근육이 늘고 자원이 보충되는데 다음에는 더 많이 소모하고 더 많이 가동하게 돼. 그게 반복되면서 각자에게 정해진 운명의 시간, 숫자가 다가온다. 어느 날 슉, 그러면 끝이다. 안 쓰면 몰라도 한번 쓰면 그렇게 돼. 너도 여기서 이 정도로 그냥 만족해.

— 아, 누구는 한 삼 년 단편만 쓰다가 그다음에 장편 쓰고 단편 쓰

고 장편 쓰고, 누구는 처음부터 죽을 때까지 단편만 쓰고 그러란 법 있습니까? 형님이 나한테 진짜로 작가 소질 있다고 그랬잖아요. 솔직히 이제 단편은 재미없어요. 조그만 게 엄청 복잡하고 좀 가지고 놀려고 하면 금방 부서지는 장난감 같애. 그런 건 어린애 때나 갖고 노는 거죠. 부모가 또 사주니까. 나도 장편 써보고 싶어요. 형님은 지금까지 한 것처럼 제가 초고 다 쓸 때까지 놀고 있다가 나중에 보충하고 수정만 해주면 돼요. 심사도 몇 번 해봤다니까 심사위원들이 중요하게 생각하는 게 뭔지 알 거 아닙니까. 그 사람들 입맛에 딱 맞게 만들어서 응모하면 그냥 당선되는 거죠.

　―그건 안 돼. 내 직업윤리에 어긋나.

　―아니, 언제는 작가의 직업윤리라는 게 이 타락한 자본주의 속에서 살아남는 거라면서요?

　―나는 명색이 데뷔한 지 이십 년 된 기성문인이고 아는 사람도 많아. 심사할 때마다 나보고 여기 응모하지 말라고 심사시키는 거냐고 농담처럼 항의도 했지. 그러던 내가 장편 공모에 소설을 내면 체면이 뭐가 되겠어.

　―기성문인도 상관없다고 장편소설 모집요강에 다 나와 있잖아요. 기성문인이 응모를 안 해서 상의 수준, 질이 갈수록 떨어진다고 형님이 예전에 다 얘기하셨죠.

　―네가 하려는 건 소설을 창작하는 게 아니라, 그냥 돈벌이야. 심사위원을 지낸 작가가 심사위원들의 취향에 맞춰서 장편을 투고하고 상금을 사냥한다는 건 불가능해. 너는 문학을 뭘로 보는 거냐, 도대체?

　―형님, 문학이 별거예요? 그냥 노가리 까고 생각나는 걸 글로 쓰

면 문학이지. 문학은 말로만 해도 되니까 과외나 비싼 레슨 받아야 하는 그림이나 음악보다 훨씬 쉽죠.

—너하고 나의 차이가 뭔지 아냐? 너는 문학에 목숨을 건 적이 있냐, 말로만이라도? 나는 그랬어. 내가 너를 잘못 봤다. 이제 그만하자, 우리.

너의 얼굴이 처음 봤을 때처럼 무표정하게 변했다. 허리가 펴지면서 어깨가 각이 졌다.

—뭡니까, 이거? 이때까지 우리는 한몸이라고 같이 해놓고 이제 와서 나 짜르는 거예요? 맞아? 확실하죠? 후회 안 할 거죠? 형님, 이러고 무사할 거 같아요? 내가 입을 열면 어떻게 되나, 우리 작가님?

—오, 협박하는 거야? 하고 싶은 대로 해. 그럴 거면 나보고 형님이라고 하지 마라.

너는 피식하고 웃었다.

—야, 내가 언제까지 남는 것도 없이 너를 형님, 형님 하고 계속 섬길 줄 알았냐? 난 작가라는 것들이 뭐 특별한 줄 알았지. 알고 보니까 별거 아니더구만. 그깟 소설 나부랭이 못 쓰겠네 안 써지네 하면서 살려달라고 남의 바짓가랑이를 잡고 늘어지더니 단물 쪽 빨아먹고 나서는 싸늘하게 배신을 때리네.

너는 네번째 단편소설의 원고료로 새로 장만한 내 노트북을 공기알처럼 손바닥으로 튀겨올리면서 말했다.

—이것들 뽕쟁이하고 뭐가 달라. 저 혼자 골방에서 약 빨다가 약발다 떨어지면 밖으로 벌벌 기어나와가지고는 울고 짜고 훔치고 거짓말하고. 야, 씨발아, 내가 마음만 먹으면 필명으로라도 소설 써가지고

니들 동네 전부 말아먹을 수 있어. 잘나빠진 네 이름 안 쓰고 필명 써도 된다고. 그런데 내가 우리 아버지가 지어준 내 이름 놔두고 비겁하게 왜 그래야 되냐 이거야. 씨발아, 내가 곱게 입다물어줄 테니까 네가 아예 소설 안 쓰겠다고 각서 쓰고 그냥 사라져라. 솔직히 너, 나랑 있어봐야 명줄만 짧아져. 안 그러겠대도 상관은 없어. 이제까지 너랑 내가 해온 일을 가지고 소설 하나 써서 어디다 내면 무슨 상은 못 받아도 그토록 유명한 네 얼굴에 똥칠은 할 수 있겠지. 그러고 나서도 나는 딴 일을 해서 만회할 기회가 있어. 넌 없고. 넌 소설에 기를 다 빨리고 더럽게 늙어버렸으니까. 그렇게 서로 피곤해지기 전에 미리 알아서 가주면 안 되겠니?

나는 그러겠다고 했다. 사실 너를 만나기 전에 나는 작가로서는 끝장이 난 것이나 마찬가지였다. 자기 힘으로 소설을 완성할 수 없다면 그게 어떻게 작가이겠는가. 나는 다만 네가 나를 대신해 활동을 할 때 과거의 내 작품에 연연하지 않았으면 한다고 했다. 너는 자신이 왜 그러겠느냐고 웃었다. 내가 벽을 짚고 일어나 비틀거리며 밖으로 나가려 하자 네가 나를 불렀다.

—야, 뽕쟁이! 너 다음에 다른 동네서 나 만나면 인사는 해라. 동명이인이라고 하면 싸인해서 공짜 책이라도 줄지 아냐.

결국 너도 다른 사람과 마찬가지였다. 동명이인이라는 건 아무 의미도 없었다. 자살, 피살, 자연사, 사고사, 병사, 중독사, 익사…… 내가 나의 분신인 너희들에게 부여한 죽음은 삶만큼이나 다양하다. 어떤 형태의 죽음이든, 그것을 지켜보는 사람에게 고통을 준다. 살아 있던 장소 또한 마찬가지다. 네가 죽고 난 뒤 나는 새롭게 불태울 숲을 찾는 화전민처럼 동네를 옮겼다.

어쨌든 나는 너를 가장 사랑했다. 한때의 나를 빼닮은 너의 소설은 인골로 만든 피리에서 나는 소리처럼 소름 끼치게 아름다웠다. 내가 너를 상실하기까지의 시간은 짧을수록 좋았다. 나는 너의 길게 늘어진 혀를 오래도록 보고 있을 수 없어 금방 묻어버렸다. 세상은 넓고 땅 팔 곳은 많다.

아니, 아니야. 원래 나도 내가 아닌 다른 사람이 되고 싶었어. 나를 죽여서, 죽여서라도! 내가 할 수 있었다면, 있다면, 기름이 거의 떨어진 차를 끌고 나가서, 운명이 맞춰놓은 장소에 서 있다가, 갓길로 달려오는 트럭에 머리를 들이밀고 싶었지. 그랬어. 그랬어. 그랬다. 너희 아닌 내가!

어쩔 수 없었다. 너를, 너희를, 모두를 난, 난, 사랑했다. 너, 너, 너, 너희는, 문자라는 고대로부터의 집단 기억 속에, 영원히 남아, 남아 있을 거야. 내, 내, 내, 나의, 죽음의 도서관에, 또는 블랙, 오, 블랙, 오, 블랙박스에, 박, 박제가 되어.

먼지의 시간

M이 알려준 주소지에 내 차로는 갈 수 없었다. 정확하게는 그곳으로 내 승용차가 올라가지 못했다. 오프로드 전문인 사륜구동 방식의 스포츠 유틸리티 차량이나 겨우 올라갈 만한 가파른 흙길이 와볼 테면 와보라는 듯 팔월 한낮의 백열을 되쏘아대고 있었다.

　"이제부터는 걸어가야겠네. 얼마나 가야 될거냐?"

　I가 난처한 듯이 내게 물었다. 물었다기보다는 나를 그런 오지로 동행하게 해서 미안하다는 뜻을 표현하고 있는 것이었다. 차에서 내려서자 허옇게 달아오른 바위가 뒤엉킨 계곡에서 올라온 바람이 뜨거운 입김처럼 온몸을 덮쳤다.

　"일단 차를 여기 세워놓아야 할 것 같네요. 스마트폰 지도에 위성지도 같은 게 나오면 찾을 수 있을 거예요."

　내 말에 호랑나비 무늬의 비단부채를 흔들던 Q가 반응했다.

　"요즘 젊은 분들은 참 스마트하게 사셔요. 우리 같으면 이런 데서

길 잃으면 아예 패닉 상태에 빠져버릴 거야."

Q는 스마트폰은커녕 휴대전화조차 쓰지 않는 사람이었다. 그녀의 태도는 차를 운전하지 못하는 사람이 가족이나 친구 차를 얻어타고 다니면서 자신은 죽을 때까지 운전을 배울 생각이 없다고 큰소리치는 것과 비슷했다. 필요하면 남편이나 다른 사람의 휴대전화를 달라고 해서 썼다.

우리가 M을 찾아온 것도 Q 때문이었다. Q에 의하면 M은 세속의 번잡을 피해 깊은 산중에서 자연과 우주의 순리에 따라 살고 있는 이 시대의 정신적 스승이었다. 그는 불치의 현대병, 특히 환경오염으로 인한 문제로 중병을 앓고 있는 사람들을 심적, 물적, 영적으로 치료해주고 있다고 했다. 그를 찾아가 만나는 것만으로 복잡하고 험한 세상을 간명하고 행복하게 살아가게 하는 가르침, 기운을 얻을 수 있다는 것이었다.

Q의 말처럼 M을 친견함으로써 얻을 수 있는 우주적 포스^{force} 때문에 내가 운전을 자청하고 나선 건 아니었다. Q의 남편이자 방송사 임원인 I가 절친한 선배였고 그가 금쪽같은 휴가를 할애해 M이 있는 산골짜기까지 가겠다고, 아니 아내 때문에 무조건 가야 한다면서 내게 같이 가달라고 해서였다.

Q는 I가 특파원으로 미국에 갔을 때 초등학생인 아이들과 함께 따라갔다가 내처 눌러앉아서 아이들을 미국의 명문대학에 모두 진학시키고 귀국한 지 몇 달 되지 않았다. Q는 아이들이 고등학교에 다니던 때에 정상적인 생활을 꾸려나가기 힘들 정도로 심각한 정신적 공황 상태에 봉착했다. 그러던 어느 날 남편의 방송사 다큐멘터리 프로

그램에 출연한 M을 보게 되었고 신비한 치유력이 있는 그의 말 한마디 한마디가 산소로 가득찬 신선한 피처럼 자신의 병든 혈관에 스며들었다는 것이었다. 그녀는 남편을 통해 M의 연락처를 알아냈고 처음에는 편지로, 친숙해진 뒤부터는 이메일과 전화로 개인적인 접촉을 가졌으며, 그 덕분에 힘든 시기를 이겨낼 수 있었다. 그녀가 귀국하고 나서 가장 먼저 M을 찾아가 감사 인사를 하고 삶의 가르침을 받으려고 한 것은 당연한 일이었다.

I는 아내를 M이 있다는 산골짜기에 혼자 보낼 수가 없었고 그렇다고 아내가 자신에게 감시를 당한다는 느낌을 받는 것도 원치 않았기 때문에 나를 끌어들였다. 공장에서 출고된 지 십 년째인 내 차는 네 시간 동안 서울의 골목길부터 시내 도로, 자동차 전용도로, 고속도로, 4차선 국도, 2차선 지방도, 마을길, 산길을 갈아타며 초능력을 발휘한 끝에 우리를 첩첩산중에 내려놓은 것이었다.

"여기서는 휴대폰 신호가 안 잡히는데요. 진짜 산간벽지가 맞긴 맞네요."

"하기는 이쪽에는 번듯한 등산로도 없고 정상도 반대편에 있어서 사람이 거의 오지 않으니. 통신사들이 중계소 만들 이유가 별로 없겠네."

I가 그게 자신의 책임이라도 되는 듯 미안해했다.

"그게 뭐가 문제예요? 여기는 순수하고 위대한 자연 그 자체예요. 저기 나비하고 벌 좀 보세요. 전자파가 없으니까 저렇게 기운차게 날아다니면서 꽃들을 수정시켜주잖아. 그래서 열매가 달리고 열매는 다른 동물이 먹고 그 동물을 우리가 먹고 하니까 우리 생명의 DNA가

널리, 오래 지속될 수 있는 거라구요."

Q는 자연이 교주인 종교의 전도사라도 되는 양 단정적으로 말했다. 나는 계속해서 그녀의 말에 대한 논박거리가 내 뇌리에서 생겨나는 것이 하루살이처럼 성가셔서 배낭을 열었다 닫았다 한 끝에 등에 멨다.

"선배, 저 길 따라서 올라가면 뭐라도 나올 것 같은데요. 가보고 없으면 최대한 빨리 여기서 내려갑시다. 산에서는 해가 일찍 떨어지니까 잘못하다가는 오도 가도 못하고 갇혀요. 여기서는 견인도 불가능할 것 같으니 안 그래도 영감 다 돼서 골골하는 내 차가 퍼져버리면 그대로 폐차해야 할 것 같애."

나는 두 사람의 대답을 듣기도 전에 히말라야의 셰르파처럼 앞장을 섰다. 산에 오면서 등산화나 운동화는커녕 샌들도 아닌 구두를 신고 온 Q는 첫걸음부터 질기고 긴 풀에 미끄러져 몸을 휘청거렸다. 그러면서도 자기 딴에는 무척 의미 있는 농담이라고 생각하는지 한마디 했다.

"인류의 위대한 멘토를 찾아가는 길인데 이 정도 고생쯤이야…… 우리 같은 혼탁한 속인들이 그분이 거처하시는 데까지 가려면 최소한 무르팍 까질 건 각오해야겠죠?"

뭐라고 대꾸를 하기 전에 "어마마마!" 하는 비명이 뒤를 이었다. 길에 있던 작은 나무토막이 바퀴처럼 Q의 발바닥 아래에서 돌며 신발 주인을 자빠지게 했기 때문이었다. 그 바람에 가오리처럼 차양이 큰 모자가 날아가버렸다. 나는 치마가 젖혀올라갔을 수도 있는 Q를 돌아볼 엄두를 내지 못하고 모자를 쫓아갔다.

"아이고, 이 사람 오늘 액땜 제대로 하네."

내가 혹시 풀숲에 있을지도 모르는 벌레며 뱀을 쫓느라 막대기를 휘두르며 모자를 주워가지고 오자 I가 나지막하게 말했다. Q는 스스로 예언한 대로 오른쪽 무릎이 까져서 피가 배어나왔고 정강이에 오백 원짜리 동전만한 시퍼런 멍이 들었다.

"당신, 걸을 수 있겠어요?"

I의 물음에 Q는 눈물이 괸 눈을 하고 고개를 세차게 끄덕거렸다. 나는 차로 돌아가서 등산용 스틱을 두 개 꺼내가지고 돌아왔다. Q의 상처는 알코올로 소독을 하고 일회용 밴드를 붙였다. 다시 내가 등산용 스틱을 들고 앞장을 섰고 I가 스틱을 짚은 Q를 부축하며 따라왔다. 두 사람은 이인삼각 경기를 하듯 걸음이 더뎠다.

뙤약볕 아래 가파른 길을 걸어 작은 언덕을 넘자 또하나의 언덕이 나타났고, 언덕 위에는 잎이 무성한 참나무들이 열병을 하는 병사들처럼 서 있었다. 길은 신전 기둥 같은 참나무 사이로 휘어져들어가고 있었다. Q 때문에 두어 차례 쉬었다 걸었다 한 끝에 차에서 내린 지 이십여 분 만에 두번째 언덕으로 올라섰다. 언덕 아래에 낡은 트럭과 불도저, 포클레인, 흰색 지프가 서 있는 게 보였다.

"저것들은 다 어떻게 여기까지 올라왔지?"

내가 별생각 없이 중얼거렸는데 I가 알아듣고 대답했다.

"야, 예전에 내가 〈인간의 시간〉이라는 다큐 찍을 때 벌목하는 산판에 가서 한 달가량 살았잖아. 산판 사람들은 나무를 벌목하면서 길을 만들고 그 길로 벌목한 나무를 굴려서 운반을 하더구만. 자기들한테는 아무리 빽빽한 숲이라도 그 속에 잠재해 있는 길이 보인대. 우리 눈에는 똑같은 산이고 수풀인데도 말이야. 쟤들도 길을 만들면서 올라왔을 거야. 다 방법이 있겠지."

거대한 축대가 올려다보였다. 그 많은 바위를 어디서 어떻게 가져와서 축대를 쌓았는지 몰라도 주변의 자연경관과는 전혀 어울리지 않게 인공적이고 생경했다. 축대 위에는 한옥이 떡 벌어지게 세워져 있었다. 한마디로 돈 좀 있는 인간이 수단 방법을 총동원해 때려 지은 고래등같은 기와집이었다.

"난 선생님이 이메일로 보내주신 사진으로 공사 과정을 완벽하게 다 봤어요. 전통 한옥은 대들보나 서까래 같은 나무하고 기와, 마루, 문 같은 것들이 전부 분해, 조립이 돼요. 원래는 선생님이 조상 때부터 대대로 살아온 아흔아홉 칸짜리 집을 해체해서 여기에 옮기려고 했는데, 그 집이 지방민속문화재인가 뭔가로 지정되는 바람에 반출이 불가능해졌다는 거예요. 그래서 그거하고 최대한 비슷하게 여기다 지으셨대요. 지금 우리나라에 있는 종갓집이니 뭐니 하는 것들 따지고 보면 공장 제품으로 장판하고 싱크대, 상하수도 놓고 해서 오리지널리티가 사라진 게 태반이야. 우리 선생님이 새로 집을 지으면서 철저하게 고증을 해가지고 제대로 역사와 전통을 담은 집이 탄생한 거죠."

축대 아래로 가기까지 Q가 설명했다. 축대의 가운데로 나 있는 삼십여 개의 계단을 올라 집 가까이에 이르자 조선시대 선비처럼 도포를 입고 검은 정자관을 썼으며 반백의 수염을 길게 기른 사십대 중반의 남자가 집에서 나왔다. 그는 일행을 향해 살짝 미소지으며 고개를 숙여 보였다. 그로부터 이틀 동안 그가 보인 웃음은 그게 처음이자 마지막이었다.

"어서 오십시오. 먼길 오시느라 수고가 많으셨습니다."

손님을 대하는 정중한 인사치레 또한 그게 다였다.

M은 제일 먼저 자신이 주로 거처한다는 서재로 안내했다. 대학 도서관처럼 천장에 닿을 듯 높은 이동식 책장이 빽빽하게 들어차 있었다. 그는 전기화로를 사용해 무쇠주전자에 계속 물을 끓였고, 그 물을 흑갈색 찻잎이 듬뿍 든 다기에 부어서 차를 우려냈다. 푸얼차普洱茶 전용 다구를 만드는 중국 윈난 성의 국가 공인 명가에서 생산했다는 자그맣고 붉은 찻잔이 빌 때마다 그는 계속 차를 따랐다. 골짜기에 전봇대가 하나도 보이지 않던데 전기를 어떻게 끌어왔느냐는 내 질문에 M은 "풍력, 수력, 태양광 발전과 지열 등 자연력을 이용해서 대부분은 자급자족하고 가끔 비상발전기를 쓴다"고 대답한 뒤에 자신이 하고 싶은 말을 시작했다.

"차나무는 아열대식물이라서 여기처럼 추운 데서는 잘 자라지를 않습니다. 나는 여기 와서 이 산에서 가장 따뜻한 기운이 응결하는 자리를 찾아내서 거기다 묘목을 심었어요. 매일 아침에 나무에게 가서 말을 걸었지. 이름을 다 붙여줬어. 첫번째 나무는 색깔이 좋아서 휘輝, 두번째 나무는 모양이 새가 나는 것처럼 생겨서 비飛, 세번째 나무는 아름다워서 승미勝美 하는 식으로. 밤새 잘 잤는지, 애로사항은 없는지 물어봤지. 생명은 관심을 먹고 자라는 법이야. 지금은 영하 이십 도까지 내려가는 추위에도 끄떡없게 잘 컸어요. 이 찻잎은 녀석들이 나에게 준 선물이지."

그는 자신을 칭할 때 '저'가 아닌 '나'를 사용했고 존댓말과 반말을 섞어서 썼다. 일방적으로 끌어가는 그의 이야기는 관심을 끌 만한 화제가 아니었다. 또 남의 말은 전혀 듣지 않는 고집쟁이에 지극히 자기 중심적인 것처럼 느껴졌다. 하지만 그의 목소리는 아주 매력이 있었다. 저음에 느리게 부는 바람처럼 부드러웠고 리듬이 있었다. 외국 아카펠라 그룹이 한국 공연을 하면서 의례적으로 끼워넣은 우리 민요 정도로 생각하면 지루함을 참을 만했다. M은 내가 건성으로 여기저기를 살피며 그런 생각을 이어가도록 놔두지 않았다.

"이 서재에 있는 책들이 정확하게 몇 권일까요?"

그는 질문을 던지고 나서는 자신이 오랜 참선 끝에 모든 화두를 깨뜨린 선승이라도 되는 것처럼 힌트를 주었다.

"이 방에 있는 책들을 가져오는 데 8톤 트럭 두 대가 동원됐거든. 나는 지금도 매일 두 권 이상의 책을 읽습니다. 여기 있는 책들은 한 권도 빠짐없이 내 손을 거쳐간 것들이지."

일반 승용차는 들어올 수조차 없는 험준한 산길에 무거운 책을 잔뜩 실은 8톤 트럭이 어떻게 들어왔는지 궁금해졌다. 특수한 엔진을 단 8톤 트럭 두 대가 왔는지, 한 대가 두 번을 날랐는지도. 하지만 나는 책의 권수를 헤아리러 가는 척 자리에서 일어나서 책의 숲으로 다가갔다.

I와 Q는 캠퍼스 커플이었다. Q는 대학에 입학할 때 성적이 단과대 수석이었고 졸업할 때는 전체 수석을 차지해서 졸업생 대표가 되었다. I는 삼수생 출신에 학점은 중간 정도밖에 되지 않았다. 그래서 Q와 데이트를 할 때마다 사전에 어떤 책을 읽고 가서 그걸 주요 화제로 삼음으로써 자신의 무지를 감추려 애썼다고 했다. Q는 I가 고시보다 힘들다는 방송사 입사 시험에 합격하고 결혼을 약속한 뒤에야 I의 알

팍한 본색을 알게 됐다는 이야기를 이런저런 자리, 예컨대 결혼식 피로연이나 집들이, 돌잔치 등에서 끊임없이 되풀이했다.

내가 느끼기로는 Q는 책을 읽으면 남보다 쉽게 이해하고 기억력이 뛰어나기는 했으나 응용력은 부족했다. 학창 시절 수석의 연속이었던 경력, 수치에 불과한 지능지수를 지나치게 믿었고 자신보다 열등한 사람(이라고 믿는, 쉽게 말해 나 같은)의 의견을 절대로 받아들이지 않았다. 주어진 과제를 해결하는 데서나 제도교육의 시험 성적으로 우등생일 뿐이었다. 내 생각에는 자신의 부족함을 독서량으로 만회하려 노력한 I가 오히려 지식의 폭, 지성의 질에서 Q보다 훨씬 나았다. 어쨌든 그들 부부는 M의 앞에서 학생 시절로 돌아간 듯한 태도로 그의 말 하나하나를 경청하고 있었다.

서가에서 손이 가장 쉽게 가는 가슴 언저리 높이에 있는 책에 손을 뻗었다. 『논어』의 번역본이었다. '현대인을 위한 신주해新註解'라는 형용어가 앞에 붙어 있었지만 현대인커녕 영장류 누구도 전혀 읽지 않은 듯 책은 깨끗했다. 속지에 M의 낙관이 찍힌 게 사람이 남긴 유일한 흔적이었다. 그다음에 있는 『대학』『맹자』『한비자』도 마찬가지였다. 『사기』는 말할 것도 없었다. 그나마 열 권짜리 소설 『삼국지』에는 손을 댄 흔적이 있었다.

다른 칸에 있는 책에서 손이 간 흔적이 있는 책은, 그 흔적이 책 주인의 것인지 판매자의 것인지 운반한 사람의 것인지는 몰라도, 재테크와 심리학, 자기계발, 힐링에 관한 것을 다룬 한때의 베스트셀러였다. 철학, 역사, 자연과학, 경제 등 폭넓은 주제의 책들이 많기는 했지만 '내 집에 있는 책의 권수가 얼마나 되느냐'라는 주인의 질문에 대해 손님이 백지상태인 것이나 마찬가지로 깨끗했다. 천부적 권리인 양 집주인의 장광설이 계속되고 있었기 때문에 나는 책장 사이에 꽤나 오래 머물면서 제목이나 신문 기사만 보고 대량 주문으로 사들인 책이 어떤 식으로 방치되고 있는지 충분히 감상했다. M이 질문할 손님이 찾아오지 않는다면 그 책들의 쓸모도 사라질 것이었다.

방송사 PD 출신이라 남의 이야기를 듣거나 기다리는 데는 이골이 난 I도 어지간히 지쳤던 듯 서가에서 나온 나를 보고는 얼굴에 반가운 기색이 돌았다. Q는 여전히 '우리 선생님'의 화려한 언변에 홀린 듯한 상태였지만 M이 I의 변화를 눈치채고 먼저 자리에서 일어섰다. 자신이 자리잡은 터전을 구경시켜주겠다는 것이었다. 그는 갈고리가 삐져나온 방장房帳이 머리 위에 걸려 있는 마루에서 마르고 긴 손가락을 뻗어 동쪽의 숲을 가리켰다.

"저기부터는 백 퍼센트 국유림이야. 그 위로는 인가가 전혀 없고 농사도 못 지으니까 오염원이 없어. 내가 여기 원래 땅주인이던 신천 이씨 문중에서 사들인 땅이 칠천육백아흔여덟 평인데 국유림이 사실상 내 거나 다름없으니까 활용할 수 있는 게 십팔만 평이 넘어요. 두 분 졸업한 대학 캠퍼스 넓이가 얼마죠?"

Q는 잠시 머뭇거리다가 잘 모르겠다고 대답했다. I는 도저히 풀 수 없는 시험문제를 마주한 학생처럼 어안이 벙벙하여 서 있을 뿐이었다.

"이십칠만육천이백팔십구 평이야. 여기 내가 쓸 수 있는 땅이 학생 삼만 명이 다니는 서울의 웬만한 대학 캠퍼스만하다는 거지. 자, 가봅시다."

울창한 숲을 밀어붙이고 쇄석을 깔아서 불모의 땅으로 만들어버린

드넓은 공터의 남쪽 가장자리에 너비가 십 미터쯤 되는 계곡이 있었다. 가뭄이 계속되었음에도 그늘지고 이끼 낀 바닥으로 물이 흘러내리고 있었는데, 콘크리트와 바위로 댐을 쌓아서 물을 가둬두고 있었다. 둑 주변을 덮어놓은 비닐의 시퍼런 빛깔이 눈을 찌르는 듯했다.

물이 흘러내려오는 계곡 위로 가로질러서 정자가 세워져 있었다. 검은 바탕에 흰 글씨로 쓰인 현판에 행서체로 적힌 글자는 '침류헌枕流軒'이었다. M은 내 시선의 향방을 알아내고는 현판에 대해 설명했다.

"요 근래 삼십 년 동안 웬만한 사찰의 현판, 명문가의 비문은 다 혼자 말아먹고 있는 서예가 일초 글씨야. 예전에 나한테 크게 은혜를 입은 게 있어서 조금이라도 신세를 갚겠다고 글씨를 보내왔더라고. 내가 받자마자 흐르는 물 위에 짓는 집이니까 해서체가 아니고 붓을 빠르게 놀리는 행서로 다시 써달라고 댓바람에 돌려보냈어. 글자라는 게 있을 자리하고 어울려야 되는 게 아니겠어요. 상식이지."

애초에 집주인이 먼저 물 위에 짓는 정자의 현판을 써달라고 했던 것일 텐데 처음부터 행서체로 주문했어야 하지 않았느냐고 물으려다 말았다. 정자에 둘러앉자마자 M은 다시 손님들을 둘러보며 질문을 던졌다.

"자, 물 중에서 가장 좋은 물이 어떤 물인지 아시는 분?"

용도가 뭔가에 따라서 다르지 않을까 하고 되묻고 싶었지만 다시 참았다. 바다와 산, 바람 같은 자연의 일부인 물에 좋고 나쁜 건 없다. 좋고 나쁨을 정하는 것은 인간이다. 그 인간마다 기준이 다를 수 있으며 상황에 따라 판단이 달라질 수 있으니 보편적으로 모든 사람에게 적용되는 좋고 나쁨은 없다. 그런 생각을 하는 동안 이미 부부는 진지하게 답을 하고 있었다.

"선생님, 자연에 가장 가까운 상태의 순수한 물이 가장 좋은 게 아닐까요? 상류로 올라갈수록 좋으니 나무뿌리에서 한 방울씩 흘러나오는 이슬이 깨끗하고 좋을 것 같습니다."

"육우의 『다경茶經』이라는 책에 보면 물의 등급을 산의 물이 상품이고 강물은 중품이며 우물물은 하품이라고 했습니다. 또 돌은 금의 근본이요, 돌에서 흐르는 정기는 물을 낳는다고 깊은 산중에서 나오는 물이 최고라고 한 것 같네요."

M은 교사가 학급회의에서 발표를 마친 학생에게 앉으라고 지시할 때처럼 손을 들었다 내렸다.

"나 원 참, 두 양반 다 하나만 알지 둘도 모르는군. 전혀 근본에 대한 이해가 없이 짐작을 하거나 남의 말을 앵무새처럼 따라 하고 있어. 잘 들으세요. 사람들이 산에 오면 석간수다, 약수다 하고 샘물부터 찾는데 그건 지하의 그늘에서 나오는 죽은 물이에요. 또 계곡물이 일급수네 뭐네 하는데 계곡물이라는 게 산에서 나오는 부엽토에 물고기 똥에 박테리아 같은 불순물을 많이 함유하고 있을 수밖에 없단 말이지. 쉽게 말해 시체 썩은 물이고 똥물이니 절대 좋을 수가 없어. 또 아까 우물물이 뭐 어쩌고 하시는데 인가가 많은 데 있는 우물은 오염이 더 쉽게 돼. 비나 눈이 오면 땅에 스며들어서 지하수에 섞여 흘러다니다가 나중에 우물물로 나온단 말이야. 칠팔십 년대에 우리나라 공단에 산업쓰레기하고 공해물질이 얼마나 쌓였겠어? 그게 지하수가 되어나오면 그건 그냥 독극물이야. 그렇다면 세상에서 가장 좋은 물은 뭐냐? 일단 여러분 수준에 맞춰서 쉽게 이야기하자면 우리가 볼 수 있는 물 중에서 좋은 거는 강물이야. 그보다 등급이 떨어지는 게 시냇물, 하천, 개울물 뭐 그런 거지. 땅속에 있는 물이 아니고 땅 위에 흘러다니는 물이 제일 기가 강하단 말이야. 같은 계곡물이라도 저쪽에 햇빛이 비치고 우주의 기운을 받는 쪽의 물이 더 좋아. 기가 살아 있는 물이 좋은 물이라는 말이야. 이제 뭘 좀 아시겠어요?"

무슨 말을 하는지 알 수 없었고 알고 싶지도 않았다. 나는 M이 출연한 방송 프로그램을 단 일 분이라도 참고 본 경험이 없었다.

"다음 문제, 우리 몸에서 제일 높은 비중을 차지하는 성분은 뭘까요?"

M은 나에게는 이미 불량 학생 딱지를 붙인 듯 두 사람을 향해 완전히 몸을 돌린 채 물었다. 어쨌든 그는 중학교도 졸업하지 않은 독학자 출신이면서 공중파 방송에 출연할 정도로 눈치가 빠르고 직감이 뛰어난 사람이었다. '선배, 물 하면 낚시에 걸려드는 거예요.' 나는 I를 향해 입술을 놀리며 고개를 가로로 흔들었다.

"물, 아닙니까?"

Q가 생각에 잠겨 잠자코 있자 I가 먼저 대답했다.

"그런 게 또, 하나만 알고 둘은 모르는 거죠. 그렇지요?"

내가 M이 할 말을 대신하고 나서자 I가 주제넘은 짓을 한다는 듯 나를 향해 눈을 크게 떴다.

"그럼 뭔데?"

"원소 단위로 비중을 생각해보시라고요. 물은 분자잖아요."

"그럼 철, 마그네슘 이런 게 비중이 높은 건가? 그런 건 미량원소잖아."

"원소의 양이 많아도 질량은 적을 수 있죠. 수소처럼요. 미네랄은 인체에서 차지하는 비중이 사 퍼센트도 안 돼요."

Q가 침묵을 깨뜨렸다.

"산소가 제일 비중을 많이 차지해요. 물이 수소 원자 두 개하고 산소 원자 하나로 돼 있는데 그게 인체 무게의 칠십 퍼센트를 차지하니까. 그다음은 지방, 프로테인, 탄수화물에 다 들어가는 탄소일 거고. 나이트로전, 질소도 있죠? 공기중에 제일 많은 부분을 차지하니까 인체에도 많이 있을 거야. 뼈에 있는 칼슘, 철, 우리가 바다에서 나온 존재라는 걸 보여주는 나트륨, 포타슘……"

가벼운 박수 소리가 났다. M이 내는 소리였다.

"정답, 정답. 우리 박사님, 미국 명문대학에서 학위 따셨다더니 정말 대단하시네. 그런데 말이야, 그런 건 아주 초보적이고 얕은 지식일 뿐이지. 그래서 어쩌느냐는 게 중요하지. 좋은 원소를 몸안에 어떻게 집어넣느냐가 문제란 말이에요."

"선생님, 저 박사 아니에요. 지역 커뮤니티 칼리지에서 어학 프로그램 이수한 게 다예요."

Q의 반응을 들으면서 신흥 종교의 교주 옆에는 박사 학위를 가진 사람들, 교수 등등의 지식인들이 이론가이자 이인자로 포진해 있다는 것이 생각났다. 자기 자신을 과장하거나 꾸미려 하지 않는 Q는 그런 짓은 하지 않을 것 같았다.

"자, 이렇게 우리가 고담준론으로만 성찬을 즐길 게 아니라 박주산채일망정 저녁이나 함께 하시지요. 저 아래 먼지투성이 속세에서는 이런 음식 절대 못 드실 거요."

어느새 그가 준비를 시켰는지 청년 두 사람이 이십여 개의 그릇이 놓인 상을 받들고 정자로 왔다. 상의 한가운데 두루미 모양의 도자기 술병이 놓여 있었다. 나는 원래 여행 다닐 때 늘 가지고 다니던 일 리터짜리 싱글몰트 위스키를 배낭에 넣어 왔었다. M의 절대권력이 통치하는 영토, 선배 부부가 신성시하는 장소에서 누구를 붙들고 같이 마시자고 하기도 그렇고 혼자 숨어서 마시려니 그것도 이상해서 신경이 쓰이던 참이었다. 처음으로 M에게 고마움이 느껴졌다.

"술이라, 술, 술. 아이구 정말 반갑네요. 어떤 명주가 들었을까요? 술병 자체가 골동품이나 예술품 같네요. 예사롭지 않습니다."

M은 너스레가 많아진 내게 눈길을 돌리고 이삼 초 정시했다. 마치 네 속셈이 뭔지 환하게 다 비쳐 보인다고 눈으로 말하는 것 같았다.

"그거 별거 아니야. 여기 아래쪽 산동네에서 땅 파다가 그릇 수십 개가 나왔다길래 몇 푼 집어주고 가져왔지. 한 이삼백 년 전에 만든 건데 솜씨도 그렇게 좋지 않은 게 시골의 토호나 양반 행세하는 집에서나 쓰던 거요. 그릇 만드는 사람이 쥐꼬리만한 재능과 기술을 가지고 저 배운 대로 찍어낸 거지. 그래도 세월이 몇백 년 지나면 사람들이 명품인 줄 착각도 하고 그래. 세월이 지난다고 미꾸라지가 용 되나? 병보다는 안에 들어 있는 내용물이 훨씬 더, 수십 배는 더 가치가 있어요."

그는 술병을 들어서 엄지손가락 크기의 잔에 술을 따랐다. 빛깔이 다시마 같았다. M은 술잔을 손바닥 위에 올려놓고 다시 시험문제를 냈다.

"자, 이건 알코올 도수 삼십 도 소주에 뭔가를 담가서 그게 가지고 있는 성분을 최대한 밖으로 추출해낸 겁니다. 그게 뭘까요."

"식물이죠? 힌트를 더 주시면 좋겠는데요."

"아, 특히 두 분한테 좋은 거지. 부부 금슬에 직방, 특효인 약이야. 아무리 사이 나쁜 부부라도 잠들기 전에 이거 한 잔씩만 마시면 불이 확 붙어요."

"아, 어렵다. 바이애그라 같은 건가요, 선생님? 근데 그건 남자한테 해당되는 게 아닌가요?"

"절반은 맞히셨네. 이 식물의 이름은 음양곽이라고도 합니다. 모양을 따서 가지가 셋에 이파리가 아홉이라고 삼지구엽초라 하지. 여기서 음양은 여자와 남자, 음과 양 이야기가 아니라 이 약초를 먹으면 순한 양까지 음란해진다고 해서 이런 말이 나온 거지. 남성호르몬을 강하게 하고 성기능을 왕성하게 하면서 불임증을 치료하고 허리, 무릎에 힘이 없을 때, 소변 줄기가 약할 때 최고의 효과를 발휘하지요. 평소에 팔다리가 찬 사람들한테 아주 좋고. 원래 성기능이 뛰어난 사람은 이걸 먹으면 열이 많이 나는 부작용이 있으니까 알고서 먹어야 문제가 없어."

그들끼리의 토론학습이 끝나기를 기다리다못해 술잔의 술을 마시고 난 내가 말했다.

"삼지구엽초는 저도 야생초 다큐멘터리 하면서 다룬 적이 있어요. 비아그라처럼 발기부전에 좋다고 하던데요. 정력, 양기에 좋지 않으면 방송을 탈 수가 없죠."

M의 콧수염과 턱수염 사이에 가로로 나 있는 부드러운 구멍이 움직였다.

"이건 내가 한국 최초로 세상에 널리 알렸지. 비아그라 나오기 전에는 이 음양곽 하나만 가지고도 웬만한 제약회사 흥망을 좌우할 수 있었어, 내가. 돈을 벌자고만 했으면 말이야. 내가 병으로 고생하는, 부부 사이 금슬 때문에 고민하는 수많은 사람들에게 아무런 대가도 받지 않고 건강하고 행복하게 살아갈 수 있는 방법을 그저 가르쳐준 거야."

I가 기침을 했다.

"선생님 말씀이 맞습니다. 초국적 거대 제약회사들이 말라리아처럼 흔한 질병을 치료하는 약은 잘 개발하지 않아요. 말라리아에 걸리는 사람들은 약값을 치를 능력이 없는 가난한 나라 사람들이니까요. 빌 게이츠 같은 사람들이 재단을 통해 지원해서 후진국에 흔한 말라리아, 소아마비, 뎅기열 같은 병의 치료약을 아주 값싸게 만들게 하고 있어요. 벌써 칠 년 전이네요. 제가 마지막으로 프로그램 만들어서 방송한 게."

분위기는 나쁘지 않았다.

"음양곽뿐만 아니라 지금 대기업에서 숙취해소 음료로 만들어 팔고 있는 헛개나무, 산수유 이런 거 다 내가 몇천 년, 몇백 년 된 고문서, 원전을 일일이 뒤져가지고 찾아낸 것들이란 말이지. 내가 이야기하기 시작하면 한 오 년, 십 년 후에 세상에 다시없는 명약으로 방송이고 신문지상에 도배를 하곤 하지. 난 돈에 매이기 싫으니까 장사를 안 한 거뿐이고."

밥은 보리와 현미가 많이 들어가서 외식을 주로 해온 내 입에는 거칠었다. 반찬은 고추지 같은 장아찌 종류가 서너 가지에 고추장과 된

장, 간장으로 버무린 산나물무침 등의 밑반찬이 많았고 대체로 짰다. 밥을 먹으면서 나는 스스로 잔을 비우고 따라서 도자기 속의 술을 거의 다 마셨다. I에게 한 잔을 따라주었고 Q는 거세게 손사래를 쳐서 술병을 아예 우회해서 M의 잔을 채웠지만 그는 술잔에 전혀 손을 대지 않았다. 계속 이야기를 하느라 바빴다. 우리가 식사를 거의 다 마치자 그는 다시 질문을 던졌다.

"여러분이 지금 식사한 음식과 반찬에는 전부 다 염화나트륨, 즉 소금이 들어가 있습니다. 소금 중에 제일 좋은 게 뭔지 아는 사람?"

나는 식당에서 식사를 마친 뒤 서둘러 계산대로 가서 신용카드를 꺼내는 기분으로 대답했다.

"당연히 죽염이죠. 저는 그거 사다가 반찬 할 때도 쓰지만 감기 걸렸을 때 양치질도 하고 피부염, 습진에도 죽염 녹인 물을 바르거든요. 금방 나아요."

그는 나를 보지도 않고 단언했다.

"죽염의 죽 자가 무슨 뜻인지 전혀 모르는구만. 죽을 죽 자야. 뭣도 모르고 죽염 먹으면 죽어요, 죽어."

술기운이 식도 주변으로 뻣뻣하게 가지를 쳤다.

"그러면 죽염을 만들어 파는 그 많은 회사, 사람들이 전부 사기꾼이라는 겁니까? 그걸 비싼 돈 주고 사다 먹는 사람들은 바보 멍청이고요? 그런 식이라면 어떤 음식이든 죽을 죽 자를 붙일 수 있죠. 사람이 먹고 마신다고 안 죽는 게 뭐가 있어요? 산삼이나 녹용을 아무리 먹어도 어차피 사람은 죽잖아요. 죽삼, 죽용이죠."

M은 수염을 꼬다가 새끼손가락으로 머리를 긁다 하더니 아무렇지

도 않다는 듯 대꾸했다.

"만들면 제대로 만들어야 한다는 거지. 지금 시중에 깔려 있는 죽염은 전부 다 엉터리다 이 말이야. 그냥 대충 대나무 잘라서 소금 집어넣고 흙속에다 구워대는데. 그래서는 흙속에 있는 중금속이나 유독 성분이 소금에 스며들어서 사람 몸에 오히려 해로워. 도대체 뭘 알고 장사를 해도 해야지 말이야. 내가 여기 황벽산에 들어와서 법제한 소금이 있어요. 내가 뭐든지 만들기만 하면 재벌가에 음식 들여가는 사람들이나 강남의 유명 백화점들에서 어떻게 알고 귀신같이 찾아오더라 이 말이지. 내가 나 쓰고 남은 건 불치병 환자들한테 줘야 한다고 안 주니까 값만 자꾸 올라가. 소금 백 그램에 백만 원까지 값이 올라갔습니다. 여기 운영도 해야 하고 해서 알 만한 사람들한테 연락해서 조금씩 나눠준 적은 있어. 상업적인 목적은 전혀 없이."

Q가 나섰다.

"맞아요. 나도 선생님한테서 여기 소금 받아서 미국서 풍치도 고치고 의사 예약이고 의료보험이고 잘 안 되는 안질. 피부 트러블 이런 잔병들까지 싹 해결했어요. 정말 선생님 소금은 기적의 소금이야. 우리 갈 때 좀 주실 거죠, 선생님?"

M은 수염을 매만지면서 고개를 끄덕거렸다.

"남아 있는 게 많지 않긴 하지만 특별히 드려야지. 내가 법제한 소금은 세상과 목숨을 살리는 소금이라고 해서 구세활인염이라고 하지. 너무 기니까 일반인들이 그저 구세염, 활인염 이렇게 부릅니다. 이 소금을 혀 밑에 넣고서 등산을 해보세요. 숨이 하나도 안 차. 수영 같은 거 할 때도 호흡이 훨씬 길어지는 걸 금방 느낄 수가 있어. 나는 이 소금을 가지고 히말라야 고봉을 동네 뒷산처럼 올라갔다고. 네팔에서 유명한 셰르파들이 나한테 그레이트 마스터라고 부르고. 거기 온 유럽, 미국 사람들은 나를 생불 보듯 하더라고. 활인염으로 만든 고추장 넣어서 비빔밥을 만들었더니 외국인들이 그 비빔밥 먹고 나서는 자기네 음식은 안 먹으려고 해."

셰르파들이 나오는 히말라야 오지 다큐멘터리를 제작해서 I의 방송사에 납품한 적이 있던 나는 좀 전의 복수를 하는 심정으로 꽤 오래 M을 노려보았다.

"그럴 수밖에 없겠지요. 소금의 짠맛이라는 건 인류에게는 다 통하니까 진짜 좋은 소금의 맛은 어느 나라 사람한테나 통하겠네요. 그런데 히말라야는 어떻게 가셨어요? 무슨 계기라도 있으셨나요?"

내가 비아냥거려도 그는 모르는 척했다.

"부처가 설산에서 몇십 몇백 날을 고행하면서 단식을 해도 살 수가 있었던 이유가 소금 때문이다 이거야. 부처는 소금을 직접 만들어서 먹었어. 내가 싯다르타가 깨달음을 얻었다는 인도 부다가야에 갔을 때 그 비밀을 딱 알아차리고는 한국에 오자마자 구세활인염을 만든 거야. 그거 테스트하러 히말라야에 다시 간 겁니다. 그때까지 사람이 한 번도 못 올라간 육칠천 미터급 봉우리도 여럿 올라가고 팔천 이상 봉우리 세 개를 무산소 등정으로 올라갔어. 내가 한국에 들어와서 그 소금으로 난치병 환자들 치료도 하고 음식도 만들고 그랬는데, 의료법이니 식품위생법이니 어쩌니 하면서 사람을 얼마나 괴롭혀대는지. 나한테 무슨 면허가 있네 학위가 없네 해가면서, 나 참 아니꼽고 더러워서. 내가 이놈의 나라 이 민족한테 만정이 다 떨어져서 에이즈,

말기암 걸린 사람들이 와서 울고불고 무릎 꿇고 빌어도 신경 안 쓰고 내 할 일만 하고 했어요. 이제 좀 풀려서 조금씩 사람들 접촉도 하는 거지만."

Q는 선생님이 세상을 구하지 않으면 사람들이 얼마나 죽어나갈지 모른다, 돈과 명성에 눈이 먼 의사, 약사, 제약회사 따위가 시비를 거는 건 신경을 쓰지 말라, 선생님에게는 오로지 선생님만 바라보는 사람들이 있지 않느냐고 긴 신앙고백을 했다. 몇 번이고 자신이 말할 기회를 잡으려다 실패한 M이 일어섰다. 그의 도포 앞섶에서 바람이 일었다. 풀을 먹인 옷은 그런 맛으로 입는 것 같았다.

날이 어둑해진 시간에 M이 우리 일행을 데려간 곳은 찜질방이었다. 원래는 백여 년 전부터 스님들이 거주하던 토굴이었다고 했다. 그걸 안쪽으로 더 파서 몇 배 크기로 넓히고 구들을 놓았으며 소금을 섞은 황토를 덮어 마무리했다. 방은 후끈했다. 숨쉬기가 곤란할 정도였다.

"이거 지은 지 얼마 안 돼서 계속 불을 때고 있어. 그래야 여기 고인 습기하고 음기, 사람으로 치면 멍 같은 울기鬱氣가 시원하게 쭉쭉 빠져나가니까. 그러고 나면 불을 때도 안 때도 이 방은 저 혼자 호흡을 하면서 안에 들어 있는 생명을 자기 몸처럼 편안하게 해줍니다. 여긴 일절 인공적인 시설을 안 했어. 전기도 안 넣었지."

나는 아주 쉬운 질문을 했다.

"오늘 여기서 주무실 건가요?"

M에게가 아니라 I를 향해서였다. I는 나를 천천히 돌아보았다.

"자넨 무슨 약속이라도 있어? 이 시간에 어디로 가. 이 산중에 호텔이 있는 것도 아니고."

그는 땀을 흘리고 있었고 지치고 무기력해 보였다.

"진! 여기 좀 봐요. 이런 데서 자는 건 우리 일생의 행운이에요. 요기 황토찜질방에서 며칠 자고 나면 당신 통풍 있는 거 깨끗하게 가실 거래요. 선생님 말씀 좀 들어봐."

I는 나를 향한 채 십 년 된 골병이 하룻저녁에 좋아질 리가 있나, 하면서 어두운 때 플래시 하나 없이 산에서 내려가는 건 무리라고 아주 작은 소리로 말했다. 나는 그에 반비례하게 큰 소리를 냈다.

"선배, 저는 더운 걸 못 참아서 한겨울에도 속옷 하나 안 입고 홀랑 벗고 자요. 오늘 이런 데서 같이 잤다가는 형수님이 못 볼 꼴 보시게 될 거예요."

"이 친구, 왜 이래. 집주인한테 지킬 예의가 있지. 이렇게 애를 써서 만든 좋은 데서 자라고 해주시는데."

"암만 그래도 베개나 이불 정도는 있어야 하는 거 아닌가. 여기 잡지 한 권밖에 없는데 저거 베고 덮고 자라는 거예요? 방바닥에서 그냥 잤다가는 얼굴이고 뭐고 빨갛게 다 익어버릴걸. 암튼 저는 차로 내려가서 잘게요."

그제서야 멀찌감치서 뒷짐을 지고 서서 우리의 대화를 듣고 있던 M이 입을 열었다.

"여기는 밤 되면 완전히 캄캄하고 멧돼지 같은 짐승도 내려오고 해서 처음 오는 사람은 맘대로 다닐 수가 없어. 내부적으로 순찰을 돌지만 그것만 가지고는 안전하지 않지."

"말씀 감사합니다만 저는 오늘 곧 죽어도 괜찮습니다. 한국 땅에서 한국 놈이 한국 짐승한테 잡아먹히고 소화 배설된 뒤에는 부엽토로 돌아가 동식물을 키우는 거죠. 대우주의 순환 원리에 순종하는 것도 되고. 그런데 순찰을 돈다는 건 뭐죠? 이 심심산골 깊은 산중에 도둑놈이나 날강도라도 오나요?"

예상대로 그는 고개를 완강하게 흔들었다.

"도둑은 무슨. 우리는 남들이 탐을 낼 만한 물질은 가진 게 전혀 없어. 밤에 멋대로 오거나 가는 사람이 있어서 다치고 길을 잃거나 해서 그런 거지. 여기 있기 싫으면 좋을 대로 해. 나는 누구한테도 내 집에 일부러 오라고 하는 일이 없지만 가는 사람도 절대로 안 잡습니다."

Q가 사이에 끼어들었다.

"아유, 선생님도 무슨 그런 섭섭한 말씀을. 저 여기 오는 데 몇 년이나 걸렸는지 아세요? 육 년이에요, 육 년. 어떻게 왔는데 몇 시간 있다가 하룻밤도 안 자고 가란 말이에요. 전 절대 못 가요, 가라고 떠미셔도."

Q의 말에는 애교마저 느껴졌다. 내가 소름이 다 돋았다. 오십 초반의 여자가 자신보다 네댓 살 아래인 남자의 맨가슴에 머리를 기대는 느낌이었다. I를 보니 그는 안경을 벗고 눈을 비비는 중이었다.

"삼나무 목침하고 자작나무 톱밥으로 만든 베개하고 있으니까 하나씩 고르세요."

M이 벽에 칼로 그은 듯한 자리를 옆으로 밀자 벽장이 드러났다. 속에는 베개와 이불, 양초, 석유 램프 등 그 방에서 밤을 보낼 때 소용될 물건이 들어 있었다.

"요강은 없습니까?"

I가 물었다. 농담 같지 않았다. 하지만 Q는 I의 어깨를 치며 웃음을 터뜨렸다.

"이이는…… 선생님 앞에서 못하는 말이 없어."

"뭐가? 여기는 밤중 되면 별빛밖에 없는 캄캄 무인지경일 텐데 화장실이 어디 있는 줄 알고. 이건 아주 중요해. 특히 당신한테."

나는 내가 어차피 화장실을 가야 하니 다녀와서 어디 있는지 가르쳐주겠노라고 하고는 M이 뭐라고 하기 전에 찜질방을 나왔다. 찜질방에서 쉰 걸음쯤 위, 북쪽 산자락 바로 아래에 커다란 원통형 수조가 철탑 위에 올려져 있었고 거기에 네모진 컨테이너가 붙어 있었다. 그게 수세식 화장실인 줄 알고 다가갔다. 하지만 화장실은 없었다. 컨테이너에서는 냉장고처럼 웅웅거리는 소리가 났고 문에는 주먹만한 자물통이 걸려 있었다.

화장실은 기와집 본채에서도 한참 떨어진 숲가에 움막 형태로 지어져 있었다. 재래식 화장실이나 수세식 화장실처럼 만들어진 게 아니었다. 잿구덩이와 삽, 벽돌 두 개가 있었고 사용법이 적혀 있었다. 삽으로 재를 떠다 바닥에 놓은 뒤 벽돌 위에 올라앉아 볼일을 보고 난 다음 그 위에 재를 다시 덮어 잿구덩이로 던지라는 것이었다. 소변의 경우 남자들은 과거 고속도로 휴게소에 있던 오줌 수거용 플라스틱통을, 여자들은 요강을 이용하도록 되어 있었다. 여분의 요강이 하나 있어서 집어들고 찜질방으로 올라왔다.

"자네, 정말 이럴 건가?"

I는 요강을 받아든 채 차로 내려가겠다고 하는 내게 따지듯 말했다. M은 그새 어디론가 가고 보이지 않았다.

"선배, 저 같은 속인은 이런 데 조금이라도 더 있으면 성스러운 대자연의 처분에 목숨을 바쳐야 할지도 몰라요. 두 분은 음양주인지 뭔지 덕 좀 보시고 오랜만에 다정하게 만리장성도 쌓고 그러시라고요.
이런 기회가 평생 자주 오는 거 아녜요."

내 농담에도 I는 찡그린 얼굴을 풀지 않았다. 그는 정말 그곳에 있
는 게 싫은 것 같았다.

"나 폐소공포증 있는 거 알잖아. 이런 데서 잘 자신 없어. 숨쉬는
것도 답답하다고."

그가 자신을 데리고 가달라는 듯 나를 붙들고 늘어졌다. 일단 밖으
로 나가려는데 새파랗게 날이 선 Q의 목소리가 들려왔다.

"진! 이리 와요!"

그들 부부가 언제부터 서로를 약칭, 혹은 애칭으로 부르게 됐는지
모를 일이었다. I의 이름 어디에도 없는 '진'이 또 어디에서 유래했는
지도.

"당신이 언제부터 애거러포비아가 있었다는 거야?"

"난 애거러포비아라고 한 적 없어."

"폐소공포증이 애거러포비아의 일종이라는 거 몰라?"

"클로스트로포비아가 왜 애거러포비아야?"

"둘 다 앵자이어티에서 오는 거라고. 뿌리가 같은 거라니까. 당신
은 나한테 한 번도 애거러포비아라고 말한 적 없어. 당신은 나랑 같이
있기 싫어서 병을 지어내는 거야. 유 어 러 라이어, 라이어!"

그들은 이혼 직전의 미국 부부처럼 삿대질을 하며 격론을 벌였다.
곁에서 보고 있기가 괴로워 자리를 떴다. 결혼도 부부싸움도 해본 적
없이 이제까지 혼자라는 사실이 서글프기도 하고 홀가분하기도 했다.

그새 산중의 밤은 완전히 무르익어 있었다. 신장神將처럼 키 큰 나

무들이 안으로 우듬지를 휘어서 둥근 고리 모양의 하늘을 호위하듯 둘러쌌다. 오목렌즈처럼 좁아진 하늘에 촘촘하게 수를 놓은 듯 별이 빛나고 있었다. 머리를 들고 별빛이 휘황한 하늘을 보고 있는데 머리부터 발끝까지 정전기가 흘러가듯 찌르르 소름이 끼치면서 가슴이 뻐근해져왔다. 이유를 알 수 없게 목이 메어 나는 두 손으로 목을 감싸안았다. 고인 눈물이 흘러내리지 않도록 고개를 쳐든 채 오래도록 서 있었다.

전기를 자급자족해서 그런지 인공적인 불빛이 거의 없었고 있는 것도 작고 어두웠다. 나는 휴대전화의 플래시 기능을 이용해 침류헌으로 방향을 잡았다. 차로 가기에는 멀기도 하거니와 가다가 M이나 M 휘하 순찰대와 마주치기라도 하면 뭐라고 말해야 할지 애매했다. 다음날 운전해서 올라갈 것을 생각하면 무조건 잠은 자야 했다.

침류헌으로 가니 밥상이 치워지고 없었다. 밥상이 있었던 흔적조차 없었고 냄새도 전혀 나지 않았다. 난간을 베고 누웠다. 잠이 오지 않았다. 일어나 앉아 위스키를 꺼내 몇 모금을 들이켰다. 처마 너머로 별이 내다보였다. 여전히 황홀했다.

취기가 몰려와 손을 머리 밑에 깔고 맨바닥에 누웠다. 한여름이라도 산중의 밤은 추웠다. 습관적으로 저체온증이라는 단어를 검색해보려고 스마트폰을 건드려봤다. 신호가 전혀 잡히지 않았다. 휴대전화는 배가 뜨끈했고 배터리는 3분의 1도 남지 않았다. 나는 데이터 네트워크 기능을 껐다.

추워서 그런지 모기가 없어 다행이었다. 이름 모를 벌레 소리가 들렸다. 가끔 밤새들이 울고 날개인지 나뭇가지인지 움직이는 소리도 들렸다.

타락한 세상으로부터 자신들을 지켜야 한다는 명목으로 집단 자살을 택한 종교집단이 생각났다. 모든 생명은 죽음을 필사적으로 뿌리치려 하고 삶을 원한다. 그런 그들로 하여금 죽음을 선택하게 한 것은 사후의 구원에 대한 믿음뿐이었을까. 거부할 수 없는 쾌락이나 마약, 무력이며 폭력 같은 통제수단은 없었을까.

아까 나는 왜 울었을까. 이런 것이 자연의 위대한 포스인가. 눈물로 인간을 정화시키고 호흡을 늦추어 가만히 우주에 포용될 기회를 주는 것…… 이런 장소를 마련했다는 것만으로도 M은 자신의 몫을 했을 수 있다. 그의 오만과 자화자찬은 거기에 비하면 사소하고 용납할 수 있는 게 아닐까. 갖가지 생각을 하다가 잠이 들었다.

눈을 뜨자 아직 해가 뜨기 전인 듯했다. 아니 해는 이미 떴는데 산이 높아서 햇빛이 들어오지 않고 있었다. 기지개를 켰다. 얼음에 금이 가듯 우지직 소리가 났다. 추워서 오그리고 잔 탓인지 몸 이곳저곳이 결렸다.

찜질방으로 가니 I 부부는 이미 밖에 나와서 앉아 있었다. 그들은 한잠도 자지 못한 듯 눈에는 핏발이 서 있었고 피부는 푸석푸석했다. Q는 끊임없이 하품을 해댔다. 내가 "잘 주무셨습니까?" 하고 인사를 건네자 I는 내 손을 잡았다. 손이 갈퀴 같았다.

"진짜 한숨도 못 잤어. 이 여름에 창문 하나 없는 토굴에 군불을 때니 뜨겁고 숨이 막혀서 잘 수가 있어야지. 여긴 완전히 미친놈 소굴이야. 정말 지긋지긋해. 최대한 빨리 여기를 빠져나가자고."

나는 웅크리고 앉아 머리를 감싸고 있는 Q를 가리켰다.

"형수님은요? 지금 가시겠대요?"

"저 사람이 더 난리야. 오밤중에 자네 찾아서 데리고 오라고 나를 얼마나 닦달을 했는지 몰라. 하도 캄캄하니까 한 걸음도 내디딜 수가 없더라고. 정말 지옥이 따로 없어. 누구 때문에 여기까지 왔는데. 나 집으로 돌아가면 심각하게 우리 관계 검토해볼 거야. 애들도 다 컸으니까 이해해줄 거라고. 저 사람도 여기 사이비 교주 같은 인간도 정신병원에 가서 다들 스캔을 받아야 해."

I의 말을 듣느라고 M이 와 있는 것도 눈치채지 못했다. M은 헛기침으로 자신의 존재를 알린 뒤 깜짝 놀라는 우리를 향해 유생처럼 읍揖을 해 보였다. I는 내키지 않는 듯했지만 합장으로 인사했다. M은 방향을 바꿔 천천히 일어서는 Q를 향해서도 인사를 건넸다. Q가 대꾸를 하는 것 같았지만 무슨 말을 하는지 들리지 않았다.

"하룻밤 새 이 방에서 주무시면서 기를 충분히 받으셨으니까 이제는 섭생을 잘해야 합니다. 내가 보니까 두 분은 미국서 햄버거나 콜라 같은 인스턴트 음식, 유전자 변형 옥수수 같은 걸 너무 많이 드셨어. 지금 몸이 뚱뚱해진 것처럼 보이지만 사실은 부은 거야. 나쁜 물이 몸속에 너무 많이 들어 있단 말이지. 이걸 바로잡는 데는 두 가지 방법이 있어. 하나는 몸속에 지나치게 많은 당분을 태우는 거야. 이따가 내가 활인염을 드릴 텐데 그걸 매일 공복에 한 숟가락씩 드세요. 배가 고프다 싶을 때마다 먹으라는 거야. 짠맛은 상호 대립되는 당분을 태우는 효능이 있거든. 또하나의 비방은 내가 지금 드리는 특별한 물을 장복하는 거야. 이 물로 몸의 나쁜 물을 좋은 걸로 싹 바꾸는 거지. 삼칠일 동안 하루 반 말씩만 마시면 돼."

I와 M 사이로 내가 끼어들었다.

"아니 하루에 소금을 세 숟갈, 물을 하루 십 리터씩 먹으라는 이야 긴데, 그러고 사람이 삽니까. 고혈압에 배가 터져 죽으면 누가 책임지 나요?"

책임이라는 말을 하자 M은 갑자기 평정을 잃었다.

"이 사람이 정말 보자보자 하니까 무식한 소리가 끝이 없네. 이 물 이 보통 물하고 같은 줄 알아? 이 물은 전 세계에서 특허를 낸 신기술 로 몸에 이로운 성분만 세포벽을 통과하게 해서 만든 거라고. 지구상 에 있는 어떤 물보다 깨끗하고 좋은 물이란 말이야. 이 물을 한 번만 마시면 다른 물은 냄새나서 다 입에도 못 대고 마셔도 토해버려. 여기 까지 사람들이 왜 죽자고 찾아오는 줄 알아? 바로 이 물 때문이야. 한 번 마셔보면 죽어가던 몸이 살아나는 게 느껴져. 스티브 잡스도 이 물 먹었으면 안 죽었어."

그의 관자놀이에 핏대가 서고 수염이 떨리고 있었으며 입가에는 침 이 허옇게 일었다. 나는 아직 M이 지배하는 시공 안에 있다는 걸 실 감했다.

"뭐 그렇게 순수한 물이라면 별 탈은 없지 않을까요. 맛만 봅시다."

M은 이미 혼자 들기 힘들게 무거운 물통을 가져다놓은 참이었다. 그는 커다란 스테인리스 그릇에 물을 가득 따르더니 곧바로 Q에게 건넸다. Q는 물그릇을 받아들고는 신심을 입증하듯 단숨에 다 마셔 버렸다. M은 갸륵하다는 듯이 고개를 끄덕이더니 한 그릇을 더 주었 다. 다음이 내 차례였다. 물맛은 그다지 특별할 게 없었다. 약간의 소 금기가 느껴지는 게 실제로 소금을 넣어서 그런지 그렇지 않은지 궁

금했다. 내가 그릇에서 입을 떼자 I가 눈으로 '어때?' 하고 물었다.

"쏘 쏘!"

이유를 알 수 없게 영어가 내 입에서 흘러나왔다. "진!" 하고 Q가 I를 재촉했다. M이 어느새 그릇에 물을 따르고 있었다. I는 내키지 않아하면서도 그릇을 받아들고 물을 마셨다. 두 그릇째는 단호하게 고개를 흔들어 사양했다. 내가 M에게서 그릇을 받아들어 꿀꺽꿀꺽 마셨다. 의아해하는 I의 눈길에 나는 대답했다.

"공짜 아닌가요?"

"양잿물은 아니라는 거야?"

내가 말하자 I가 즉각 되받았다. 가시가 있긴 했지만 누그러진 느낌이었다. M이 다시 물을 따랐으나 아무도 마시려고 하지 않아서 내가 또 마셨다. 정말 배가 터질 것처럼 불러왔다.

"선생님, 식사 준비됐습니다."

고구려 고분 벽화에 나오는 인물처럼 개량한복을 차려입은 청년이 M에게 말했다. M이 앞장서고 Q, I, 그리고 내가 뒤를 따랐다.

기와집 마루 앞에 이십여 명이 서서 우리를 기다리고 있었다. M이 대청마루 한가운데 놓인 4인용 밥상 앞에 좌정하고 우리가 뒤따라 앉았다. 좀 떨어진 쪽마루에 밥과 국이 담긴 양동이가 있었고 플라스틱 식판에 반찬이 몇 가지 담겨 있었다. 서 있던 사람들은 각자의 식판에 밥, 반찬, 국을 나눠 담고 마루끝에 걸터앉거나 서서 식사를 하기 시작했다. 대부분 밥을 국에 말고 거기에 반찬을 얹은 뒤에 숟가락만으로 먹었다. 젓가락을 쓰는 사람은 4인용 밥상 앞에 앉은 사람뿐이었다.

네 사람이 둘러앉은 상 한가운데에 김을 한 장 한 장 기름 발라 굽고 먹기 좋은 크기로 잘라 접시에 쌓은 뒤에 넘어지지 않게 대바늘을 꽂아두었다. M이 당연한 권리인 양 맨 위의 김을 쏙 뽑아 먹었다. 두 장, 세 장, 네 장, 다섯 장째까지.

"김을 이렇게 해놓은 건 오랜만에 보네요. 계란찜도 그렇고. 밥이 끓기 전에 솥에 넣어서 만들었겠죠? 어릴 적 밥상하고 똑같아서 신기하네요."

오로지 먹고 씹고 마시는 소리밖에 나지 않는 게 어색해서 내가 물었다. M이 고개를 들고는 대꾸했다.

"난 한 번도 내 손으로 밥이나 반찬을 해본 적이 없어. 태어나면서 부터 지금까지 쭉."

"히말라야에 가셨을 때는 어떻게 하셨나요?"

"밥을 직접 해먹든 얻어먹든 그만큼 육신과 영혼이 거기에 속박이 되지. 나는 자유를 위해 배급되는 밥을 거부하고 소금하고 물만 먹었다고."

배급이라는 말에 그가 이야기한 히말라야가 어딘지 단서가 잡히는 듯했다. 지레 혼자만의 웃음이 터져나오려는 걸 간신히 참고 물었다.

"소금 만드실 때나 아까 그 특별한 물 만들 때도 손을 전혀 안 대십니까?"

"그래, 발로 했지. 사람을 시키거나."

나와 M이 탁구를 치듯 말을 주고받는데 I가 숟가락을 내려놓으며 물었다.

"저분들은 여기서 뭘 하고 있습니까?"

쪽마루에서 밥을 먹고 있는 사람들은 대체로 때묻고 냄새가 나는 헌

옷을 입었으며 병약해 보였다. M은 밥을 씹으면서도 술술 대답했다.

"대부분은 불치병 환자들이오. 병원에서 사형선고를 받은 사람들. 여기서 좋은 기운 받고 좋은 공기 마시고 좋은 물 먹고 그러고 살아가는 거야. 저 아래쪽에 계곡 따라서 텐트도 치고 여기서 남은 자재 가져다가 가건물도 짓고 해서 살고 있어. 나는 전혀 간섭하지 않습니다. 내가 자선사업하는 사람은 아니니까 자기들 먹고 입고 자고 할 건 가지고 오지. 나무도 해오고 청소하고 풀도 뽑고 시설이 고장나면 수리도 하고."

"어떻게든 살아보려고 이런 막다른 곳까지 왔는데 노동을 시키다니요. 저렇게 심하게 아픈 사람들이 그러다 무슨 큰일이라도 나면 누가 책임을 집니까?"

책임이라는 단어가 나오자 M은 눈매가 다시 사나워졌다.

"저 사람들이 자원해서 와 있는 거요. 있기 싫으면 언제든 가라지. 오고 싶다는 사람은 줄을 섰으니."

"오오 진, 우리 여기서 나가요. 빨리 식사부터 끝내요."

Q가 애원하듯 말했다. I가 다시 숟가락을 들었다. 수염에 손을 대고 헛기침을 하던 M이 내게 물었다.

"거기 제일 질문 많던 양반, 뭐 더 궁금한 건 없소?"

나는 M에게 전에 없던 친밀감을 느끼고 있었다.

"질문을 제가 제일 많이 하지는 않았는데…… 암튼 저분들한테 그동안 무슨 사고가 생기지는 않았나요? 교통도 불편한데 병원 가기도 힘들잖아요."

"마음이든 몸이든 자기들한테 생사가 걸린 중차대한 문제가 발생

해서 자체 해결이 안 된다, 그래서 자기들이 여기 온 거니까 죽든 살든 알아서 해야지. 그래도 혹시 뭔 일이 생기든지 나한테 이의 제기를 하지 않겠다고 각서를, 보호자 서명을 붙여서 다 받아. 어떤 명의도 병을 낫게 해줄 수는 없어. 혼자 스스로가 낫는 거지. 나는 그걸 깨닫게 해주는 것뿐이야."

내가 대꾸를 하려는 순간, I가 우리 사이에 다시 끼어들었다. 그의 말이 길어질수록 언성이 높아지더니 나중에는 방송의 시사고발 프로그램에서나 들을 수 있는 쨍쨍한 어조가 되었다.

"이런 데까지 오는 사람들은 정상적인 방법으로는 세상에서, 병원에서 더 버틸 수 없을 만큼 경제적으로, 사회적으로 약자예요. 여기서 해주는 게 뭡니까? 병원에서 치료받아야 할 사람들을 교묘한 궤변으로 여기다 묶어두는 건 아닌가요? 가족과 함께 보낼 생애 마지막의 시간을 노동으로 착취하고 희망고문을 하는 게 아니냐고. 생각이 있는 사람이라면 그렇게 할 수가 있는 겁니까?"

M은 잡아먹을 듯 I를 노려보았다. 그러고는 Q를 향해 손가락질하며 소리를 질렀다.

"나가, 나가라고! 이 미친놈 데리고 빨리 꺼져버려. 아니 내가 이 사람들 가난하고 병들게 만든 거야? 당신들도 내가 오라고 했어? 잘됐든 못됐든 지네가 지네 인생 사는 거지, 나보고 뭘 어쩌라고?"

I도 지지 않고 맞서 소리쳤다.

"무방비한 환자, 약한 사람들을 해괴한 논리로 꼬드겨서 데리고 있으면서 이상한 물건 비싸게 팔아 처먹고 힐링인지 뭔지 한다고 이름 얻어서 이득 보는 게 누구야? 사람들이 모든 책임을 자기 자신에게 돌리게 만들잖아. 가난하고 힘들고 아픈 게 자신의 의지나 실천력 문제라고!"

Q가 두 팔을 머리 위로 치켜든 채 I에게 달려들었다.

"하니, 여보, 여보, 플리즈, 플리즈, 제발!"

정작 I가 대변하고 나서는 사람들은 밥그릇이며 숟가락을 든 채 우리 사이에 벌어진 소동을 가만히 지켜만 보고 있었다. 잘못되어서 M이 그들까지 다 내치지 않을지 불안해하는 게 역력히 느껴졌다. 나라도 무슨 역할을 해야 할 것 같았다.

"선배, 기업가나 종교 지도자나 영적 스승, 멘토라는 인간들 다 마찬가지잖아요. 자선사업하는 사업가, 사업체는 없죠. 어설프게 자선하자는 놈 있으면 한꺼번에 몰려가서 아예 싹을 밟아서 죽여버리는 거 잘 아시면서 그러세요. 그래야 자기네들 사업이 영원불멸할 테니까. 그게 진짜 프로죠. 밟히고 견디는 것도 프로고."

Q가 I를 끌고 가는 사이 M은 흥분을 가라앉히려는지 정자관을 벗었다 다시 썼다. 그 순간 펠리컨의 부리처럼 생긴 도포 소매 속에서 하얀 종이봉투가 뾰족한 귀를 살짝 보이고는 사라졌다. 그는 길게 한숨을 쉬고 나서 내게 큰 교훈이라도 알려주듯 목소리를 낮춰서 말했다.

"내가 갈 데 못 갈 데 다니면서 겪어봐서 다 알지. 기회를 잡으면 꽉 붙들어서 자기 걸로 하는 게 절대적으로 중요해. 그다음에 남들은 기어오를 생각을 못하게 진입장벽을 높이 쌓아야 해. 그뒤로는 적당히 베푸는 척하고 적당히 폼 잡고 잘 버티는 거야. 유명하고 성공한 사람들 다 그래. 예나 지금이나. 안 그래요?"

M은 Q와 I에게 주라며 네모진 종이상자를 두 개 주었다. 안에 구

세활인염이 들어 있다는 것이었다. 시중에서 사려면 몇백만 원씩 할 거라고 했다. I가 미리 그만한 돈을 지불했는지 나는 물어보지 않았다. 거기에 하룻밤 숙박비며 밥값, 물값, 강연료, 별구경, 포스 체험까지 포함돼 있는지도.

"운전기사는 암것도 안 줍니까?"

내가 농담처럼 묻자 M은 진지하게 대답했다.

"내 사전에 공짜는 없어. 며칠 더 있으면서 말 상대라도 해준다면 몰라도. 무슨 바쁜 일 있어?"

"바쁜 일 전혀 없어요. 오라는 사람도 없고 기다리는 사람도 없고."

"그럼 며칠 더 있다 가든지. 돈 안 받는다."

"그래도 가야지요. 그럴수록 가야지. 그게 인간이니까."

어느새 나도 그의 말투에 동화되고 있었다.

"올 때는 그리 힘들게 오더니 갈 때는 뭐가 그리 급하다고 이리 쉽게 가시는가."

그는 오래된 친구처럼 말했다.

M은 내가 거듭 만류하는데도 차가 있는 곳까지 따라 내려왔다. 아직 분을 가라앉히지 못한 I와 얼굴이 얼음조각처럼 딱딱해진 Q는 뒷자리에 앉은 채로 뒤를 돌아볼 생각조차 하지 않았다.

차가 출발하고 나서도 나는 한동안 차 안의 거울에서 눈을 떼지 못했다. M은 도포 소매에 양손을 집어넣은 채 엄숙하게 서 있었다. 보이지 않을 때까지, 먼지 속에서 먼지가 될 때까지.

매달리다

한 남자가 매달려 있다. 바다와 합류하는 강을 가로지르는 다리 아래, 굵은 느티나무에. 그의 몸은 밧줄로 묶여 있고 밧줄은 나뭇가지에 걸쳐져 있다. 다리가 허공에 떠 있는 남자의 몸은 중력에 의해 지구 중심으로 줄기차게, 팽팽하게 끌어당겨지고 있다.

남자는 목을 매지 않았다. 스스로 자신의 몸을 묶고 나무에 매달려 있는 것이다. 강변에 십여 년 전 군청에서 만들어놓은 체육공원이 있지만 북풍에 눈발이 흩날리는 날씨라 그런지 나무에 매달린 남자를 보고 놀라 자빠지거나 끌어내리려 하거나 경찰에 신고할 사람은 보이지 않는다.

남자는 스스로의 선택으로 나무에 매달렸다. 매달리지 않고서는 견딜 수 없어서. 온몸의 관절이 빠지고 뼈마디란 뼈마디가 다 어긋나는 듯한 고통을 느끼고 싶어서. 적어도 그랬을 때의 기억, 떠올리기조차 싫은 기억을 떠올리기 위해 뼈가 빠지도록 매달려 있는 것이다. 그게 속죄 행위이기라도 한 양, 스스로를 벌하는 것처럼. 그는 벌써 두 시간째, 아무도 없는 강변에서 날이 어두워질 때까지 물을 제대로 짜지 않고 널어놓은 빨래처럼 흐느끼고 흐느적거리며 매달려 있다.

남자는 어릴 적부터 무엇에든 집중해서 매달리는 버릇이 있었다. 그가 기억하는 한 가장 일찍 매달렸던 건 바다였다. 바닷가에 태어난 사내아이들에게 바다는 매달릴 수밖에 없는 대상이고 피할 수 없는 생존경쟁의 전장이었다. 열네 살에 명태잡이배에 처음 오르면서 그는 속으로 다짐했다. '언젠가는 여기 있는 모든 사람들이 나를 배에서 가장 높은 어른으로 우러러보게 하겠다. 아니면 바다에 빠져 죽는다'고.

그때 그를 이끌어주고 격려해줬어야 할 아버지는 죽고 없었다. 아들이 여덟 살 되던 해 겨울, 모든 사람이 우러러보는 선장이었던 아버지는 풍랑이 거센 바다로 명태잡이배를 타고 나갔다가 배가 침몰하면서 집으로 돌아오지 못했다. 첫아들에게 오래 살라고 '명길'이라고 이름을 지어준 아버지였다.

어머니는 바닷가 마을의 무당이었고 고기잡이 나가는 날을 택일해주고 뱃일을 하다 죽은 사람을 위해 진혼굿을 해주곤 했다. 남편이 바다에 나갔다 죽은 일은 그녀의 용한 점괘와 용왕신에게서 받은 신통력에 가려 큰 문제가 되지 않았다. 오히려 남편의 동료였던 선주, 선장, 죽거나 실종된 어부의 가족이 시도 때도 없이 그녀를 찾아왔다. 그녀는 그들에게 자신의 아들을 배에 태우거나 바다로 데리고 나가면 크나큰 재앙이 닥칠 것이라고 위협했다.

하지만 바다에서 살다 바다에서 죽은 남자의 아들이자 바다가 아니면 살 의미가 없다고 생각하는 소년에게 배를 타지 못한다는 건 있을 수 없는 일이었다. 아기가 엄마젖을 본능적으로 빨듯 소년은 고깃배에 다가가 물고기를 받아 내렸고 그물 손질하는 어부들의 잔심부름을 했으며 그 대가로 얻은 작은 물고기를 헐값에 팔기도 했다. 바닷가를 배회하고 있는 소년의 모습은 사시사철 눈에 띄었다. 소년은 선주와 선장들을 찾아다니며 무엇이든 다 할 테니 배에 태워달라고 애원했다. 결국 모자의 팽팽한 대결에서 뱃사람의 피를 물려받은 아들이 승리했다.

초등학교를 졸업하던 해 처음으로 배를 타게 된 소년은 미칠 듯한 두근거림과 두려움, 설렘으로 들뜬 것도 잠시, 배가 난바다에 나가기까지 심한 멀미로 내장을 다 쏟아낼 듯이 토악질을 했다. 모든 사람들에게 뱃사람의 씨가 아니고 어디 다리 밑에서 주워온 자식이라고, 걸리적거리기나 한다고 툭하면 머리를 쥐어박히고 정강이를 걷어차였다. 그렇게 호된 신입 과정을 거쳐 사나흘 만에 간단한 일은 거들 수 있게 되었다. 주로 식사를 담당하는 화장火匠이 소년을 조수로 부렸고 제법 깔끔하게 뒷일을 한다고 칭찬까지 했다.

소년이 집으로 돌아오자 어머니는 돌연히 낯설고 위엄 있는 노인처럼 변해 있었고 어머니라고 부르지도 못하게 했다. 죽을 날을 받아놓았다면서 자신이 살아 있는 동안은 절대 배를 타지 않겠다는 조건으로 소년을 집에 받아들였다.

그뒤 소년은 어머니를 어떤 호칭으로도 부르지 않았다. 계절이 세 번 바뀌고 난 어느 날 소년이 용왕전 앞마루에서 박수무당의 북을 치는데 무당이 억센 손길로 북채를 빼앗아 마당으로 던져버렸다.

"너는 북 칠 팔자가 아니다."

무당은 바닷가 마을의 선주와 선장을 모두 불러오게 했다. 액운을 막는 부적을 한 장씩 그들에게 나눠주고는 소년에게 고개를 돌렸다.

　"나 죽은 연후에 저 어린것이 바닷가를 헤매다가 굶어 죽을까 걱정이오. 대주들이 저 아이를 잘 돌봐준다면 내가 일 년에 네 번씩은 만선을 하도록 용왕님께 축수해드리겠소. 저 아이 흉살이 올해로 모두 없어지고 복덕이 돌아오니 앞으로 혼자서 두어 사람 몫을 할 것이오."

　선주와 선장들이 그 말을 깊이 새기고 지키겠노라고 다짐하고 돌아간 뒤에 무당은 소년에게도 부적을 한 장 써주었다.

　"너는 원래 배보다는 땅에 발 디디고 고래등같은 큰 집에 수많은 사람들하고 같이 살 팔자를 타고났어. 그래도 뱃놈 피를 받았으니 배를 타야 할 것이고 죽을 고비를 두 번은 넘겨야만 남보다 길게 살 수 있을 거다. 이 부적은 내 명을 담았으니 비닐에 잘 싸서 속옷에 꿰매 가지고 다니거라. 안 그러면 너도 네 애비처럼 수중고혼이 되고 말 턴께. 나는 이만 먼저 간다. 너 혼자 남아서 잘살아보거라."

　무당은 남의 말 하듯 하고는 크게 한숨을 내쉬더니 숨을 거두었다. 넋이 나간 소년을 대신해 동네 사람들이 장례 절차를 차질 없이 마무리했다. 출상 뒤 보름쯤 지나 명태떼가 몰려드는 음력 섣달 초순이 되었을 때 용왕전 앞에 멍하니 앉아 있는 소년을 배씨 성의 선장이 데리러 왔다.

　"출항이다. 배에 타라."

　여섯번째 출항에서 소년은 당당히 어른 한 사람 몫의 임금을 인정받았다. 인정이야 어떻든 상황은 좋지 않게 돌아갔다. 바람이 점점 더 거세지고 있었고 2톤짜리 명태잡이배는 자꾸 북방어로한계선이 있는 북쪽으로 밀려갔다. 하지만 선장은 배를 멈추지 못했다. 북으로 올라갈수록 주낙으로 잡히는 명태의 수가 늘어나고 있었다.

어릴 때부터 뱃사람으로 잔뼈가 굵은 네 명의 어부들은 똑같은 생각에 매달려 있었다. 잡은 고기로 만선이 되면 기름값과 고기잡이에 소용되는 도구들에 들어가는 비용을 빼고 남은 수익의 절반을 무조건 선주가 가져가고, 나머지 절반을 선장과 선원들이 나눠 갖게 되는 것이었다. 자기들에게 돌아오는 몫이 적든 크든 일단 무저갱 같은 배의 배船腹는 채워야 했다. 목구멍이 포도청이라고 생계에 목을 매지 않은 사람이 없었다.

가을에 깊은 바다 밑바닥으로 명태가 모여들면서 명태잡이는 시작되었다. 명태는 겨울이 되면 얕은 바다의 모래, 진흙 바닥에 알을 낳았고 그런 곳이 황금어장이었다. 어부들은 항구에서 수십 리 떨어진 어장으로 배를 끌고 나가서 그물을 놓았고, 다음날 새벽에 다시 그곳으로 가서 그물을 걷어올려 그물코에 걸린 명태를 잡았다. 때맞춰 그물을 쳐놓고도 갑자기 풍랑이 일고 비바람이 쳐서 다음날 가지 못하면 다른 배가 와서 그물을 걷어갈 수도 있고, 북한에서 내려온 배가 어장 전체의 그물을 쓸어가는 경우도 있었다. 먹고사는 데는 남북이 따로 없었다. 자신의 운을 믿는 선장들은 거친 풍랑과 난파의 위험을 무릅쓰고라도 그물을 걷으러 난바다에 나갔고 주낙으로 명태를 잡아올려 배의 배를 채웠다. 주낙으로 잡아올린 명태는 생태나 명란용으로 비싸게 팔려나가니 일석이조였다. 정신없이 주낙을 당기던 선원들은 어둠 속에서 확 터져나오는 불빛에 눈을 가렸다. 북방어로한계선을 넘은 것이었다.

선원들을 취조하던 북한의 국가보위부원이 탁자를 내리치며 말했다.

"일부러 이런 험한 날씨를 골라서 명태를 잡는 척하고 우리 공화국에 침투할 간첩을 실어다준 게 아닌가?"

그들의 각본은 이미 정해져 있었다. 선원들은 자신들이 배 아래에 숨겨온 북파 간첩의 신상에 관해서 자다가도 일어나 대답할 수 있을 정도로 달달 외웠다. 목숨이 암기력에 달렸다. 남한의 바닷가 항구도시에는 간첩을 양성하는 아지트가 있다. 주요시설을 파괴하고 요인을 암살하는 등으로 혼란을 조성하기 위해 북파된 간첩은 북쪽에 성공적으로 침투하지 못하게 되면 스스로 발에 돌덩이를 매단 채 독약이 든 캡슐을 깨물고 바다 아래로 가라앉곤 한다. 그들의 배에 어부를 가장해 승선했던 간첩 역시 그렇게 한 것으로 정해졌다.

소년은 다행히 심신이 망가질 정도로 혹심한 고문을 받지는 않았다. 어머니의 예언대로 흉살이 없어져버려서인지도 몰랐다. 일상적인 매질과 위협, 세뇌공작에 시달리며 다섯 달 동안 붙들려 있었다. 시키는 대로 일하라면 일하고 자라면 자고 외우라면 외우고 가르치는 노래를 불렀다. 그나마 노래에는 약간의 단맛을 품은 찔레순 같은 자유의 기미가 들어 있어 소년은 노래를 좋아했다. 소년이 북한에서 한 일 가운데 가장 잘한 일은 입을 다물고 있었다는 것이었다. 다섯 달 뒤 그들에게 내려진 명령은 추방이었다.

"너희 배는 간첩선이라 압수한다. 헤엄을 치든가 구명선으로 갈 테면 가라우."

선장과 선원들은 북한 정권에 충성을 맹세하고 다시는 북방어로한계선을 넘지 않겠다는 내용의 문서에 지장을 찍고 나서야 자신들이 타고 온 배로 돌아갈 수 있었다. 선원들은 구명선을 내리고 젖 먹던 힘을 다해 노를 저었고, 북풍과 해류 덕분으로 북방어로한계선 아래로 남하할 수 있었다.

"이게 다 보살님이 주고 가신 영험한 부적 덕택이다."

남한의 경비정에 올라타고 나서 배 선장은 소년을 쳐다보며 말했다. 소년은 자신의 때 전 내의 속에 꿰매놓은 부적에 대해서는 말을 하지 않았다. 부적의 영험함에 매달린 건 아니지만 발각되거나 빼앗기지 않은 것은 신기했다.

귀환한 명태잡이배의 선장과 선원들은 항구에 도착하자마자 경찰서로 가서 강도 높은 조사를 받았다. 일단 납북되면 어선과 어부가 돌아오는 경우가 많지 않던 시절이라 이북에서 어떤 부역을 하고 왔는지, 세뇌가 되고 포섭되지나 않았는지 의심받았다. 소년은 함께 갔던 선원이 구타를 당해 고깃살魚肉처럼 변해버린 것을 보았다. 눈과 코, 입술이 모두 퉁퉁 부어서 그게 원래 무엇이었는지 알아보기 힘들었다.

"어린놈이라고 봐주지 않는다. 네가 한 말하고 다른 놈들이 한 말하고 한마디라도 다르면 총알 밥이 될 줄 알아."

소년을 취조한 경찰은 말은 그렇게 했어도 소년이 죽음을 떠올릴 만큼 몰아붙이지는 않았다. 소년은 배운 게 노래밖에 없었다. 반공법을 적용하기에는 연령 미달이었다. 만 14세가 되지 않았던 것이다.

"차라리 거기서 돌아오지 않거나 죽는 게 나았다. 이렇게 내가 나한테, 식구들한테 짐이 될 줄 알았으면."

선장은 그 말을 남기고 간첩 혐의를 뒤집어쓰고 감옥으로 갔다. 선원 둘은 고문을 받아 폐인이 됐고 한 사람은 어디론가 사라져버림으로써 담당 경찰관이 징계를 받았다. 소년만은 별다른 일 없이 계속 배를 타면서 성년이 되었다. 몇 년 되지 않아 타고난 고기잡이 솜씨에 강철 같은 체력 덕분에 선주들이 서로 자기 배에 태우고 싶어하는 당당한 어부로 성장했다.

이명길은 방위 근무를 마치고 나서 스물세 살이 되던 해 읍내 치과에 근무하고 있던 두 살 연상의 여자와 결혼을 했다. 여자의 아버지가 선장이었는데 자신의 뒤를 이을 사윗감으로 그를 일찍부터 점찍어두었기 때문이다. 결혼한 이듬해 자신을 빼닮은 아들을 낳았다. 이제 열심히, 성실하게 살기만 하면 앞날은 순풍에 돛 단 듯 저절로 훤히 열릴 것 같았다.

그는 이명길이라는 자신의 이름보다는 '철민이 아버지'로 불리는 걸 좋아했다. 아이가 말을 하기 시작하고 걸음마를 하고 달리기를 하고 배에 태워달라고 조르기 시작하면서 그의 행복은 풍선이 부풀듯 커졌다. 자신이 어린 시절 아버지에게 받지 못한 사랑을 한꺼번에 아이에게 쏟아붓듯 일이 없는 날에는 종일 아이와 시간을 보냈다. 아이는 아버지의 강건한 구릿빛 맨몸에 매달리는 것을 가장 좋아했고, 그에게는 아이를 무동 태워 집에서 바다까지 오가는 게 가장 큰 즐거움이었다. 아이는 아버지가 배를 타고 바다에 나가 있는 동안 내내 바닷가에서 아버지를 기다리곤 했다. 아들과 함께 바닷가를 달리고 조개나 해초를 줍고 낚시로 물고기를 잡아서 집으로 가지고 오는 그에게서는 웃음이 떠나지 않았다.

그에게는 뱃일을 하는 천생의 운이 따르는 것 같았다. 어머니가 준부적은 바스러져 사라졌지만 상관없었다. 그가 키를 잡는 배는 거의 다 만선이었다. 최신형 어군탐지기를 탑재한 어선의 수확도 그가 직감에 의지해 가는 바다에서 잡아내는 물고기 포획량에 미치지 못했다. 바닷물이 따뜻해지면서 연근해의 명태는 줄어들었지만 양미리, 도치, 광어, 임연수어 등은 오히려 전보다 많이 잡혔고 값나가는 문어를 잡아올리는 데는 그를 따를 어부가 없었다. 노름판에서 귀신같이 패가 붙는 노름꾼처럼 그 스스로도 배에만 오르면 바다의 물고기는 모두 내 것이라는 자신이 있었다. 사람들은 앞다투어 그와 같이 일하려고 했다.

그의 아내는 명태를 북어나 황태로 가공하고 명란젓, 창난젓을 만들 때 누구보다 일 잘하는 걸로 소문이 났다. 음식맛이 좋아서 식당을 차리라는 말도 여러 번 들었다. 사철 파도 소리가 들리는 바닷가에 번듯한 양옥집을 사서 옮겼다. 둘째 아기가 쉽게 생기지 않았으나 아직 젊은 터라 부부는 크게 걱정하지 않았다. 그렇게 7년, 서울에서 18년 동안 철권을 휘두르던 독재자가 죽고 그 뒤를 이어서 군 출신의 인물이 새로운 독재정권을 휘어잡을 때까지 가족의 단란하고 달콤한 행복은 계속되었다.

어느 여름밤 사복 경찰들이 그의 집을 덮쳤다. 경찰들은 구둣발로 방으로 들어와 수박을 먹으면서 야구 중계를 보고 있던 그에게 수갑을 채우고 무슨 일이냐고 묻는 그의 입에 재갈을 물렸다. 아이의 비명과 울음소리에 놀라서 부엌에서 뛰쳐들어온 그의 아내는 배를 걷어차여 쓰러졌다.

"이런 새빨간 종자들은 아예 씨를 싸그리 말려버려야 되는데. 요즘 세상 법이 좋아 내가 참는다."

경찰 가운데 가장 나이 많아 보이는 양복 차림의 남자가 말했다. 덩치 큰 경찰은 수박을 들어서 박살냈다. 온 방안에 수박즙이 붉게 튀고 씨가 사방에 들러붙었다.

"반장님, 이 빨갱이놈의 새끼가 이래 포시랍게 해놓고 사는 꼬라지 좀 보십시오."

그와 함께 납북된 어느 선원이 경찰의 손아귀에서 도망쳐 남해안의 조용한 섬마을 양식장에 가서 십 년 넘게 숨어 살았다. 어느 날 그는 술에 취해 십여 년 전 북한에서 있었던 일에 대해 횡설수설하면서 '장백산 줄기줄기 피어린 자욱'으로 시작하는 북한 노래를 부르다가 함께 술을 마시던 이웃에게 간첩으로 신고를 당했다. 그는 경찰에 체포되어 정보기관에 이첩되었고 고문으로 만신창이가 되면서 그들이 요구하는 대로 있는 사실, 없는 이야기를 모두 토설했다. 배에서 화장을 도맡아 했던 그의 기억에 함께 밥 짓고 청소하는 일을 도왔던 이명길이라는 소년의 이름이 남아 있었던 게 문제였다.

경찰은 이명길을 안이 들여다보이지 않도록 짙은 색 유리를 끼운 검은색 지프에 태웠다. 안에 있던 정보기관의 기관원이 그가 바깥을 보지 못하게 차의 좌석이 아니라 바닥에 머리를 처박았다.

"간첩 새끼들은 사람으로 치면 안 돼. 말을 하는 버러지라고."

이명길은 카랑카랑한 쇳소리로 후배를 교육하던 나이든 기관원의 말을 기억했다. 간첩이라는 엄청난 단어에 그는 무슨 오해가 있는 거라고 생각했고 쓸데없이 저항하고 변명하느니 일단은 그들의 말에 순응하는 편이 낫겠다고 판단했다. 인적이 드문 도시 뒷골목의 가정집 앞에 차가 멈췄고 그는 지하로 가는 계단으로 끌려갔다. 새로 공사를 한 듯 콘크리트 냄새가 나는 지하실에는 간이침대와 욕조, 천장에서 늘어뜨려진 갈고리가 있었으며, 사람 키만한 길이의 나무판이 바닥에 놓여 있었다.

그는 욕조 앞에서 경찰인지 기관원인지 모를 남자들이 눈짓하는 대로 서둘러, 순순히 옷을 벗었다. 입안에 쑤셔박은 헝겊만 빼주면 무슨 오해가 있었다고 해명하려고 했다. 자신이 헝겊을 뱉을 수도 있었으나 그런 행동이 그들의 비위를 거스를지도 몰라 빼내주기를 기다렸다. 질문을 하면 있는 그대로 대답을 할 것이었고, 그 대답을 들은 그들이 미안하다고 하면서 그를 풀어주리라 여겼다. 그러나 그들은 말을 하지 않았다. 질문도 없었다. 헝겊을 빼주지도 않았다. 말없이, 그리고 힘있게 주먹과 발로 그의 온몸을 때리고 찼다.

처음에는 맞은 부위에 고통이 느껴지고 계속 맞다가는 죽을지도 모른다는 공포가 닥쳤다. 하지만 땀냄새와 피냄새, 침묵 속에 그들의 구타가 계속되다보니 어느 순간부터 고통이 사라지고 온몸이 노곤해지며 잠이 왔다. 입속의 헝겊은 그나마 완충재 역할을 해서 그의 이가 빠지지 않게 해주었고, 입안에 가득찬 핏물을 조금이라도 흡수했다. 결국 그는 기절하고 말았다.

얼마나 시간이 흘렀는지도 모르는 채 이명길이 깨어나자 그들은 고문 방식을 바꾸었다. 고춧가루 탄 물을 주전자에 담아서 콧구멍으로 들이부었다. 구체적으로 심문을 하지 않는 건 여전했으므로 그는 그저 비명을 지르고 울부짖으며 살려달라고 비는 수밖에 없었다.

그들도 어느 때는 교대를 하고 식사를 하고 낮잠을 자고 내내 켜놓은 라디오에서 흘러나오는 남녀 사회자의 우스개에 낄낄거리기도 했다. 하지만 고문은 멈추지 않았다. 잠시라도 고문을 멈추는 것에 대해 직업적으로 가책을 느끼는 것 같았다.

그들은 그의 입에 새로운 재갈을 물리고 입을 묶어서 아예 말을 못하게 만들었다. 이어 그의 손목과 발목을 묶은 뒤 손목을 묶은 끈을 천장에서 내려온 갈고리에 매달았다. 다리가 땅에서 떨어져 있었으므로 그의 몸은 허공에 대롱대롱 매달리게 마련이었고 몸부림을 치면 칠수록 고문의 효과는 커졌다. 고문을 가하는 쪽에서는 힘들일 것도 별로 없지만 당하는 쪽에서는 스스로의 몸뚱이가 가진 무게에 의해 뼈가 잡아 늘여지고 관절이 빠지는 지독한 고통을 겪었다. 누구보다 자신이 원망스러워지고 무기력해지게 만들었다. 아무런 말을 하지 못하고 비명을 지르지 못한다는 게 고통이 될 수도 있음을 그는 처음 깨달았다.

"여기서 너 같은 송사리 몇 놈이 죽어나가도 아무도 몰라. 뒷문이 왜 있는 줄 아나? 조용히 시체를 끌어내려고 만든 거야."

그 말에 그는 차라리 자신을 깨끗하게 죽여서 뒷문으로 끌어내달라고 애원하고 싶었다. 그는 매달린 채 잠을 잘 수도, 기절을 할 수도 없었고 혀를 깨물어 죽지도 못했고 그 참혹한 고통과 일순간이 영겁처럼 늘어나는 시간을 견뎌낼 방법을 알지도 못했다. 살아서 모든 것을 겪어내야 했다.

그들은 그들이 목적한 바대로, 정해진 순서를 차근차근 밟아서 과정이 완결될 때까지 멈추지 않았다. 어느 순간 그들은 그를 갈고리에서 풀어 내렸다. 그는 최소한의 자유를 얻자 신속하게 혼절했다. 그의 육체가 스스로를 살리기 위해 방법을 찾아낸 것 같았다.

그가 의식을 되찾자 영양가 높은 식사가 나왔고 그는 고통과 두려움 속에서도 본능의 명령에 따라 밥을 먹었다. 혼자서 피똥을 눌 정도로 몸이 회복되었을 때 그들은 다시 그를 끌어냈다. 이전에 경험하지 못한 새로운 방식, 욕조에 물을 담고 거기에 머리를 집어넣어 익사 직전까지 몰고 가거나 얼굴에 창호지를 씌우고 미지근한 물을 천천히 부어서 입과 코에 종이가 달라붙도록 하는 고문을 하기도 했다. 맨 마지막은 손목과 발목을 묶은 뒤 갈고리에 매다는 것으로 마무리되었다. 그는 어물전에 매달린 고기처럼 묶여 있다가 풀려나 바닥에 널브러지면서 혼절했고 독방에 처박혔으며 의식이 돌아오고 감각이 어느 정도 회복되면 끌려나가 고문을 당했다. 얼마나 시간이 흘렀는지, 자신이 어디에 왜 있는지 지각할 수 없는 상태에서 그는 처음으로 심문을 받았다. 그건 그들이 써놓은 각본을 그대로 외우는 것이었다.

"저는 간첩입니다. 죽을죄를 졌습니다. 아버지는 간첩이었습니다. 태생부터 빨갱이고 아는 사람 모두 빨간 물을 들였습니다. 제 아들도 간첩으로 키우려고 했습니다. 죽을죄를 졌습니다."

그가 제대로 외우지 못하거나 그들의 각본에 어긋나는 해명을 하려 하면 어김없이 다시 고문이 시작되었다. 이명길은 점점 무감각한 기계처럼 변해갔다. 그러지 않고서는 살아서든 시체로든 그곳을 빠져나갈 수 없다는 것을 깨달았다. 그는 무인 포스트에 주요 정보를 담은 문건을 넣고 그곳에 있던 지령문을 꺼내 읽고 난 뒤에 소각하는 과정을 되풀이해서 훈련받았다. 그에게는 권총이나 수류탄, 무전기, 난수표, 독침 같은 물증이 없었으므로 무인 포스트 외에는 증언과 진술만으로 간첩 혐의가 확정되었다. 그의 진실한 태도와 상세한 심문 조서가 완벽하게 간첩임을 입증하고 있다는 경찰과 정보기관의 자체 평가가 내려진 뒤, 마침내 그는 햇빛을 볼 수 있었다.

검찰로 송치된 뒤에 그의 아내가 구치소로 면회를 하러 왔다.

"당신이 어떻게 우리를 이렇게 감쪽같이 속일 수가 있어? 부모 형제 일가친척과 이웃을 배신하고 나라를 배신할 수가 있어? 절대로 용서할 수 없어! 용서 못해! 그 안에서 죽어!"

그는 턱을 떨며 눈물을 흘렸다. 그는 자신 때문에 고통받을 식구들과 고생한 경찰관, 정보기관 요원들에게 진심으로 사죄했다. 앞으로 감옥 속에서 죄를 참회하면서 살겠다고 말했다. 그의 아내는 평생 식구들을 볼 생각도 하지 말라고, 면회를 하는 모든 사람들이 들을 수 있을 만큼 큰 목소리로 외치고는 가버렸다.

그는 면회에 따라오지 못한 아들 앞으로 보내는 편지를 썼다.

"나는 간첩이다. 나는 자유 대한에 씻을 수 없는 죄를 지었다. 천인공노할 죄를 저지른 공산 간첩이다. 너는 나를 조금도 닮아서는 안 된다. 절대로 용서하지 마라. 나는 네 아버지가 아니고 금수만도 못한 빨갱이다."

그의 편지는 재판의 증거로 첨부되었다. 한때 그와 고기를 함께 잡으려고 부지런히 그의 집에 드나들던 여러 사람들이 경찰에 잡혀갔고, 그들 역시 다른 사람의 이름을 적어내야 했다. 그렇게 해서 '어부 간첩단 사건' 가운데 하나가 만들어졌다.

그는 국선변호인이 선임된 재판에서 징역 15년을 선고받았다. 재판 과정에서 그는 죄를 인정하고 참회한다는 말만 되풀이했다. 국선변호인은 그의 진술이 고문에서 나온 것이라고 했으나 고문의 증거는 사라지고 없었다. 그는 국선변호인이 적극적으로 변호를 하는 게 마음에 들지 않았다. 재판부의 심기를 잘못 건드려서 사형선고나 받지 않을까 겁이 났다. 형량은 대법원에서 그대로 확정되었다. 두 달 동안 고문과 심문을 받던 기간은 형량에 포함되지 않았다.

감옥으로 옮겨져 본격적으로 수형생활을 시작하게 되자마자 그의 아내가 다시 찾아왔다. 그녀는 간첩 남편, 간첩 아버지 때문에 온 식구, 친인척이 연좌제로 고통을 받고 있다면서 이혼 서류를 내밀었다. 그는 아무 말도 하지 못하고 지장을 찍어주었다.

그뒤로는 누구도 그를 면회하러 오지 않았다. 편지조차 없었다. 그는 자신의 존재가 자신을 아는 모든 사람들에게 짐이 되고 삶의 오점, 암세포가 될 것임을 잘 알았다. 그는 침묵을 택했다. 침묵에 매달렸다. 누가 뭐라든 불만을 표출하지 않았고 불평하지 않았다. 먹여주고 재워주고 입혀주는 것을 고맙게 생각하는 온순한 가축, 초식동물처럼 감옥이라는 체제에 순종했다.

하지만 고문의 후유증이 날로 심해졌다. 머리가 송곳으로 찌르는 것처럼 아팠다. 머리의 통증 때문에 잠에서 깨면 더이상 잠을 잘 수가 없었다. 이따금 숨을 쉬기가 힘들었고 배를 처음 탔을 때처럼 심하게 구역질이 났고 눈앞이 빙빙 돌았다. 가끔 팔에 전기가 내린 듯이 찌릿해지고 한동안 팔을 드는 것조차 힘들었다. 감옥에서는 그런 건 병으로 취급하지도 않았다. "미친놈 발광한다"는 소리나 들었다. 결국 후유증이 그를 각성하게 했다.

그는 자신이 왜 간첩이 되었는지 스스로에게 묻고 또 물었다. 고문을 받고 간첩임을 시인했기 때문이었다. 희생양이었다. 만만했기 때문이었다. 누군가의 이익과 출세를 위해 그의 인생이 밑거름으로 쓰였던 것이었다. 고문이 그를 감옥에 처박았다. 누명을 씌우고 고문을 한 사람들은 국가를 수호했다는 명목으로 두툼한 월급봉투를 받고 사나이의 표상, 자랑스러운 아버지로 존경받고 표창까지 받았다. 처음에는 수치심이 밀려들었다. 아무것도 하지 못하고 어이없게 그들에게 굴복한 자신이 견딜 수 없었다. 좌절감이 절망과 함께 다가들었다. 그것이 분노로 바뀌는 데는 수삼 년의 세월이 필요했다.

자신의 인생을 망가뜨린 사람, 세상, 체제에 대한 증오가 끓어올랐다. 하지만 감옥 속에 있는 한 어떻게 해볼 방법이 없었다. 그는 전과 조금도 다름없이 성실하게 수형생활을 이어나갔다. 말수는 더욱 줄어들었고 사적인 대화는 전혀 나누지 않았다. 그런 그에게 다가오는 사람도 없었다.

12년의 형기를 채운 뒤 그는 느닷없이 석방되었다. 민주화운동 투사 출신 대통령이 취임하고 남북관계가 좋아진 덕도 있었지만 모범수라서 형기가 줄어들었기 때문이었다. 그는 어리둥절해하면서도 감옥에서 나오자마자 집으로 향했다.

짐작한 대로 그의 집은 남의 집이 된 지 오래였다. 햇빛이 잘 드는 바닷가의 깨끗한 양옥, 파도가 차르르르 하고 검은 자갈에 쓸려내려가는 소리가 자장가처럼 들리는 집인데도 간첩이 살던 집이라 해서 헐값에 팔렸고 그의 아내는 친정집으로 돌아가버렸다고 했다. 하지만 그 친정집 역시 선주였던 장인이 죽고 나서 어디론가 이사를 가버린 뒤였다.

그는 일단 자신이 살던 집에서 20킬로미터쯤 떨어진 항구도시에 정착했다. 그는 자신의 거취와 행동범위에 대해 주기적으로 관련 기관에 보고해야 했다. 바다는 여전히 그에게 먹고살 수 있는 터전이 되어주었다. 아는 사람이 없는 도시는 그런대로 살 만했고 겨우 먹고사는 것은 허용됐다. 다만 주변 사람들과 조금 알게 되고 자신이 어떤 사람인지 호기심을 나타내면 그곳을 떠야 했다. 그러니 변변한 일자리, 숙소를 찾을 수 없었다. 그는 간신히 살았다. 오직 사는 데 매달렸다.

몇 달 뒤 약간의 여유가 생겼다. 그는 자신을 간첩으로 만든 사람들을 찾아나섰다. 자신이 소년이었을 때 같이 납북되었던 어부들은 여전히 감옥에 있거나 사망한 상태였다. 그를 끌고 가서 고문했던 경찰들은 그때의 공으로 승진했고 여러 차례 자리를 옮겼다가 퇴임하고 없었다. 정보기관의 기관원처럼 찾는 것 자체가 불가능한 사람도 있었다. 하지만 그는 포기하지 않았다. 그들과 같이 근무한 사람들, 연관이 있는 사람들을 찾아서 작은 단서라도 얻기 위해 필사적으로 매달렸다. 가족을 찾는 일은 뒤로 밀렸다.

그들을 만나면 묻고 싶었다. 자신이 그랬던 것처럼 진심으로, '내가 잘못했다'고, '사람이 그러면 안 되는 것이었다'고 하는 참회의 말을 듣고 싶었다.

그는 좌절할 때마다 혼자 폭음을 했고 술에 취해 의식을 잃지 않고는 잠들지 못했다. 나중에는 술도 별 도움이 되지 못했다. 그가 받은 고문 가운데서 가장 간단하고 효율적이었던, 천장에서 내려온 갈고리에 사람을 매달아 스스로의 몸무게로 온몸의 뼈가 엇나가게 하는 고문 방식처럼 그는 스스로의 복수심과 실현되지 않는 복수로 인한 좌절감으로 망가져가고 있었다. 두려움이 다시 그에게 열패감과 무력감을 안겼다. 그러다가 그는 우연히 문설주에 매달리게 되었다. 다리가 땅에 닿아서 기대한 효과가 나지 않자 주인집 뒤꼍의 늙은 대추나무를 이용하기로 했다. 의자 위에 올라가 짧게 자른 밧줄로 손목을 묶어 가지에 걸치고는 의자를 걷어차서 허공에 온몸을 내맡겼다. 온몸이 고무줄처럼 늘어나는 것 같았다. 관절이 빠질 듯 아파왔고 뼈저린 고통이 찾아왔다. 그는 견딜 수 있을 만큼 참다가 밧줄을 끊고 아래로 떨어졌다. 그러고 나서 웬일인지 달게 잠을 잘 수 있었다.

기력을 회복하고 나서 가족을 찾아나섰다. 아이가 다녔던 학교를 찾아가서 아이가 십여 차례나 전학을 다녔다는 것을 알게 되었다. 경찰에 주소를 조회해볼 수도 없어서 아내의 친척, 친구를 찾아가 수소문을 했다. 성과는 없었다.

가석방 기간이 만료되고 난 뒤에 그는 마침내 자신을 체포하고 고문한 경찰 가운데 가장 지독했던, 양복을 입고 있던 사람을 찾을 수 있었다.

"나는 그때 나라에서 시키는 대로 했을 뿐이오. 나라를 지키고 발전시키기 위해서 그렇게 해야 한다고 믿었기 때문에 그렇게 한 것이지 개인적으로는 댁한테 아무 감정도 없었소. 나는 지금 죽어가고 있소. 당신을 언제 체포했는지 수사를 했는지 기억도 할 수 없소."

경찰은 더듬거리며 말했다. 중풍으로 폐인이 된 중환자였다. 건드리면 곧 쓰러져버릴 것 같았다. 그런 그의 앞에서 그는 과거에 철저하게 고문당하고 세뇌당했을 때의 두려움과 무기력함이 살아나는 것을 느꼈다. 그들이 하는 말이 진실이고 자신은 미몽 속을 헤매온 것 같았다. 허탈했다. 그는 손발을 벌벌 떨며 턱받이에 침을 흘리는 전직 경찰을 바라보았다. 상대는 흐릿한 눈으로 자신도 밤이면 밤마다 악몽을 꾸고 있다고 중얼거렸다. 그는 무능하고 무방비했다. 그의 앞을 떠나면서 그는 "당신을 용서하도록 애써보겠다"고 말했다. 그게 두 사람 모두에게 무슨 보탬이 되는 것도 아니라는 사실은 알고 있었다.

백주대낮에 주인집 대추나무에 대롱대롱 매달려 있는 귀신을 보았다는 소문이 돈다는 것을 알게 된 그는 연고가 전혀 없는 지방으로 이사했다. 당장의 생계가 가장 중요했다. 전과를 가진 그에게 번듯한 일거리가 주어질 리 없었다. 그는 가난했고 자주 아팠고 굶주렸다. 삶을 이어가는 일이 벅차다는 생각을 했다. 그때마다 그는 어디엔가 매달리지 않을 수 없었다. 은밀하고 인적이 없어 마음껏 매달릴 수 있는 곳을 찾아갔다.

그렇게 절망적인 상황에서 그는 아들을 떠올렸다. 아들에게 무슨 말을 할지 수첩에 적고 달달 외웠다. 한동안 거기에 매달렸다.

"사랑하고 좋아하는 아들님. 이 애비는 너에게 인생을 팔아서도 갚을 수 없는 피해를 줬습니다. 미안하고 미안합니다. 그러나 이제 옛일을 다 잊고 가족 간에 사랑하며 오순도순 살아가자꾸나. 이제부터 우리는 한식구가 되어 영원히 헤어지지 않을 겁니다. 잘 부탁합니다."

바닷가 식당에서 우연히 만난 아내의 친구로부터 아내가 다닌다는 식당의 전화번호를 입수했다. 그가 떨리는 손으로 전화를 걸자 아내가 전화를 받았다. 그는 자신이 누구인지 말을 하기도 전에 "왜 또 살아서 나타났느냐. 여러 사람 죽는 꼴을 보려느냐. 당장 약봉지 털어먹고 죽겠다"는 말을 들어야 했다. "조금이라도 미안한 생각이 있다면, 아이의 장래를 생각한다면 죽은 것처럼 가만히 있거나 영영 사라져달라"고도 했다. 그는 알겠다고, 미안하다고 말했다. 이를 악물고 참았다. 견딜 수 없을 것 같을 때 밧줄을 쥐고 산에 올랐다.

갑자기 그의 아들이 찾아왔다. 군에서 제대했다면서 예비군복을 입고 왔다. 아버지는 연습한 말을 다 망각해버렸다. 그냥 앉으라고 했고 배고프냐고 물었고 아들이 고개를 끄덕이자 라면을 세 개 끓였으며 달걀을 두 개 넣고 아들 몫으로 라면 두 개와 달걀 두 개가 담긴 그릇을 주었다. 말없이 라면을 먹고 난 뒤 아들은 설거지를 하고 아버지는 청소를 했다. 어두워지고 나서 부자는 허름한 잠자리에 함께 누웠다. 아들은 쉽게 잠이 들었고 그는 늦게까지 깨어 있었다.

그런 식으로 부자는 여러 날을 함께 보냈다. 아들은 젊을 때의 이명길처럼 말이 별로 없었고 설거지를 잘했으며 주변을 반짝반짝하게 청소하고 깔끔하게 정돈했다. 아버지는 할말이 없었고 연장 가방에 있는 밧줄을 꺼내 만지작거렸다.

사흘째 오후에도 밥을 같이 해서 먹고 텔레비전을 같이 보다가 웃고 어색하게 서로를 마주보았다. 갑자기 어릴 때 아들을 무동 태우고 나가던 것을 떠올린 그가 벌떡 일어나서 앞장을 섰고 아들이 뒤를 따라 바다로 갔다. 누가 먼저랄 것도 없이 바다에 뛰어들었다. 아들은 아버지의 팔뚝을 잡으려다 쇠약해진 어깨를 안았다. 수영을 마치고 나서 아버지는 아들의 몸에 묻은 물을 닦아주었다. 두 사람은 다시 숙소로 돌아가 함께 라면을 끓이고 함께 먹고 함께 설거지를 하고 함께 청소를 했다. 손발이 척척 맞았다. 그들은 함께 웃었다. 한동안 침묵이 찾아왔다. 아들은 아버지 앞에서 무릎을 꿇고 입을 열었다.

"제가 살아오면서 지금까지 단 한 번도 아버지를 그리워하지 않은 날이 없었어요. 아버지라고 불러보고 싶고 안아보고 싶고 손을 잡고 짜장면을 먹으러 가고 싶었죠. 아버지가 간첩이라는 걸 결코 믿을 수 없었어요. 학교에서 아무리 혼이 나도 반공 포스터를 그린 적이 없어요. 저는 아버지가 감옥에서 영영 나오지 못할 줄 알았어요. 아버지가 풀려났다는 것을 얼마 전에 알고 탈영을 해서라도 달려오려고 했지만 어머니가 결사적으로 말리는 바람에 참을 수밖에 없었죠. 하지만 이제 제 의지로 아버지를 찾아왔어요. 제가 그동안 아버지가 간첩이라는 사실 때문에 얼마나 힘들었는지 잘 아실 거예요. 외롭고 아팠고 그때마다 아버지가 사무치게 그리웠어요. 그런데 아버지는 바보처럼 감옥에 갇혀 있기만 했죠. 하지만 이제 그런 건 상관없어요. 힘들었던 것을 되돌릴 수 없으니까요. 망쳐버린 시간으로 되돌아갈 수는 없으니까요. 이제 아버지를 만나고 아버지라 불러보고 아버지와 함께 라면을 끓여먹고 나니 아버지에 대해서는 이제 더이상 여한이 없어요. 원망도 없어요. 하지만 앞으로는 아버지를 더 보고 싶지는 않아요. 아버지하고는 더이상 관계를 이어가고 싶지 않아요. 제가 아버지를 만났다는 걸 알면 어머니는 돌아가실지도 몰라요. 아버지도 저와 어머니를 깨끗이 잊고 새 출발 하시기를 바라요. 이제 우리 부자는 의절하는 겁니다. 저는 당신을 영원히 아버지로 인정하지 않을 것이고 우리 관계는 여기서 끝입니다."

그는 자신이 잘못한 걸 잘 알고 있다. 어쩔 수 없었다고 하면서 앞으로는 애비로서 못한 걸 열 배 스무 배로 잘해서 잘못을 갚을 터이니 자신을 용서해달라고 빌었다. 만나지 않아도 좋고 아들이 원하지 않는다면 먼저 찾아가지 않겠다고 맹세했다. 하지만 아들은 완강했다.

영원히 부자의 인연을 끊는다는 내용의 각서를 내밀고 지장을 찍게 했다. 그는 결국 각서에 지장을 찍고 말았다. 그게 법적으로는 아무런 의미가 없다는 걸 두 사람 다 알고 있었다. 두 사람은 마주앉은 채로 한참 동안 서로를 붙들고 서럽게 운 뒤에 헤어졌다.

하지만 그는 그런 식으로 영영 헤어진다는 생각은 하지 않았다. 언젠가는 오해를 풀고 형편이 좋아지면 만날 수 있을 것이라 믿었다. 아들을 만나기 위해서라도 죽어라 일을 하는 수밖에 없었다. 어떻게든 살아남아야 아들을 만날 수 있었다. 아들이 못 견디게 보고 싶을 때마다 그는 낚시의자를 들고 뒷산에 올랐다. 묵은 갈참나무에 밧줄을 걸었다. 매달려 있었다.

그로부터 십여 년의 세월이 흘러갔다. 억울하게 간첩 누명을 쓰고 복역한 사람들이 변호사들의 조력을 받아 사법부에 재심을 청구해 무죄선고를 받아냈다. 그 역시 그렇게 할 수 있었다. 그는 자신과 같은 처지에 있는 사람들이 지난 세월에 대한 보상을 받기 위해 국가를 상대로 민사소송을 제기하고 있다는 것을 알게 됐다. 몇 년에 걸쳐 법정투쟁이 진행되었고, 그들 각자의 행복과 고통을 보상하기에는 턱없이 미치지 못하지만 자그마한 집을 장만하고 식구들과 함께 오순도순 살 수 있을 정도의 보상을 받아내게 됐다는 말을 변호사에게서 들었다. 그 말을 듣자마자 그는 맨 먼저 자신의 아들을 찾아갔다.

변호사가 경찰을 통해 알아낸 아내의 식당 주소를 들고 그는 고향에서 백 킬로미터쯤 떨어진 낯선 도시의 버스터미널에 들어섰다. 뜻밖에도 그의 아내가 마중을 나와 있었다. 그녀는 가방에서 바스러져가는 누런 빛깔의 공책을 꺼내 그에게 건넸다.

"당신의 훌륭한 아들은 십오 년 전에 벌써 돌아오지 못할 먼길을 떠났소. 당신한테 받은 각서를 품에 넣고 다리에서 뛰어내렸어. 나를 볼 생각도 하지 않고, 나를 보면 맘이 바뀔까봐서."

공책에는 아들이 단정하게 눌러쓴 글씨가 박혀 있었다.

"저를 낳고 키워주신 어머니, 그리고 세상에서 가장 사랑하고 존경하는 아버님께. 두 분 모두 고맙고 감사해요. 저를 여기까지 오게 해주신 은혜를 영원히 잊지 못할 거예요. 하지만 저에게는 더이상 삶을 이어갈 힘이 남아 있지 않네요. 두 분을 이 험한 세상에 두고 저 먼저 비겁하게 도망갑니다. 미안해요, 엄마. 사랑해요, 아빠. 안녕, 안녕히. 불효자 철민이가."

아들이 투신했다는 다리 아래로 가서 다시 한번 공책의 내용을 읽고 난 그는 어깨에 메고 있던 연장가방을 열었다. 거기에는 손에 익은 연장과 밧줄, 드라이버, 커터 같은 게 들어 있었다. 그는 밧줄을 꺼내 왼쪽 손목을 묶고 반대편으로는 올가미를 만든 뒤 다리 아래의 나무로 다가갔다. 나무 곁의 바위에 올라선 그에게 굵은 느티나무는 낮고 튼튼한 가지를 내주었다. 그는 나뭇가지에 끈을 던져올린 뒤에 내려온 끈의 올가미 속에 오른쪽 팔목을 집어넣었다. 한순간 그의 몸이 휘청, 하고 들렸다. 공중에 뜬 채로 그는 미동도 하지 않았다. 몸부림 칠수록 고통이 커진다는 것을 뼈저리게 잘 알고 있었다.

골짜기의 백합

내가 이 망할 놈의 산골짜기에 짱박혀 있은 지가 벌써 몇 해인가. 아, 대한민국 최고의 카지노 도시라는데, 도박 좋아하다 영혼도 돈도 인생도 다 꼬라박는 인간들이 콩팥, 눈깔까지 팔아서 마지막 노름 밑천 대는 막장이라는데, 여기가 어떤 덴지 누가 대충이라도 이야기를 해줬다면 절대로 안 왔겠지. 내가 일본에서 방사능 딥따 맞고부터 아다마*가 잘 안 돌아가는데다가 선녀, 저 궁둥이 큰 년이 꼬시는 대로 하자는 대로 하다보니까 내가 지금 요 모양 요 꼴이 됐어요.

저렇게 젊고 이쁜 애가 진짜 내 동생이냐고? 딸이 아니고? 아 지미럴, 그렇다니까. 내가 지금 이렇게 얼굴이 시커멓게 죽고 나이들어 보이는 건 다 일본에서 방사능을 맞아서 그런 거야. 요오드, 세슘 같은 방사능을 맞고 세포가 죽었다가 다시 살아날 때는 유전자가 깨져가지

---

* あたま, 頭 : 머리.

고 원래대로 재조립이 잘 안 된대요. 재수없으면 멀쩡하던 세포가 암이 되는데, 나는 그래도 살가죽만 이 모양이 된 거지. 다른 데는 멀쩡해. 봐, 이 허리하고 허벅지, 몸매. 나쁘지 않지요? 원래는 쟤랑 나랑 꼭 같이 생겨서 몇 년 전까지만 해도 쌍둥이냐는 소리를 들었다니까. 사실은 띠동갑이라서 나이 차이가 좀 나는데도 그랬으니까 내가 얼마나 젊어 보였는지 짐작이 갈 거요. 제기랄, 다 썩을 놈의 내 팔자 탓이지, 뭐.

백합같이 보름달같이 이쁘고 환하던 얼굴을 이리 조진 것도 내 팔자요, 하나뿐인 피붙이 잘 둔 것도 내 팔자요, 노름꾼들 상대로 밥장사하며 남은 인생 꾸려나가게 된 것도 내 팔자이니 뭘 어쩌겠소. 선녀는 선녀대로, 나무꾼은 나무꾼대로, 나는 나대로 살다 가는 거지.

쟤 이름이 왜 선녀냐고? 선녀처럼 예쁘니까 그리 지었지. 내 이름? 꼭 알고 싶어? 정말? 난 소 자, 동 자 해서 소동이요. 무슨 뜻이냐고? 소똥이지 뭘. 개똥 소똥 말똥 할 때의 그 소똥. 우리 엄마가 나 배고 나서 조선간장 한 되를 들이마시고는 바닷가 절벽에서 뛰어내렸는데도 유산이 되지 않고 태어난 애를 들여다보니 납작한 호박에다가 도끼 자국이 나 있는 꼴이라 그렇게 지었다네요. 여권에도 이소동^{李蘇同}, 그렇게 돼 있어.

우리집에는 아들이 없어. 우리 엄마가 고추하고는 아다리*가 안 맞아서 아들만 낳으면 영락없이 호적에 잉크가 마르기도 전에 죽었다

---

* あたり, 當(た)り : 들어맞음, 적중, 당첨, 성공, 호평, 타격, 바둑에서 앞으로 한 수만 더 놓으면 적을 잡을 수 있는 경우 등에 쓰이는 말로 여기에서는 들어맞는다는 뜻으로 쓰였다.

나. 그래서 나하고 선녀의 나이 차이가 많이 나는 거예요.

우리 아버지, 동해안에서 서해안까지 조선의 바다는 안 가는 데 없는 멋쟁이 마도로스, 선장이었지. 그렇게 돈 잘 벌고 잘생긴 한량이니 조선 팔도에 물좋은 데는 다 가봤다네요. 항구마다 이쁜 여자가 있고 그 여자들마다 아버지 씨가 딸렸고. 인기가 최고로 좋았지. 누구 아이인지 모를 애를 밴 처녀가 물에 빠진 걸 바다에 직접 뛰어들어 구해낼 정도로 용감하기도 하고. 처녀를 건져놓고 보니 심청이가 용궁에서 환생해 온 것같이 예뻤답디다. 그 바람에 곧바로 자기 오가기 쉬운 바닷가 동네에 아담한 집 하나 장만해서 살림을 차려준 거지. 거기서 내가 태어난 거고.

내 고향이 어디라고는 말 못해. 내 말투로 보면 대충 알겠소, 손님들? 모르지, 알 리가 없지. 조선 팔도 남자 다 겪고 외국 남자까지 데리고 실컷 놀다왔으니 알아맞히면 내 손에 장을 지져. 하여간 우리 엄마는 바닷가 항구 마을에 딸만 둘 데리고 힘들게 살았지. 만선 깃발을 달고 뚜뚜뚜 따따따 신나게 경적을 울리며 포구로 배가 들어오면 온 동네 사람들이 모조리 쏟아져나왔어. 가면 뭐라도 얻어걸리니까. 비싸고 좋은 물고기는 경매로 팔려나가지만 끝까지 참고 기다리면 돈 안 되는 작은 잡어는 누구한테라도 차례가 돌아와요. 그거 가져다가 손질해서 솥에 넣고 호박 썰어넣고 수제비를 끓이면 대충 끼니는 해결할 수 있어. 손재주, 입심이라도 있으면 항구에 노점이라도 차리고 운좋으면 가게라도 하나 얻고 하는 게지.

엄마도 배가 들어오면 항구로 나갔지요, 오직 아버지 배가 들어올 때만. 몸뻬* 입고 고무 다라이** 옆에 끼고 올챙이배를 한 새끼들 줄

줄이 따라오는 동네 여편네들하고는 누가 봐도 구별이 가게, 한복 입고 화장까지 하고 버선발에 흰 고무신을 신고. 그러면 아버지가 뱃머리에서 파이프를 물고 라이방*** 척 끼고 서 있다가 손을 흔드는 거야. 물론 아버지는 자주 오지는 않았고 한 달에 두어 번 왔지. 자기 오고 싶을 때, 올 수 있을 때. 항구마다 살림 차려준 여자들이 있었으니 아버지도 무척이나 바빴을 거야.

아버지가 집에 오면 엄마는 커다란 굴비 자반에 불고기에 달걀찜에 참기름 발라 구운 김에 전복 들어간 미역국에 백옥 같은 흰쌀밥이 든 놋그릇에 은수저 한 벌을 얹어 차린 독상을 받들어 아버지 앞으로 내갔어요. 치마 솔기를 말고 앉아서 생선 가시를 바르고 살만 골라 숟가락 위에 얹어드리고 대바늘에 꽂혀 있는 김을 하나씩 빼서 쉽게 드실 수 있게 도와드렸어. 아버지는 이빨 빠진 사자처럼 입을 오물거리면서 밥을 받아먹었고. 어머니는 아버지의 식사가 끝나면 숭늉에 양칫물까지 대령했어요. 아버지가 문을 열고는 마당에 양칫물을 크아악, 뱉고 나서 이불 속으로 몸을 들이밀면 엄마는 아버지를 주무르고 두드리고 안마를 하면서 고기 잡느라 얼마나 힘들었느냐, 폭풍우가 얼마나 위험하냐 콧소리로 애교를 떨고. 밖에서 혹시 아버지가 남긴 밥상이 내 차례까지 올까 싶어 기다리던 나한테, 들어와서 아버지 허리를 밟아드리라고 할 때면 더럽고 수치스러워서 몸이 바들바들 떨렸지. 결국 나는 죽었다 깨나도 그렇게 한 남자에게 구속된 채로는 못

----

* もんぺ : 여자들이 일할 때 입는 바지로 통이 넓고 발목을 묶게 돼 있다.
** たらい : 함지.
*** Rayban : 선글라스.

살겠더라고요. 내가 여러 남자를 거느리고 구속할지언정.

　나는 엄마하고는 정반대로 매일 배가 들어오든 말든 항구로 나가서는 뭐든지 주워오고 얻어와서 식구들 먹여살리려고 했어요. 아버지가 준 돈으로 호의호식해온 엄마는 내가 해준 음식은 궁상스럽고 거렁뱅이 냄새가 난다고 아무리 배가 고파도 숟가락을 들지 않았어요. 혼자서 꾸역꾸역 다 먹어야 했지요. 선녀가 태어나고 젖을 뗄 무렵부터 아버지는 더이상 집에 오지 않았어요. 환갑이 넘어 내륙에 있는 본처한테로 가서는, 왕년의 그 호기 다 어디 가고 호랑이 같은 마누라한테 바가지 긁히면서 늙어 죽었다고 들었어요. 엄마는 그 사람이 오지 않으면서 세상만사 다 귀찮다, 죽으면 편하겠다, 너희 때문에 못 죽고 있다고 입만 열면 이야기했지. 나는 그런 말, 분위기가 너무 싫어서 되도록 집에는 안 들어가고 어두워서나 들어가곤 했고. 선녀는 세상에서 가장 귀엽고 예쁘고 찬란한 존재여서 내가 그 집구석에 붙어 있게 하고 살게 하는 이유가 되어주었어요.

　암만 그래도 봄은 오는 것이고 어느 때부터 가슴이 살며시 솟고 몸 어디가 간질간질하고 여자 티가 나기 시작했겠지요. 사내들이 단물에 파리 꼬이듯 꼬이더라고. 아무리 애라도 눈치는 있어. 동네 아래쪽에 혼자 사는 외팔이 배목수가 있었는데 엿장수 목판에서 가져온 가락엿 두 개로 나를 녹여 먹었지. 내가 엿을 빨아먹고 있는 새. 나는 월경을 막 시작했을 때였어요. 엿가락 하나는 남겨서 집으로 가지고 갔어. 선녀가 젖뗀 지 얼마 안 되었는데. 세 모녀가 마루끝에 나란히 앉아서 아무 말도 안 하고 손에 묻은 엿물을 빨아먹던 저녁이 가끔 생각나.

그 홀애비가 그때부터 일은 안 하고 나만 따라다녔어. 먹을 것만 생기면 들고 나를 찾아오고. 발정난 개나 다름없었어. 발정은 암놈이 나는 건데…… 나는 싫어서 피해 다녔는데 이상한 게, 다른 사내새끼들까지 이놈 저놈 엿가락을 들고 계속 나를 찾아오는 거야. 결국 그 동네를 떠나지 않을 수 없도록.

난 평생 키스를 제대로 못해봤어요. 아무리 몸을 내돌리는 여자라도 절대로 허락하지 않는 게 있거든. 가슴은 절대, 절대 손을 대지 못하게 하는 여자들이 있다고. 나는 끝까지 순정을 지킨 게 키스였어. 입으로 오만 일을 다 하지만, 물고 빨고 핥고 다 해주지만 입과 입으로 하는 순결한 입맞춤, 제대로 된 키스는 정말로 사랑하는 사람을 만나면 하리라 생각하고 몸보다 더 소중하게 지켜왔던 거야. 그런데 아직까지 머리부터 발끝까지 짜릿해지는 키스를 해본 적은 없어요, 단한 번도. 나를 거쳐간 사내가 셀 수도 없이 많지만 내가 아직 처녀 같다는 생각이 드는 건 그것 때문인 것 같애.

젊은 손님, 지금 뚝배기 날라가는 저 아이, 어찌 생각하시오. 솔직하게. 내가 손님 눈 돌아가는 거만 봐도 속을 다 안다니까. 우리 엄마 첫 남자 잘못 만나서 물에 빠져 죽으려고까지 했지만, 오만 세상 오만여자 다 봤던 남자가 남의 사내 씨 뱃속에 가진 여자한테 살림 차려주도록 예뻤지. 아버지도 어쨌든 앗싸리*하고 서글서글했으니까 선녀 저애가 한몸에 부모 장점은 다 물려받아가지고 있는 거요.

정말이지 저 아이는 태어나면서부터 내 속으로 낳은 것처럼 눈에

---

* あっさり: 깨끗하고 산뜻하게.

넣어도 아프지 않게 사랑스럽고 예쁘고 좋았어요. 내가 젖 먹여 키운 것도 아니건만 아기에게서 나는 젖냄새에 온 가슴이 녹아내리는 것 같고 오목조목 빠진 데 없는 이목구비, 보드랍고 뽀얀 살결을 살짝 건드리는 것만으로도 세상 모두가 내 것인 양 행복했어. 업고 동네에 나가면 온 동네, 온 세상 사람들이 아기 구경한다고 모여들었어요. 아, 그때 내가 얼마나 뿌듯하고 자랑스러웠는지 엄마도 몰랐을 거예요. 정말 하늘에서 떨어진 아기 선녀 같았지. 선녀가 까르르 웃을 때면 파도치던 바다도 잠잠해지고 해가 반짝반짝 세상을 비췄지. 아기가 슬퍼하기만 하면 하늘에 먹구름이 몰려들었고, 눈물 흘리거나 울면 비바람이 몰아쳐서 산천초목이 흐느끼는 것 같았고. 내가 이번에 한국 돌아와서 배운 말에 '꽂힌다'는 게 있는데, 그때 내가 저 아이에게 완전히 꽂혀 있었어요. 나는 어떻게 되든 상관없었어. 저 아이를 위해서라면 손발이 다 닳아 없어져도 좋아. 그 돈으로 저 아이 입히고 먹이고 재우고 행복하게 해줄 수만 있다면. 저 아이 가까이 있으려고 멀리 있는 공장에 가지 않고 이웃 지역 도시에 있는 다방으로 간 거였어요.

다방 레지가 돼보니까 세상이 대번에 어른 높이로 보입디다. 사실은 어른이라고 불리는 어린애들 머리 꼭대기에 딱 올라앉은 거였지. 손님들은 젊어서 '레지'라는 말이 '레이디lady'에서 나왔다는 거 모를 거야. 레이디라는 호칭은 퍼스트레이디처럼 한 나라에서 제일 신분이 높은 여자나 귀부인한테나 붙였어. 옛날 다방 레지는 창녀나 술집 여자처럼 막돼먹은 게 아니라 요조숙녀였다니까. 나는 너무 어려서부터 다방에 가는 바람에 마이낑*도 못 받았어. 먹여주고 재워주고 양장점에서 옷 해주고 화장품 사주고 가끔 용돈 주겠다는 조건이었지. 나는 그걸 전부 돈으로 달라고 했어요. 선녀가 있는 집에다 송금을 해야 했으니까.

처음 취직한 다방에 아가씨가 여섯이 있었는데 나 말고 다른 언니들은 하루 얼마 일하고 얼마 까고 하는 식으로 마이낑을 까나갔어. 분수 모르고 마이낑을 많이 땡겨 쓰거나 전에 있던 데서부터 마이낑이 쌓여 있던 여자들이 마이낑에 다 죽어나갔지. 마이낑이 제일 못돼먹은 기둥서방이고 족쇄요, 인신매매범이라.

내가 한창 인기가 좋을 때는 읍장, 경찰서장, 세무서장 이런 사람들이 내가 있는 다방에 아침부터 출근을 했어요. 지역 유지들, 우체국장, 소방서장도 가끔 왔어. 그 사람들도 사람이니까 소문이 짜하게 난 어린 레지가 궁금했던 거겠지. 쉽게 말 들어주면 절대로 안 되지. 감질나게만 만들고 옆에 앉아서 주문해주는 거 마시는 시늉하다가 더 힘센 놈이 오면 핑계를 대고 일어나요. 뒤탈 걱정할 거 없어요. 저희들끼리 알아서 서열을 확인하고 자동적으로 교통정리하니까. 그중에 홀애비였던 경찰서장이 제일 열심이었어. 한번은 내가 몸이 안 좋아서 내실에 누워 있는데 내가 다른 손님하고 같이 있는 줄 알고 저 혼자 양주 가져다가 나발 불고 옆자리 손님들 뭐라 한다고 패고 무릎 꿇리고 그런 난리가 없었어요. 결국 저보다 힘센 정보기관에 찍혀서 한방에 날라갔어.

남녀 사이에도 서열이 있어요. 서로 말을 섞기 전에 외모부터 집안,

---

* まえきん, 前金 : 선불금.

냄새, 버릇, 장단점, 재산, 학력, 평판 같은 것들로 누가 위고 아래인지 판정이 딱 나. 비슷한 수준끼리 짝이 맞는다고 해도 둘 사이 서열이 헤어질 때까지 가는 거야. 한쪽은 늘 쫓아다니고 엎드려 사랑을 구걸하고 한쪽은 계속 괜히 짝이 됐다고 후회하고 한눈팔고. 여자 입장에서는 한창 값비쌀 때 좋은 남자를 잡아둬야 나중에 힘들게 살지 않지. 남자가 아무리 못난이고 나보다 못하다고 해도 완전히 잘라서 보내버리면 안 돼. 앞일이라는 건 모르니까 나중에 그런 것도 없어 외로울 때를 대비해서 남겨놓는 거예요.

스무 살이 넘어서까지 다방에서 뭐 빠지도록 돈 모아서 벌리는 족족 집으로만 보냈어요. 선녀에게는 대도시에 사는 부잣집 애들이나 입는 구제 옷, 구두 사 보내고 비싼 종합영양제하고 보약 번갈아 먹이고 초콜릿, 양과자처럼 귀한 것 떨어지지 않게 하고 전축으로 자장가 들으면서 침대에서 잠들도록 해줬어요.

그런데 이상하지. 마담 언니 말마따나 나 같은 년한테는 평생 빌어처먹을 역마살驛馬煞, 망신살亡身煞, 도화살桃花煞이 있어서 그런가 한군데 오래 있지를 못하겠어. 그냥 지겨워. 뭐든 익숙해지면 일이 쉬워지는 게 아니라 더 귀찮아지고 못살겠어. 그래도 한 지역에서 최장으로 있은 게 그때예요. 다방에서 알게 된 언니가 있었는데 전국에서 돈 잘 돌고 물좋은 데를 자기가 아니까 돌아다니면서 같이 떼돈 벌어보자고 꼬드겨서 둘이 그 바닥을 떴지. 선녀 저 아이가 학교 들어가고 열 살이 넘으니까 내가 고향 근처 다방에 계속 붙어 있을 수가 없기도 했어요.

처음에는 내 고향에서 그렇게 멀지 않은 고추 특산지에 갔어요. 그해 김장철에 고추 값이 금값이 돼가지고 '금추'라는 말이 처음 나왔을 때거든. 간판만 다방으로 달았지 밤중에는 맥주를 박스 떼기로 팔고 양주까지 파는 술집이었어요. 고추 팔아가지고 받은 돈을 두루마기 괴춤에 넣은 영감님들이 평생 한 번 못 마셔본 양주, 맥주를 물같이 마셔대요. 애들처럼 부끄러워서 고개를 못 들고. 장사는 땅 짚고 헤엄치기였지. 농부, 어부들은 뼈빠지게 농사짓고 고기 잡아봐야 평생에 몇 번 큰돈 만져볼까 말까 하는데 그 사람들 빨아먹는 건 너무 쉬워. 미안할 정도로.

곶감, 마늘, 대추, 귤, 인삼, 포도, 딸기, 버섯, 사과, 배, 소, 돼지, 육계 등등 셀 수도 없이 많은 특산지를 다니면서 장사를 했어요. 정말 나 같은 성질에는 석 달이 멀다 하고 자리 접고 자리 펴면서 돌아댕기는 게 딱 맞더라니까. 돈? 정말 원 없이 만져봤지. 만져만 봤어요. 버는 돈 절반은 무조건 집으로 보냈지. 옛날에는 돈 보내기도 쉽지 않았어. 책에다가 잘 다린 지폐를 사이사이 꽂아서 보내기도 하고 우체국에서 우편환으로 보내기도 하고. 80년대 중반에 전자통장이라는 게 나와서 송금이 무척 편해졌지.

돈은 개같이 잘 벌었는데 송금한 거 빼고는 손에 남는 게 없어. 하루에 이만 원짜리 일수계를 일 년 찍어서 돈천쯤 탈 때가 되면 오야*가 날라버리는 거야. 한두 번이 아니라 열 번은 됐을걸. 정말 웃기는 거는 결국 그렇게 내 돈이 안 될 돈을 버느라 바빠서 도망간 계주년 쫓아갈 새가 없는 거야. 재주는 곰이 넘고 돈은 곰 주인이 먹는다는

---

* おや, 親: 계주.

말이 왜 있는지 알겠지요. 곰 주인이 곰이라도 정신을 잃게 만드는 게 돈이야.

정신을 차려보니까 나는 이십대 중후반 한창 나이에 고기잡이배들이나 드나드는 섬에 팔려가 있었어요. 거기 술집들은 고기를 잡을 수 없을 만큼 심하게 풍랑이 칠 때가 대목이야. 그때는 온 섬이 불야성이 되지. 파도가 잠잠해져서 손님들이 바다로 떠나가면 언제 떨어질지 모를 폭풍주의보를 기다리면서 섬 전체가 쥐죽은듯 조용해져. 세 번을 시도한 끝에 조깃배 선창에 숨어서 겨우 탈출했어요. 그때 몸에 밴 조기젓 냄새가 삼 년은 가더라고. 나를 거기다 팔아먹고 돈 땡겨간 년도 결국 나보다 더 고약한 섬으로 팔려갔으니까 복수는 돈이 해준 셈이지. 병 주고 약 주고 하는 게 돈이고 돈이 천당이고 지옥이야. 섬에서 빠져나와서 육 개월이나 병원 신세를 질 정도로 몸이 만신창이가 됐지만 인생 공부 진하게 한 셈 쳤어요.

병원 침상에 누워서 가만히 생각하니 실패를 만회할 길은 일본으로 가는 것뿐이었어. 이 나라에서 나는 갈 데까지 다 가서 볼장 다 본 몸이고 나이도 들었고. 아무리 열심히 한다고 해봐야 결국 배신을 당하거나 인신매매로 어디에 팔려가서 돈 한푼 벌지 못하고 아랫도리가 다 썩도록 고생만 할 것 같았어요. 미웠어요. 이 나라 이 땅에서 만난 모든 사람들이.

떠나기 전에 고향집으로 갔어요. 선녀를 한 번이라도 보고 가려고. 동생이 다니는 학교 교문 옆에 숨어서 선녀가 학교에서 친구들하고 나오는 것을 지켜봤지요. 세카만 교복에 단발머리, 하얀 칼라에 검정 구두를 신고 있었고 가방을 들었는데도 이 세상 사람이 아닌 것 같앉어요. 적어도 내 눈에는. 하얀 피부에 검은 눈, 작지도 크지도 않은 코, 붉고 작은 입술, 약간 긴 목, 훌쩍 큰 키 때문에 유난히 잘록한 허리, 하얀 양말과 구두 위의 가느다란 발목…… 나는 선녀가 친구들하고 깔깔거리고 장난치면서 지나간 다음에 골목으로 뛰어들어가서 눈이 붓도록 울었어요. 고마워서. 그렇게 피어난 한 송이 꽃, 생명의 빛이 너무나 아름다워서. 나는 결심했죠. 무슨 수가 있어도, 내 한몸이 바스러지고 썩어지더라도 저 아이를 세상에서 가장 빛나고 아름다운 존재로 키워내리라. 내가 할 수 있는 게 돈을 벌어서 보내주는 것밖에 더 있느냐. 그래, 가자, 가자, 가자고.

일본에는 교포들이 많고 일본 여자들보다 한국 여자들이 말 잘 듣고 팁이 싸고 이쁘다고 인기가 좋았어요. 내가 일본에서 처음 취직했던 데가 한국서 엄청나게 큰 요정 하다가 군바리 출신 정치인들하고 척이 져가지고 일본으로 온 마담 미미 상이 계시던 데였어요. 그 유명한 분이 나를 이쁘게 봐줘서 별로 힘든 줄 몰랐어요. 나는 도화살, 역마살은 있지만 어디를 가든지 인복이 있어. 어른들, 특히 여자들이 나를 좋아하고 귀여워하고 그래.

도쿄에서 내가 제일 오래 있었던 술집 이름이 긴자에 있는 '로망구락부*'예요. 새벽부터 오전 내내 자고 점심때 느지막이 일어나서 밥먹고 미장원 가서 머리 손질하고 화장하고 출근하면 넓은 홀에 무드 있는 조명이 비치고 잔잔한 음악이 나오고 있어요. 손님이 오면 앨범을 보든지 아가씨들이 모여 앉아 있는 방을 유리창 통해서 보고는 '초

---

* ろうまんクラブ, 浪漫 Club

이스*,를 해요. 그러면 뽑힌 아가씨가 파트너가 되는 거죠. 거기서는 시간당 얼마씩 요금을 받아요. 아가씨가 손님한테 서비스를 잘해서 손님이 값비싼 샴페인, 싱글몰트 위스키, 꼬냑 같은 비싼 술을 시키면 수당도 받죠.

한국에 있을 때보다 훨씬 편했어요. 나이도 쉽게 속일 수 있고 환율이 좋아서 돈도 쉽게 쉽게 벌렸고. 서로 말이 잘 통하지 않는다는 게 제일 좋더라고. 사람들은 말만 안 하고 있어도 괜찮거나 멋있어 보여. 남자든 여자든 젊든 늙었든 간에. 애들이 아기 때는 눈에 넣어도 안 아프게 귀여운데 말 배우고 떠들기 시작하면 버릇없어 보이고 미워지는 거하고 비슷해. 나는 일본말을 거의 모르고 일본에 갔어요. 사실 우리 같은 직업에 말이 뭐가 필요 있어. 몸으로 눈치코치로 다 대화가 가능한데. 같이 천년만년 살 것도 아니고, 몇 번 보면 그만인데. 말을 안 하거나 못 한다는 게 약점이 아니고 좋은 거더라고.

여자들은 냄새가 엄청나게 중요해. 내가 서비스업에 오래 있어보니까 이쁘고 말 잘하는 거보다 훨씬 중요한 게 냄새예요. 자기한테나는 냄새 관리를 잘 못하면 클레오파트라도 양귀비도 소용이 없어. 반대로 냄새만 잘 맡으면 절대 사기를 안 당해. 사람들은 차림새나 생김새를 가지고 남을 속일 수는 있지만, 성형수술하고 명품 옷에 비싼 구두에 진주목걸이 하고 다니면 되니까, 냄새는 암만 향수 뿌리고 해도 못 바꿔요. 향수 뿌려봐야 시간 지나면 악취가 돼버려. 냄새에는 그 인간의 본바탕이 들어 있고 뭘 먹었는지, 뭘 좋아하는지 알

---

* choice: 지명.

려주니까 좋은 사람인지 나쁜 사람인지 다 나타나게 돼 있어요. 나는 냄새를 잘 맡는 덕분에 별문제 없이 먹고살았어요. 물론 송금은 절대 빠뜨리지 않았죠.

우리 클럽에 오는 손님은 수준이 높고 뜨내기는 거의 없었어요. 졸부나 저질, 변태가 어쩌다 오긴 했어도 그런 인간들은 우리 술집에 들어오면 분위기에 야코가 팍 죽어서 얌전하게 있다 가는 게 보통이었어요. 술집마다 야쿠자들이 뒤를 봐주고 있어서 깽판 치고 더럽게 놀다가는 쥐도 새도 모르게 골로 가는 거죠.

여자 팔자는 남자 만나기에 달렸다는데 그때 나한테 정말 재수없는 사내새끼가 얻어걸렸어요. 재일교포들이 많이 사는 오사카에서 제일 부자라는 빠찡코 사장 자식놈이에요. 아가리하고 손모가지 놀리는 게 천하에 더러운 놈이었어요. 그런데 그 인간 말종이 이틀이 멀다 하고 돈다발을 들고 와가지고는 나를 연속 초이스하는 거예요. 다 좋은데 어린놈의 새끼가 내가 다른 단골손님들한테 눈이라도 돌리면 두 탕 뛴다고 손찌검을 해. 내가 원래 그 새끼하고는 이차 안 가는데 월말에 수금 안 되고 송금 못해서 일반 손님 다섯 배 받고 한 번 갔어요. 다른 손님들한테 어떻게 해줬느냐고 캐묻더니 내가 대답을 안 하니까 돈가방을 열어놓고는 오천 엔에 한 대씩 때리는 거야. 돈도 돈이지만 맞다가 사람 죽겠다 싶어서 이랬다저랬다 고백을 하면 지가 잘못했다고 하면서 마조히스트인지 저를 때려달라고 해놓고 시키는 대로 하면 또 때리고. 코뼈 부러지고 이빨 나가고 얼굴 찢어지고 눈알의 실핏줄이 터져가지고 치료하느라 몇 주일씩 가게에 못 나갔어요. 그러니까 그 인간이 아무리 돈으로 때우고 치료비 물어준다 해도 따지고 보면 내가 몸 망가지고 손해인 거라. 다 나아서 일터에 나가도 그 인간이 무서워서 딴 손님들은 초이스도 못해요. 정말 치가 떨리게 분하고 무섭고 억울했지만 그 새끼가 워낙 돈 많고 배경이 좋아서 당하는 수밖에 없었어요.

개 새끼는 죽었다 깨나도 절대로 사람 새끼 안 되는 거예요. 나중에는 술집에서 대놓고 소리지르고 손바닥이 올라왔어요. 그때 그분이 왔어요. 성이 김씨, 그래서 '긴사마*'였죠. 그분은 빠찡코 애새끼하고는 종류가 다른 사람이었어요. 진짜 남자고 사업가였죠. 종업원이 팔백 명이나 되는 공장을 가지고 있었고 무역을 크게 하는 사람이었어요.

일본 야쿠자들이 무섭긴 해도 불문율이 있어요. 싸우고 죽여도 야쿠자끼리 그러지 민간인들한테는 절대 피해를 주지 않는다는 거예요. 야쿠자가 힘없는 민간인하고 싸워서 이겨봐야 하나 자랑스러울 것 없고 지면 개망신이기도 하지만 가오**가 안 서죠. 강물하고 우물물이 노는 데가 다르다는 거죠. 원칙은 철저히 지켜요.

긴사마한테서는 아버지 같은 느낌이 났어요. 무거운 겨울오버처럼 두툼하게 감싸주는 점잖은 신사였어요. 그전에도 가끔 와서 내가 다른 사람 자리에 앉아 있는 걸 봤다고 해요. 초이스할 기회가 없어서 못했다고 하더라고요. 미미 상도 오케이, 저런 손님만 있으면 영업할 것도 없겠다고 했어요.

일주일에 한 번쯤 왔어요. 늘 점잖고 같이 온 손님들도 매너가 좋고

---

* 金さま: 화류계에서 성 뒤에 붙이는 사마는 남자 손님을 지칭한다.
** かお, 顔: 체면.

대화를 나누다가 적당히 시간 되면 적당히 매상 올려주고 가는 거죠. 그렇게 몇 번을 오고 참 좋은 사람이라는 생각을 하게 됐을 때 빠찡코 애새끼하고 딱 마주쳤어요. 식탁을 뒤집고 긴사마하고 같이 온 손님한테 양주병을 깨서 덤벼들고 개지랄을 떨어대니까 새로 와서 사정을 잘 모르는 우리 클럽 야쿠자가 빠찡코 애새끼를 붙잡아서 손을 좀 봐줬어요. 그런데 그게 탈이었어요. 빠찡코도 야쿠자 안 끼고는 영업을 못하는데 빠찡코 봐주는 야쿠자들이 술집 야쿠자들보다 훨씬 더 서열이 높아요. 십 분도 안 되어서 빠찡코 야쿠자들이 업소로 쳐들어왔어요. 술집 야쿠자들, 마담 언니, 아가씨들, 웨이터들까지 전부 다 무릎 꿇고 살려달라고 빌어야 했죠. 빠찡코 야쿠자 두목이 말썽을 만든 야쿠자의 손가락을 자르라고 했어요.

다른 손님들은 무서워서 다 가버렸는데 긴사마만 혼자 앉아서 상황을 지켜보고 있었어요. 그 난리통 속에서 마담 언니한테 아가씨를 초이스하겠다고, 나를 자리로 보내달라고 했어요. 나는 손님이다. 나는 좋은 분위기 속에서 술 한잔하러 왔다. 나도 사업을 하는 사람이고 업계의 관례를 존중한다. 하지만 지금 이 업소는 '영업중'이라고 바깥에 표시를 해두고 문을 열어놓은 채 있으니 손님은 정당한 대접을 받을 권리가 있다고 생각한다. 야쿠자 두목과 긴사마 사이에는 눈에서 불꽃이 튀었죠. 긴사마는 물러서지 않았어요. 그 사람은 목숨을 건 거였죠. 왜 그랬는지는 지금도 잘 모르겠지만요.

살벌한 대치 상태를 끝나게 한 것은 빠찡코 애새끼였어요. 센징* 주

---

* 鮮人 : 재일 조선인을 낮추어 부르는 말.

제에 어디서 감히 끼어드느냐, 기름이 끼었다고 배때기에 칼이 안 들어갈 줄 아느냐고 짖어댔죠. 긴사마가 상대를 안 하니까 애새끼가 그분 뺨을 때렸어요. 긴사마 코에서 피가 터져서 하얀 와이셔츠를 물들이기 시작했죠. 세 대가 열 대가 되고 스무 대가 되었지만 긴사마는 여전히 야쿠자 두목만 노려보고 있었어요.

"바보자식, 그만둬라."

야쿠자 두목이 애새끼한테 말했어요. 그러니까 그 애새끼가 야쿠자한테 이러는 거예요.

"뭐라는 거냐? 네가 지금 나한테 한 말이냐?"

일본말에는 욕이 별로 많지 않아요. 그러니까 욕을 다 알아듣기도 전에 목이 먼저 떨어진다는 말이 있죠.

"이누치쿠쇼*, 나는 네 아버지의 사업을 보호해주고 있는 것이지 그의 자식이 여자 때문에 벌이는 하찮은 시비까지 해결해줄 의무는 없다. 저 사람은 손님이고 진짜 남자다. 앞으로 다시는 이런 일로 나를 여기에 오게 하지 마라."

자리가 정리된 뒤 긴사마 옆자리에 가서 앉았는데 손이 떨려서 잔에 얼음을 넣어드리지 못할 정도였어요. 눈물, 콧물에 화장이 얼룩져서 귀신 같았죠. 그분이 내 손을 잡아주더라고요. 그분 손도 떨리고 있었어요. 그날 밤 나는 그분 따라 호텔로 갔어요. 피 묻은 와이셔츠를 내 손으로 깨끗이 빨아서 다림질해서 다시 입혀드렸죠. 그때부터 그분과의 인연이 시작된 거예요.

---

* 犬畜生 : 개 같은 놈.

잠깐, 선녀가 지금 마주앉아 있는 사람, 손님한테 보여요? 여기 카지노에서는 알아주는 유명한 오데*예요. 저 사람이 가지고 있는 콤푸**가 한국에서 최고라는데, 한 백억쯤? 남자 옆에 있는 두 놈은 콤푸 부스러기라도 떨어질까, 기술이라도 배울 수 있을까 싶어 빨판상어처럼 따라다니는 아첨꾼들이고. 여기 이 세상에서는 먹고 자고 옷 사 입고 필요한 거 사고 하는데 콤푸가 현금이나 똑같아요. 다른 세상에 송금이 안 된다는 것뿐. 저 남자는 평생 이 동네를 떠나지 않겠지. 여기서는 제일 부자니까. 당연히 우리한테도 황제 같은 사람이죠. 선녀가 왜 저 자리에 붙어 있겠어요.

보세요, 선녀가 지금 잘하고 있어요. 최소한의 말밖에는 안 해요. 저 남자가 여기 있는 식당 수백 개 중에서, 백반 일 인분에 오천 원밖에 안 하는 우리 식당에 오는 이유가 뭐겠어요. 선녀한테 관심이 있어서죠. 이런 지옥에서도 선녀는 선녀니까 악마든 천사든 왕자든 거지든 사내라면 다 선녀를 찾아오게 돼 있어요.

그뒤로 나는 긴사마한테 상시 지명을 받아서 호스티스로는 편하고 쉽게 살게 됐죠. 그런 식으로 죽을 때까지 두 사람이 행복하게 잘살았으면 동화가 완성됐겠지만 그 사람은 유부남 술손님이고 난 웃음 파는 여자이니 그런 결말이 날 리가 없죠. 아니 내 팔자가. 못돼처먹은 성질머리가 내가 그렇게 살도록 하지 못해. 다른 아이들은 내가 부러워죽겠다는데 나는 뭔가 허전한 거예요. 긴사마는 술집에서도 그렇고 잠자

---

* 大手: 큰손.
** Comp: 카지노에서 고객에게 도박 액수에 비례해 무료로 식음료, 숙박, 교통편 등 편의를 제공하는 포인트 시스템.

리에서도 그렇고 참 매너가 좋은 사람이었어요. 일본에는 겉으로는 얌전하고 예의바른 척하지만 알고 보면 별 이상한 변태들이 많은데.

그 사람은 이십대 때 밀수배 타고 일본 건너와서 재일교포가 운영하는 공장에 들어갔는데 워낙 성실하게 혼과 몸을 바쳐서 일을 하니까 사장이 좋게 봐서 자기 딸하고 결혼시키고 회사까지 물려줬대요. 장인은 죽었지만 자기는 절대 그 은혜를 배반할 수 없다는 사람이었어요. 그래서 나하고 결혼을 못해줘서 미안하대요. 나를 좋아하고 젊음과 아름다움에 대한 욕심 때문에 돌봐주고는 있지만 내가 한창 나이에 좋은 인연 만나서 연애도 하고 인생을 엔조이해야 할 텐데 길을 막고 있는 게 아니냐고 했어요. 그런 사람은 세상에 다시없죠. 술집 여자에 불과한 나를 순수하게 한 인간으로 봐준 사람이에요.

사실 그 사람은 미안해할 필요가 없었어요. 그 사람이 걱정 안 해도 나는 내 나름대로 인생을 불태우고 있었으니까. 그건 정말 배은망덕한 짓이고 이해가 잘 안 가는 일이기도 하지만 나는 끊임없이 바람을 피웠어요. 틈만 나면, 내 돈을 들이고서라도 마음에 맞는 남자는 무슨 일이 있어도 같이 자야 직성이 풀렸어요. 나한테 그렇게 잘해준 마담 언니의 스무 살 아래 애인하고도 바람을 피웠어요. 불이 붙었을 때는 화장실이고 계단이고 옥상이고 가리지 않고 하루에 열 번도 넘게 해 댔어요. 긴사마 따라가서 호텔서 자고 그 사람이 집으로 택시를 타고 가면 갈증이 나서 다시 업소로 가서는 딴 손님하고 이차를 가고 삼차를 가고 했어요. 호스트바에도 수없이 들락거렸죠. 집에 송금하고 남는 돈은 남자한테 다 때려박았죠.

"사내라면 환장하는 년. 화류계 생활하는 동안 내 버라별 년 다 봤지만 너처럼 지독한 화냥년은 못 봤다."

내가 짐 싸가지고 업소를 나올 때마다 마담 언니들이 하는 말이었어요. 업소를 옮기면 긴사마에게는 연락을 하지 않았어요. 한동안은 해방의 기쁨을 만끽했죠. 그 무렵부터 마약에 맛을 들이기 시작했어요. 처음에는 섹스를 맛있게 하려고 마약을 했는데 나중에는 마약의 쾌락을 느끼려고 섹스를 하는 건지 살려는 건지 죽자는 건지 도통 구분이 안 갔어요.

월요일에 질 좋은 마약주사를 한 대 꽂으면 하루 밤낮 자나깨나 섹스만 하죠. 화요일쯤 약발이 떨어지면 허기가 지니까 실컷 먹고 자고 나서 기운을 보충해서는 또 한 대를 더 맞죠. 미친듯이 섹스를 하다보면 금요일이 돼요. 남들처럼 일하고 사람 구실 하는 건 일주일에 잘해야 이틀밖에 안 되는 거죠. 그러니까 인간관계고 사회생활이고 직업이고 가족이고 다 개차반되는 거예요. 어떤 성인, 성녀도 그런 식으로 이삼 년이면 완전히 폐인이 돼요. 그럴 때쯤 긴사마가 나를 찾아낸 거예요. 무슨 수를 썼는지 몰라도. 도쿄 시내 술집, 뽕쟁이들 아지트, 호텔 안 가본 데 없이 다 찾아다닌 거죠. 그 사람 덕분에 살아났어요. 병원에 가서 경찰에 신고 안 하는 조건으로 엄청난 돈을 내고는 재활을 했죠.

긴사마가 집 하나 빌려주고 살림도 장만해줘서 조용히 살았어요. 그분이 거의 매일 초저녁에 퇴근해 와서는 자고 갔죠. 생활비와 용돈, 음악회나 영화관 가는 것까지 다 돈을 대줬어요. 그때도 집에 송금은 했으니 그 돈까지 줬죠.

그런데 나는 나예요. 본성이 송곳처럼 찢고 나오는 거예요. 남자,

남자가 그리웠어요. 나를 함부로 다뤄도 좋고 밑바닥 쓰레기처럼 멸시해도 좋다, 내가 정말로 좋아하고 사랑하고 같이 인생을 몽땅 불태워버릴 수 있는 그런 남자를 만나고 싶었어요. 허기나 갈증보다도 더 강렬한 욕망이 그거예요. 결국 그 사람 모르게 다시 남자를 찾기 시작했죠. 마약도 조금씩 했고 술집에도 나갔어요. 들키고 나서는 나도 내 능력으로 벌어서 살고 싶다, 고향에 돈을 보내야 한다는 식으로 둘러댔죠. 나하고 결혼을 해줄 것도 아닌데 한 남자만 바라보고 살 수는 없지 않느냐고. 그런 식으로 몇 년을 버텼어요.

그 사람은 점점 나이들고 회사도 어려워지는 것 같았어요. 열 살 연상인 부인과의 사이도 최악으로 나빠졌지요. 그 부인이 나를 찾아온 적이 있었어요.

"나도 이제 나이 먹을 만큼 먹었고 남편을 더이상 기댈 만한 남자로 생각하지 않는다. 내 마음은 진작에 떠났다. 네가 그 사람을 사랑하고 같이 살겠다면 깨끗이 이혼해주겠다. 다만 남편이 우리 집안에 사위로 들어와서 이만큼 사업을 일군 만큼 재산은 내가 가져야겠다."

부인은 이미 여자로서의 낙은 끝났다고 했지요. 하나뿐인 자식도 이미 독립해서 외국에 가서 살고 있다고 했어요. 나는 당신이 그 남자 가지라고 했죠. 다시 도망을 쳤어요. 이번에는 아예 나를 찾지 못할 까마득히 먼 곳, 그러니까 도쿄에서도 세 시간 걸리는 이바라키 현 북쪽의 한적한 바닷가 동네로요.

그 무렵에는 나도 조그마한 어촌 동네의 술집에 나가서 몸뚱아리 하나를 밑천으로 연명하는 게 쉽지는 않았어요. 이미 선녀는 대학 졸업하고 좋은 직장에 취직을 해서 내가 보내는 돈은 필요 없다고 했지요. 그 아이도 내가 무슨 짓을 해서 십수 년간 한 달도 빠뜨리지 않고 꼬박꼬박 돈을 보냈는지 알고도 남을 나이였어요. 하지만 나는 악착같이 송금을 계속했어요. 송금은 내가 살아가는 이유였으니까.

긴사마는 삼 년 만에 나를 찾아냈어요. 그때에는 확 늙어서 왔어요. 자기도 마약을 해봤다고 하더군요. 나를 이해해보려고, 나한테 선을 대보려고. 중독에서 빠져나오는 데 시간이 좀 걸렸다고 했어요. 물론 그때는 완전히 끊은 상태였어요. 나는 그날 밤 그 사람의 은혜를 갚으려고 최선을 다해서 내 몸과 마음을 준비했어요. 내가 해줄 수 있는 건 그것밖에 없었으니까. 긴사마는 흰 와이셔츠에 넥타이 매고 양복을 입은 그대로 앉아 있었어요.

"당신은 내 인생의 그늘진 골짜기에 핀 한 송이 백합이었어. 당신을 정말 사랑해."

처음으로 진심이 담긴 키스를 하고 나자 그 사람은 그렇게 말했어요. 하지만 자신은 이제 정상적으로는 섹스를 할 수 없다고, 소프란도*에 다녀오겠다고 하더군요. 미안하다, 고맙다고 하면서 나갔어요. 긴사마가 남기고 간 서류봉투의 내용을 보고 나는 그의 회사가 부도났다는 것을 알았어요. 며칠 뒤 그는 아오모리의 어느 온천에서 체포되어 회사 자금을 횡령해온 죄로 구속되었어요. 긴사마는 부도 직전에 마지막으로 빼돌린 자금을 내게 가져다준 거였어요. 나는 결심했죠. 그 사람을 기다리기로.

선녀에게 편지를 썼어요. 이제 나도 결혼을 해서 일본에 정착해 살

* soap land: 마사지 향락업소.

게 되었다. 더이상 송금을 할 수 없게 되었으니 이해해주기 바란다. 선녀는 자신은 결혼해서 잘살고 있고 어머니도 자신들 부부가 잘 모시고 있으니 걱정하지 말라고 답장을 보내왔어요. 이제 오로지 내 행복, 내 인생만 생각하라고. 그동안 이루 말할 수 없이 고마웠다고. 막 걸음마를 시작한 조카의 사진도 같이 보냈어요. 나는 답장을 하는 대신 눈물로 편지를 푹 적셔버렸지요.

긴사마가 준 돈으로 산 집은 바다가 내려다보이는 언덕바지에 있는 자그마한 목조주택이었는데 일층에 작은 가게가 딸려 있었어요. 나는 밥보다 술, 술보다 남자를 더 좋아했지만 원래 음식은 곧잘 했어요. 어느 날 언덕 꼭대기에 있는 학교에 오가는 학생들을 보다가 프라이드치킨을 팔아보자는 생각을 했죠. 통닭 말고 치킨. 튀김옷을 입히고 빵가루를 뿌려서 뜨거운 기름에 튀겨낸 치킨은 금방 대단한 인기를 끌었죠. 일본 사람들은 그런 식으로 닭을 먹어본 적이 없었다고 해요. 이바라키 현 곳곳에서 우리 가게 치킨을 사 먹으러 사람들이 몰려오기 시작했어요. 연인들의 데이트코스로도 소개됐어요. 우리 가게에서 치킨을 사서 언덕 꼭대기에서 태평양을 바라보며 콜라와 함께 치킨을 먹는다는 게 방송과 신문에 크게 났어요. 나중에는 가게 앞에 손님들이 나래비*를 서서 치킨이 튀겨지기를 기다렸어요.

아, 냄새. 그게 정말 결정적이었어요. 언덕배기에서 닭이 튀겨지는 고소한 냄새가 언덕 아래위 천지사방으로 퍼져가니 사람들은 바로 그 냄새 때문에 피리 소리에 홀린 쥐처럼 줄지어 왔던 거예요. 체인 사업

---

* ならび: 줄.

을 하자고 도쿄의 유명한 식품회사 여러 곳에서 찾아왔는데 절대로 응하지 않았지요. 조용히 긴사마를 기다려야 했으니까요.

그렇게 세월이 흘러갔어요. 긴사마가 감옥에서 나오면 칠십이 넘고 나는 쉰 살이 다 되는데 그때까지 치킨 팔면서 독수공방할 수 있을까. 어둠이 깔리면서 바람이 부는 저녁마다, 문이 덜컹거려서 도둑이라도 들었나 싶을 때마다, 닭을 튀기다 기름에 데어서 시커메진 팔뚝을 볼 때마다 그런 생각을 하지 않은 건 아니에요. 그래도 결론은 하나였어요. 기다리자. 은혜를 갚자. 사람답게 살자. 점점 욕망도 사그라지고 생활은 규칙적이고 평온하게 자리가 잡혀갔어요. 그 모든 걸 단 한 번에 뒤집어버리는 지진이 오기 전까지.

아아, 세상의 종말 같던 그 대재변이 일어난 게 바로 어제 같은데 벌써 몇 년이나 흘렀네요. 후쿠시마 앞바다에서 사상 최고 진도의 지진이 일어났지요. 그다음에는 사상 최악의 쓰나미가 덮쳤고요. 순식간에 몇만 명이나 되는 사람이 죽거나 사라졌어요.

내가 살던 곳은 사고 난 데서 백 킬로미터쯤 떨어져 있어서 큰 피해가 없을 줄 알았어요. 내가 일본 가서 살면서 지진을 수십, 수백 번을 겪었는데 그때 제일 심하게 집이 흔들렸어요. 여진도 이어졌죠. 이 집이 무너져서, 이 집에 깔려서, 이 집 귀신이 되는구나 하는 생각이 들 정도였어요. 하지만 사람을 공깃돌같이 가지고 놀던 지독한 지진이 끝나니까 또 살 수 있다는 생각이 드는 건 그전하고 똑같더라고. 쓰나미로 해안에 있는 집들이 쓸려가고 배가 침몰하고 하는 걸 방송으로 볼 때도 여전히 남의 일 같았어요. 그런데 원전에서 원자로가 폭발하고 방사능 누출이 시작됐다는 뉴스가 나오자마자 머리끝에서 발끝까지 고압의 전류가 흘러가는 것처럼 찌르르 아픈 느낌이 왔어요. 뭐랄까, 인생이라는 대지가 쫙 갈라지면서 깊고 검은 아가리를 벌리는 것 같은? 몸속 어딘가에서 음흉하고 치명적인 암세포가 증식하는 것 같은 감각? 머릿속에서 그런 생각이 흘러갔어요. 나도 이 집도 이 세상도 끝장이구나. 방안에서 이불을 뒤집어쓰고 부들부들 떨었어요. 잠을 잘 수 없었어요. 시도 때도 없이 코피가 흘렀고 생리가 멈추지 않았어요. 임파선이 붓고 구역질이 나서 아무것도 먹지 못했고 꼬치처럼 말라갔어요. 무엇보다 최악인 건 나는 혼자라는 거였어요. 난, 난, 난 혼자였어요.

나한테는 친구도 없었고 아이도 남편도 가족도 친척도 미래도 희망도 없었어. 그 동네를 떠날 수 있는 사람들은 모두 떠났어요. 방사능 없는 서남 지방으로 호요*를 가기도 하고 아예 이사를 가버린 사람도 있었어요. 경제적 능력이 없고 죽을 날만 기다리는 노인들만 집안에 들어앉아 있으니 사람 얼굴 보기도 힘들었어요. 모든 건 개인이 알아서 감당할 수밖에 없었어요. 정부에서는 누출된 방사능이 허용치 이내라면서 방사능에 노출돼도 여름에 해수욕장에서 피부를 태우는 정도밖에 안 된다고 거짓말을 해댔죠.

죽음의 물이 너울너울 바다로 흘러내려와 모든 생명이 떼죽음을 당하고 있었어요. 보이지도 만져지지도 않고 냄새도 없고 절대로 없어지지 않는 사신死神은 내 집으로 스멀스멀 다가오는데 어찌하나. 난

---

* ほよう, 保養 : 원래는 건강을 위해 풍광 좋은 온천 같은 곳에 휴양 가는 것을 의미하는데 후쿠시마 원전 사고 이후로는 방사능에 노출된 사람들이 방사능이 없는 곳으로 피신해 가는 것을 의미하게 되었다.

이제 죽겠구나. 죽는구나. 아는 사람도 없이 무덤도 없이 극락왕생 빌어줄 사람 하나 없이, 우리 엄마, 사랑하는 선녀조차도 모르게, 혼자서 외롭게 병들고 말라서 꼼짝없이 죽는구나. 누가 서럽고 아픈 내 삶을 알아주고 죽어 해골이 되어 뒹굴 때 뼈라도 거둬주려나. 내가 기다리는 사람은 내가 기다리는 줄도 모르고 감옥에서 늙어가는데……

긴사마한테만이라도 알리고 싶었어요. 더이상 못 기다릴 것 같아서 미안하다고. 그런데 그 사람 얼굴을 떠올리니 갑자기 살고 싶어졌어요. 마지막 순간에 사랑하는 여자를 바로 앞에 두고도 소프란도에 가서 욕정을 해결해야 하는 게 인간인 거예요. 나도 인간이고. 찍 하고 발악이라도 하지 왜 지레 항복하냐고 묻는 것 같았어요. 그 사람은 재생, 삼생의 은인이에요. 그 사람 덕분에 동생한테 연락할 수 있었으니까.

몇 다리를 어렵게 건너서 겨우 선녀와 전화가 연결됐어요. 내가 선녀에게 나를 좀 데리러 와달라고 막 말하려는 참인데 선녀가 먼저 이렇게 말하는 거야. "언니야, 나 진짜 이제는 죽을 거 같아. 제발 나 좀 살려줘. 여기로 와줘." 그 아이는 금방 절벽에서 뛰어내릴 것 같았어요. 내가 그때까지 들어본 어떤 사람의 어떤 말보다도 더 절박한 목소리였어요. 내 처지에 대해서는 아예 말을 꺼낼 수도 없었죠. 결과적으로 선녀 때문에 내가 살 길을 찾게 된 거예요.

집값이 몇 달 새 반으로 떨어졌어요. 그런데도 살 사람은 전혀 없고 팔 사람만 있어. 나는 불법체류자라서 어차피 제값 받고 팔 수도 없었어요. 인연이 아니구나, 그동안 먹고 자고 살았으니 됐지 하면서 긴사마 앞으로 편지를 썼어요. 당신은 영원히 잊지 못할 사람이지만 생각하니 내가 사랑한 사람은 아니었노라고. 집 열쇠를 동봉해서 감옥으로 보냈어요.

출입국관리소에서는 불법체류 때문에 다시는 일본으로 들어올 수 없을 거라고 했어요. 상관없었어요. 선녀는 저멀리 내 삶의 목적지의 하늘에 떠 있는 연이었고, 나는 그 연을 따라 뛰어가면 될 것 같았으니까.

보세요. 저 아이, 이제 일어나는 손님들을 전송하는 것을. 절대로 문밖으로 안 나가요. 나가는 순간 카지노라는 지옥으로 가는 입구가 입을 벌리고 있으니까. 저 아이를 찾는 손님들도 그걸 알고 찾아와요. 손님과 저 아이 모두, 속에 같은 지옥불이 타고 있어요. 그 불은 한 사람 한 사람의 영혼과 시간의 고혈을 연료로 죽을 때까지 타오를 거예요. 선녀는 자진해서 그 불을 덮어 끄려고 했어요. 내가 한국으로 돌아와서 선녀를 만났을 때 부둥켜안고 말했어요.

"동생아, 내가 너를 살릴 수 있게 해다오. 동생아, 네가 살아나서 내가 살아갈 수 있도록 만들어다오. 우리 같이 여기를 떠나자. 어디라도 가자. 나는 죽을 때까지 너와 함께 있을게."

선녀는 울고 또 울면서 여기를 떠나는 것만 빼고는 다른 건 다 할 수 있다 했어요. 카지노에 가서 스스로를 영구 출입금지자 명단에 올렸어요. 카지노에서는 흔한 일이 아닌데다가 여기서 살고 있기까지 하니 아주 유명해졌죠. 우리는 가진 돈을 동전 한 닢까지 탈탈 털어서 식당을 인수했고, 나는 음식을 하고 선녀는 손님맞이를 하기로 했지요. 그래요. 하루 벌어 하루 살죠. 밤낮없이 벌고 모아서 빚을 갚죠.

선녀가 도박으로 날린 돈? 사십억쯤 된다고 해요. 반의 반은 내가 송금한 돈이겠지만 나머지는 어디서 났는지 몰라요. 자세하게 알고 싶지도 않고. 저애가 왜 도박에 빠졌느냐 하면 여기 처음 놀러왔을 때, 하루 만에 이억을 따서 그랬답니다. 그때부터 무서운 추락이 시작됐지요. 팔 수 있는 건 모두 팔았을 거고요. 제 식구, 시댁, 친정, 외가, 친구들 해서 전부 다 길바닥에 나앉게 만들었어요. 아는 사람은 모두 원수가 됐겠죠. 저 아이가 어떤 생지옥에 갔다 왔는지 누가 알겠어.

지금 남은 빚이 팔억쯤 돼요. 죽을 때까지, 어디를 가든 따라다닐 빚이에요. 거기에는 사람 목숨 다섯은 걸려 있어요. 오천 원짜리 백반 몇 인분을 팔아야 팔억이 되나. 제기랄, 나도 같이 갚아야 할 빚이야. 갚을 시간을 달라고 내 몸뚱이, 목숨을 담보로 맡겼으니.

아니 왜 그런 눈으로 사람을 봐? 시커먼 얼굴에 다 쭈그러진 몸이 무슨 담보가 되냐고? 이봐요, 내가 술만 며칠 안 마시고 세수 좀 신경 써서 하면 남자들이 전부 나만 쳐다봐요. 귀찮아서 안 하는 건데, 왜들 이러셔. 그런데 말이오, 손님이 보다시피 내가 아직까지 술을 못 끊었어.

나나 저 아이나 다 겪어보고서 알게 된 거지만, 사람은 죽도록 저 하고 싶은 것만 하다가 죽을 수도 있고, 그걸 안 하는 것만 가지고도 행복할 수 있어요. 생각하면 인생이라는 건 얼마나 모를 것인가요? 누구에게나 단 한 번뿐인 도박판이니 짜릿짜릿하지요.

어머나, 아까 오데 손님 팁 놓고 갔네. 이게 웬일이야, 일억씩이나! 뭐라, 일등 당첨되면 콤푸 일억 주는 복권이라고? 이봐요, 잘생긴 손님, 이거 젊은 손님 드릴까 말까? 싫어?

* 이 소설의 제목은 오노레 드 발자크의 소설 『*Le Lys dans la Vallée*』를 우리말로 번역하면서 제목을 '계곡의 백합'이나 '골짜기의 백합'이라고 한 데서 따왔다. 'Le Lys dans la Vallée'는 영어 'The Lily of the Valley'로 번역되는데 백합과에 속한 은방울꽃 또는 초롱꽃을 말한다. 일반적으로 꽃잎이 큰 백합을 프랑스어로는 'Lys'라고 칭한다.

믜리도 괴리도 업시[*]

* 고려가요 「청산별곡」에서 인용. 뜻은 '미워할 이도 사랑할 이도 없이'.

너에게서 전화가 온 건 꼭 오 년 만이었다. 나긋나긋하면서도 나른한, 연육제에 푹 담겨 부드러워진 고기처럼 무장해제되게 만드는 네 목소리를 듣자마자 나는 이유도 묻지 않고 네가 말하는 장소로 가겠다고 했다. 알코올 중독자가 한 오 년쯤 술을 끊고 지내다가 단골술집을 만나고는 별생각 없이 쑥 들어가버리듯 자연스럽게.

택시를 타고 가는 동안 네가 어떻게 살았을지 가늠해보았다. 너는 문자 그대로 자력갱생自力更生하는 인간의 표본이었다. 유산이나 복권 당첨금처럼 별다른 노력 없이 생긴 재산이 조금이라도 거추장스럽다 싶을 때 주변의 누구에게든 줘버리고 훌훌 떠나버리는 것, 그게 너를 아는 사람들 사이에서 너에 대한 평판과 호오를 결정짓는 요소였다. 사람들은 너를 처음에는 천사처럼 좋아하다 더이상 네가 줄 게 없다는 걸 알면 악마처럼 대했다. 아니 아예 상대도 하지 않고 욕을 하며 백안시했다. 너에게 별다른 피해를 입은 것도 없으면서.

으악새. 그게 네 별명이었다. 대학 시절 일부러 어른들만 출입하는 다방에 터를 잡은 우리가, 소파에 반쯤 누워 줄담배를 피우거나 서로에게 끊임없이 욕설을 퍼부음으로써 무심코 다방에 들어서는 우리들 누군가의 아버지나 아버지의 친구들을 내쫓는 놀이를 즐기고 있을 때, 너는 혼자서 지절거리는 스피커에서 흘러나오는 노래를 듣다 말고 느닷없이 대양 항해중인 범선의 망루에서 신대륙을 발견한 소년처럼 "으악새가 새가 아니고 갈대 비슷한 풀이라네"라고 말했다. 우리는 일제히 네게 야유를 퍼부었고 개소리 말라고 너를 타박했다. 풀이 울다니 그게 말이 되느냐고.

"저거 한번 잘 들어봐, 갈대도 순정이 있다잖아……"

네가 한 말을 귀담아듣는 사람은 아무도 없었다. 설사 풀이 진짜로 눈물을 흘리며 슬피 울고 갈대에게 한몸을 불사를 라이터가 있다 해도 네가 그런 말을 한다는 건 주제를 넘어서는 일이었다.

으악새는 총에 맞아 죽어가는 새를 연상시키지만, 실제로 '으악'에 가까운 단말마 비명을 지르는 동물은 인간이다. 새가 죽을 때 내는 소리라야 쨱, 아니면 끽일까. 네게 '으악새'라는 별명이 오래도록 따라붙은 건 네가 그런 식으로 턱도 없는 엉뚱한 소리를 하거나 슬그머니 나타나 뒤통수를 침으로써 사람을 '으악' 소리가 나도록 놀라게 해서였다. 그래. 그랬다. 가을바람에 흰머리를 나부끼는 낭만적인 억새에서 너를 연상하기 힘든 것처럼 네게 우리와 다르고 잘난 뭔가가 있다는 건 이해하기 힘든 일이었다. 어쨌든 너는 키가 크긴 했다. 누가 가꾸지 않아도 자력갱생하는 수많은 풀 가운데 가장 키가 큰 억새처럼.

초등학교 6년 동안 너와 나는 같은 학교에 다녔다. 두어 번인가는 같은 반이기도 했다. 하지만 나는 귀공자처럼 차려입은 너와 가까이 한 적이 없었다. 너를 둘러싼 하이에나 같은 무리는 다른 아이들이 네게 접근하면 사납게 콧등을 찡그리고 이빨을 드러내며 으르렁거렸다. 그들은 네가 사는 동네 시장 장사꾼들의 자식이었다. 소방서의 망루보다 까마득히 높은 굴뚝이 있는 주물공장이 네 아버지 것이었고, 그의 재산은 시장 모든 상인들의 재산을 합친 것보다 많다는 소문이 돌았다.

읍내 외곽 마을 농사꾼의 자식인 나는 읍내 중심부에 사는 아이들에게 둘러싸인 너를 멀찌감치 넘겨다보기만 했을 뿐이었다. 반장선거 때가 되면 네 어머니가 학교로 자가용을 타고 출동해 반공삐라를 뿌리는 비행기처럼 사탕과 과자를 무차별적으로 살포함으로써 간단하게 너를 반장으로 만들었다. 하지만 너는 고장난 로봇처럼 제 기능을 하지 못했다. 가령 반장이 해야 할 가장 기본적인 임무인 "차렷, 선생님께 경례" 하는 구령도 덜덜 떠느라 제대로 하지 못했다. 담임은 너를 혼내거나 해임하지 않고 반 아이들이 돌아가며 구령을 하게 했다. 반 아이들은 네 덕분에 민주주의란 공평한 기회를 보장하는 것임을 배울 수 있었다. 그 또한 네 어머니의 돈봉투 덕이라는 걸 우리는 잘 알고 있었다. 학교에 기악합주단이 만들어졌을 때 네 어머니는 대형 실로폰이나 큰북처럼 인기 없고 비싼 악기 대부분을 구입해서 학교에 기증했다. 너는 그런 악기 중에서 가장 쉬운 심벌즈조차 배우지 못했으나 합주단의 지휘자가 되었다. 발표회에서 혼자서만 연미복을 빼입은 너는 박자와 음정이 엉망인 지휘를 했는데도 기립박수를 받았다. 너는 언제나 가운데 자리에서 조명을 받아 빛나고 있었지만 그럴수록 무기력하고 슬퍼 보였다. 하필 그때마다 내 눈길이 네게 향한 건지는 모르지만.

어쨌든 초등학교 6년 동안 너와 나는 제대로 된 대화 한마디 나누지 않았으니 네가 도대체 나라는 존재를 아는지도 몰랐다. 궁금하지 않았다. 중학교를 추첨으로 배정받아 진학하게 됨으로써 다시 보기 어렵게 된 초등학교 남자 동기생의 절반 정도, 그러니까 읍내 중심부의 사립중학교에 배정된 백 명의 아이들처럼.

네 아버지의 공장에서는 고물상, 엿장수들이 골짜기와 마을을 돌며 수집해온 쇳조각을 용광로에 녹여 농기구며 밥솥 같은 갖가지 도구와 일상용품을 만들어냈다. 우리가 초등학교를 졸업하기까지 네 아버지의 공장은 고향의 군 전체에서 최첨단의 과학과 기술, 설비를 갖춘 최대, 최고의 산업체로 여겨지고 있었다.

중학교 입학식을 열흘쯤 앞두고 있던 어느 쌀쌀한 날 오후, 네 아버지의 공장에서 대형 사고가 일어났다. 어느 엿장수가 가져온 쇳덩어리 가운데 6·25 때 버려진 불발탄이 있었고, 일꾼이 그걸 용광로에 집어넣는 바람에 엄청난 폭발사고가 일어났다. 공장을 덮고 있던 지붕이 분화구처럼 뚫리고 현장에 있던 사람 예닐곱 명이 중경상을 입었으며 주변의 건물 유리창 수백 장이 깨졌다. 굴뚝 뚜껑이 수백 미터 떨어진 곳에 날아가 있다가 다른 엿장수의 수레에 실려 공장으로 돌아왔으나 원래의 자리로는 갈 수 없었다.

충격을 받은 네 아버지는 뇌출혈로 쓰러져 죽을 때까지 일어나지 못하는 몸이 됐지만 나는 그런 걸 알지도 못했고 나와는 아무 상관도 없는 일이었다. 나는 집에서 읍내 외곽의 중학교까지 6킬로미터쯤 되는 신작로를 오가기 위해 자전거를 배우느라 바빴고 중학교에 입학한 뒤로는 자전거와 함께 길 아래 낭떠러지로 굴러떨어지지 않는 게 가장 큰 관심사였다. 아무리 그렇더라도 그로부터 서너 달 뒤인 하지 무렵에 네 아버지의 공장에 큰불이 나서 공장과 공장 인근에 수십 년 동안 쌓였던 어마어마한 양의 고물과 네 가족이 살던 웅장한 저택이 속수무책 타버렸을 때는 모를 수가, 모른 체할 수가 없었다. 나는 자전거를 배운 이후 처음으로 자전거를 타고 읍내로 가서 불길이 가장 잘 보이는 곳에 자전거를 세우고 그 위로 올라갔다. 그렇게 위태롭게 선 채로 한 시대의 역사가 어마어마한 연기를 뿜으며 사라져가는 것을 지켜보았다.

읍내 사람들이 전부 공장 앞으로 모여든 것 같았다. 그중에는 너를 옹위하던 하이에나 무리도 있었다. 모두들 구경만 할 뿐이었다. 엄청난 공해를 유발하는 공장으로 떼돈을 벌면서 이웃들에게는 떡 한번 돌리지 않았으니 그 때문에 망조가 든 것이라고 누군가 말했다. 엄마가 1남 4녀의 자식들에게 양복점, 양장점에서 맞춘 옷만 입히고 외제 책가방과 학용품을 들려서는 몇 걸음 되지도 않는 학교를 오갈 때 자가용에 태워 보내는 식으로 거들먹거렸으니 죄를 받는 것이라고 여자들은 수군거렸다. 소방대원조차 화재진압을 하기보다는 지방 중소도시에서는 평생 보기 드문, 경험하기 힘든 대형 화재의 현장을 보고 견문을 넓히기 위해 손놓고 서 있는 것처럼 보였다. 어쨌든 여느 때와 달리 읍내의 사나운 아이들이 가장 늦게까지 화재현장에 남아 있던 나를 무시하고 그냥 내버려두었기 때문에 나는 너에 관해 마음껏 상상할 수 있었다. 불이 나자마자 네가 네 마리의 흰말이 끄는 마차를 타고 보석과 패물, 황금이 든 가방을 안은 채 바닷가의 별장으로 가는 것을 떠올렸고, 네가 때에 전 얼굴에 이가 기어다니는 누더기를 걸치고 길가에 엎드려 구걸하는 것을 상상할 때는 재미있는 동화책을 읽는 것처럼 목으로 침이 넘어갔다.

나는 중학교 2학년 때에 서울로 전학했고 방학이면 고향집에 돌아가는 생활을 반복했다. 어쩌다보니 너를 둘러싸고 있던 하이에나들이 고향에서 가장 친한 친구가 되었다. 나는 그들로부터 네 아버지가 공장에 화재가 일어난 뒤 일 년 만에 숨졌고, 네 엄마는 믿을 수 없게도 남편의 무덤에 풀도 나기 전에 대도시에 있는 주물공장 공장장과 재혼했다는 이야기를 들었다. 너는 아버지의 공장에서 불타지 않고 남은 유일한 건물인 일꾼들 숙소 겸 식당에서 연년생인 누나 하나, 여동생 셋과 함께 살아가고 있다고 했다. 한동안은 네 집에서 십 년 넘게 일해온 식모가 아이들을 돌봤지만 결혼을 하면서 떠나버렸다. 그뒤로 네 신세와 꼴은 급전직하로 추락했다.

너는 세수도 못한 얼굴로 찢어진 교복을 입고 등교했다. 한문과 영어를 같이 가르치던 학생과 주임 선생이 교문에서 여자 형제들을 씻기고 입히고 먹여 학교에 보내고 오느라 지각했다는 너의 변명을 듣고는 "네 엄마는 제 자식 놔두고 남의 집 계모로 가버리고 너는 여동생들 뒷바라지하는 식순이가 됐으니 앞으로 네 이름을 '신데렐라'라고 해라" 한 뒤로 너는 고향의 전 남자 중학생, 아니 모든 남자의 얼굴에 먹칠을 하는 부엌데기가 되었다. 네 부하였던 아이들이 하루 만에 모두 네 상전으로 변했다. 그 아이들의 책가방을 집집마다 배달해주려면 지게질이라도 배워야 할 형편이었지만 지게가 없던 너는 온몸에 책가방을 매달고 들고 이고 지고 읍내를 돌아다녔다. 점심시간에는 학교 앞 구멍가게에 네 책가방을 잡히고 '까치담배'를 외상으로 받아다가 반에서 대장인 아이에게 상납하곤 한다는 이야기도 전해 들었다. 수업시간에는 선생에게, 쉬는 시간에는 아이들에게 돌아가며 구박당했다. 특히 남성호르몬이 넘쳐나다못해 공기중에 비산될 정도였던 남자중학교에서 너의 서열은 성적처럼 꼴찌였다. 쉽게 말해 너는 한 시대를 대표하는 귀공자에서 '만인의 똥개'로 전락했다.

네가 왜, 어떻게, 무엇을 위해 그토록 힘든 시절을 견뎌냈는지 정확하게 아는 아이는 없었다. 네가 거의 매일 저녁, 주물공장의 폐허 위에 앉아 "아아 으악새 슬피 우는"으로 시작하는 네 어머니의 애창곡을 나지막이 부르는 것을 들었다는 아이는 있었다. 언젠가 네 아버지가 좋아하던 "복사꽃 살구꽃 피는"으로 시작하는 노래를 들었다는 아이도. 그런 식으로 힘든 시간을 흘려보냈다고 하더라도 그 노래들이 그 시절을 참고 견뎌낼 이유는 되지 못한다.

중학교를 졸업하던 해 겨울, 기차역에서 집으로 가는 길에 나는 너를 보았다. 너는 철로변에서 석탄과 나뭇가지 같은 땔감을 줍고 있었다. 눈이 날리는 추운 날씨임에도 너는 홑겹인 교복 하나만 입고 있었다. 껑충 자란 키에 비해 교복은 너무 짧고 작았고 곳곳이 기워져 있었다. 때에 전 얼굴에 장갑도 끼지 못한 손발은 터졌고 몸을 구부리는 바람에 드러난 쇄골이 쇠꼬챙이처럼 말라 보였다. 그럼에도 어쩐지 너는 당당해 보였다. 고개를 들었을 때 네 눈은 빛났다. 그 눈으로 나를 똑바로 쳐다보며 뭔가를 기억해내고는 말을 걸려 했다. 오히려 내가 먼저 몸을 피할 정도였다. 너는 한 가족의 생계를 책임진 어른 같았고 나는 어린아이에 불과했다. 온실 속에서 갖가지 보살핌과 보호를 받으며 손도 까딱하지 않던 화려한 화초로 있을 때는 생각할 수조차 없던 강인한 모습이었다. 몇 년 사이에 한 사람에게 생겨난 너무도 극적인 변화에 나는 '으악' 소리만 내지 않았을 뿐 어지간히 놀랐다. 그날 이후로 나는 너를 잊을 수가 없게 되었다. 너는 다른 사람의 보호를 받으면 무기력해지고 남을 보호하기 위해 헌신하게 되면 강해지는 특이한 체질을 가졌다.

네 험담을 하던 하이에나들도 네가 식당을 차려도 될 정도로 뛰어난 '손맛'과 손재주를 가졌다고 칭찬했다. 너는 움막집 같던 일꾼 숙소를 아기자기하게 꾸몄고 누이들에게 오므라이스, 카레라이스, 소시지볶음이나 크림수프 같은 것을 직접 요리해주었다. 주물공장이 불탈 때 살아남은 유일한 책은 네 어머니가 사서 들여놓고 한 번도 읽지 않고 방치한 『현대 동서양 요리전서』 시리즈였는데, 공장 식당에서 밥을 먹던 일꾼들이 눈호강이나 하자고 식모를 시켜서 그 책을 일꾼 숙소에 빼돌려놓았던 덕에 무사했다. 너는 천연색 그림과 사진이 반 이상인 그 책을 읽고 또 읽어 스스로 뜻을 깨달았고 동서양 요리의 심오한 세계에 빠져들며 입맛이 까다로운 누이들을 먹여살릴 수 있었다. 도배, 수선과 고장 수리, 청소, 쥐잡기, 바느질도 네 몫이었다. 네 집의 여자들은 손에 물 한번 묻히지 않고 얼굴만 가꿀 수 있어서 '주물공장 네 자매'의 미모에 관한 소문은 나날이 멀리 퍼져나갔고, 그 자매를 훔쳐보러 오는 아이들이 늘면서 네 평판은, 형편은 한결 좋아졌다. 집안까지 밀고 들어와서 네 누이들과 대화를 나눴던 아이들은 읍내를 주름잡는 주먹들이었다.

가족 부양에 바빠서인지 너는 동기들보다 일 년 늦게 읍내 외곽에 새로 생긴 종합고등학교 야간반 기계과에 입학했다. 중간에 휴학을 했으므로 졸업도 동급생에 비해 일 년 늦었다. 그 시절에 네가 가장 관심을 가지고 열성을 쏟았던 건 요리전서의 그림과 사진에서 영향을 받은 미술이었다. 너는 모든 걸 몽둥이질로 해결하는 것으로 악명 높은 미술 선생이 지도교사인 '종고 미술반'에 들어가서 누구보다 열심히 그림을 그렸고 미술반의 '줄반장'을 했다.

네가 서울의 대학에서 개최하는 전국 고교생 미술대회에 지역 대표로 나왔을 때 우리는 만났다. 내가 그 대학교에 다니고 있었고, 고향의 하이에나 한 마리가 미리 길안내를 해주라고 연락을 해와서였다. 대학 캠퍼스 연못가에서 나는 네가 여관방에서 손수 말아온 김밥을 먹었다. 너는 교련복을 입고 있는 고등학생, 나는 장발에 청바지를 입은 대학 2학년생이었다.

"야, 이게 말로만 듣던 '이명수 김밥'이구만. 과연 사나이 가슴을 고향의 맛으로 시큰하게 울려주누나. 근데 너는 왜 안 먹냐?"

"난 아까 먹었어. 네 생각해서 따로 이 인분 싸왔으니까 많이 먹어."

너는 학생이라기보다는 학교 잡역부처럼 나이들어 보였고 대한민국 평균키인 나보다 한 뼘 가까이 컸다. 그리고 부지깽이처럼 말랐다.

"그러니까 사람이 둘, 김밥이 둘인데 지금 내가 이 인분째 먹고 있는 거잖아. 네 건 어딨냐고?"

"나는 학교 앞 기사식당에서 백반을 먹었어. 고마워. 이렇게 오랜만에 만났는데도 네가 나한테 신경을 많이 써주는구나."

"오랜만? 우리가 언제 어디서 왜 만났는데? 난 전혀 기억이 안 나는데."

　네 집에 불이 났을 때 개울 건너 자전거 위에서 불구경을 하고 있었다는 이야기를 하면 안 될 것 같았다. 철로변에서 땔감을 줍던 모습을 봤다는 것도.

　"나는 너를 늘 생각하고 있었어. 그래서 지금도 어제 만난 사이처럼 가깝게 느껴져."

　"자식, 징그럽게 왜 이래. 소꿉동무도 아니고 불알친구도 아닌데 생각하기는 뭘 생각해. 김밥 잘 먹었다. 미술대회 상은 꼭 받아라."

　너는 정말로 상을 받았다. 시상식에서 대학총장이 직접 수여하는 최우수상을. 미술대학이 주최하는 고교생 미술대회에서 최우수상을 받으면 무시험으로 대학에 입학할 수 있었다. 네가 입학했다는 말을 전해 듣고 나는 왠지 찜찜했다. 나는 3학년이고 너는 1학년인데 남들 보는 앞에서 친구처럼 지내기가 어려울 것 같았다. 그럼에도 너는 입학하자마자 뻔질나게 나를 찾아왔다. 강의실이든 서클룸이든 구내식당이든 가리지 않고. 특히 시위현장에서는 무리 속에 섞여 앉아 운동가요 듣는 것을 좋아했다. 보고도 외면할 수밖에 없게 네 눈에서 눈물이 번쩍이는 때도 있었다.

　어쨌든 여럿이 있는 동안에는 나는 네게 반말을 했고 내 동기나 1년 후배들은 너를 '명수씨'로 부르게 됐는데, 너는 대부분 입을 열지 않는 식으로 대답했다. 내가 문학 서클에 있고 네가 미술 서클에 있어서 합동으로 시화전 액자를 만들면서 더 자주 만나게 됐다. 그러다 나는 군대에 자원입대했다.

　군대에 있는 동안 나는 철저히 내가 어디서 뭘 하는지 비밀로 했다.

네가 집으로 연락해오거나 찾아왔을 때도 최전방의 특수부대에 있어서 편지, 면회가 절대로 안 되는 것으로 해두었다. 그래서 한동안은 너와 완전히 단절된 채 살 수 있었다.

삼 년 만에 복학을 하고 난 뒤 학교에서 가장 먼저 나를 알아본 건 너였다. 학생식당에서 우리는 마주쳤다. 너는 여전히 말랐고 어깨까지 내려오는 머리에 교련복을 입고 있었다. 190센티미터가 넘는 키 때문에 너는 어디서나 눈에 띌 수밖에 없었다. 키가 너무 크면 맞는 군복이 없어서 국방의 의무가 면제된다는 말이 있었는데 군 면제 대상자가 굳이 대학에서 교련을 받아야 하나 궁금해졌다. 너는 군대 가는 것과 상관없이 교련 학점을 이수해야 졸업할 수 있다고 명쾌하게 대답했다.

"그래서 네가 군대를 간다는 거야, 안 간다는 거야?"

"신체검사를 계속 연기하고 있어. 아직 동생들이 완전히 독립을 못했고, 엄마도 아프고."

너의 누나는 이미 결혼을 했고 여동생 하나는 치과의원에, 하나는 간호대학에 다녔으며 하나는 여고생이었다.

"엄마가 아프다고? 네 엄마는 출가하지 않았냐? 가출인가?"

네 어머니의 인생역정은 너무 드라마틱해서 모를 수가 없었고 한번 들으면 잊을 수도 없었다. 재혼한 네 어머니는 오 년 만에 새 남편이 급사한 뒤 적지 않은 재산을 상속받았다. 너는 어머니가 다시 가족과 합류하는 것을 거절하고 주물공장 부지를 팔고는 가족들을 데리고 서울로 올라왔다. 재산을 사등분해서 모두 여형제들 몫으로 정함으로써 여형제들이 네 어머니의 도움을 받지 않도록 만들었고 무소유의 너는 그들이 출가하기 전까지 집사인지 부엌데기인지를 하며 함께 살고 있었다.

너는 네 신상에 관한 나의 장황한 자문자답을 가만히 듣고만 있었다. 내 식판이 거의 다 비자 너는 네 식판에 있던 밥을 덜어서 내 식판으로 옮겼다. 나는 내가 네게 더 많은 관심을 가진 것처럼 보이는 게 불편했다.

"학생식당 밥 정말 개떡같네. 군대 짬밥보다 더 개밥 아냐. 앞으로는 돈 좀 들어도 교직원식당 가서 먹어야겠다. 복학생 체면이 있지."

음식 이야기가 나오자 네 눈이 반짝였다.

"나는 사먹는 음식이 너무 자극이 강해서 소화가 잘 안 되고 속이 안 좋아. 그래서 집에서 도시락 싸가지고 다니거든. 학생식당 밥맛 없으면 내가 네 도시락도 같이 싸가지고 올까? 전혀 어렵지 않아. 동생들 거 쌀 때 같이 싸면 되니까. 채식 괜찮지? 수업이 언제야? 점심시간에는 없지?"

나는 다시 '이 자식이, 징그럽게'라고 말하려다가 그 말을 된장국 속의 딱딱한 두부와 함께 꿀꺽 삼켰다. 시골에서 아버지가 경운기와 늙은 육신의 근력으로 농사지어 부쳐주는 돈으로는 학생식당에서 밥을 사먹기도 벅찼다. 복학까지 했으니 내가 아르바이트라도 해서 밥값을 벌지 못하면 굶어야 마땅했다. 교직원식당 이야기는 학생식당에도 자주 못 올 경우에 대비한 알리바이일 뿐이었다.

"너 진짜 음식 하나는 기똥차게 하더라. 고향 바닥에 소문이 쫙 퍼져 있는 거 너도 알지?"

"그래. 그런데 서울에서는 내가 만든 음식을 맛있게 먹어주는 친구들이 없어. 도시 출신 애들은 내가 어떤 음식을 해줘도 찌든 시골 냄새가 난대. 너는 잘 먹어줄 것 같아. 내일부터 내가 네 도시락 싸울 테니까 열두시에 만나자, 중앙도서관 앞에서. 안녕."

너는 식판을 들고 일어섰다. 나는 어정쩡하게 그러자고 하면서 손을 흔들어주었다. 기울어져가는 해를 배경으로 전신주처럼 긴 다리를 옮기는 너를 보며 나는 문득 네가 도시락을 싸왔다면서 왜 학생식당에 밥을 사먹으러 왔는지 궁금해졌다. 의문은 곧 풀렸다. 너는 나를 보고 따라 들어온 것이었다. 배가 고프지 않았으니까 밥도 먹는 시늉만 했고 내게 그 맛대가리 없는 밥을 덜어주기도 했다. 나는 그런 적이 한 번도 없다. 너는 항상 그랬다. 그게 너와 나의 차이였다.

너는 그뒤로 내 도시락을 싸왔다. 도시락이라는 건 간단해 보이지만 사람의 신경을 건드리는 게 적지 않다. 반찬에 따라 기분을 잡치기도 하고 외관 때문에 열등감이나 외로움이 생겨나기도 하는 법이다. 너는 세심하게 그런 것을 살펴서 점심을 굶어야 하는 내 문제를 최대한 해결해주면서도 내가 내켜하지 않는 표정이거나 적절치 않은 상황에서는 도시락을 가방에서 꺼내지도 않았다.

그래, 내가 지금 네게로 가는 건 망할 놈의 복학생 시절, 그 망할 놈의 도시락 때문인지도 모르겠다. 언젠가 일본에 여행을 갔을 때 기차역마다 파는 도시락이 다르고 역에서 판매하는 도시락(에키벤驛弁) 맛자랑 경진대회까지 있다는 것을 알고는 네 얼굴부터 떠올렸으니까. 네가 혹시 일본의 어느 역 근처에서 살고 있는 건 아닐까 하고 턱없는 상상을 했다. 세상의 수많은 도시락, 특히 목이 메도록 맛있는 도시락을 먹을 때마다 너를 상기하지 않을 수 없었다.

나는 그 무렵 일 년에 절반은 집밖에서 잤고 절반은 집안에서 잤다. 우리의 서울집은 똑같은 크기의 방 두 개 사이에 부엌 하나가 있는 셋집이었고 2남 2녀의 4남매는 성별로 나뉘어 기거했다. 내가 집안에서 잘 때는 나를 자신들의 집에서 재워준 친구들이 동행했다. 전원이 남자였다. 밤새 술 마시고 떠들고 바둑을 두고 고스톱을 치고 누군가는 구석에서 자고 누군가는 입시공부를 하고 누군가는 고교생의 예습 복습을 도와주고 누군가는 노래하고 누군가는 밖에 나가 토하고 들어왔다. 너는 내 친구가 아니라 누군가의 과 후배였고 서클 동료였다. 때로 너의 존재나 호칭, 돌발적 언행 때문에 분위기가 어색해지면 너는 옆방으로 가서 내 여형제들과 어울렸다. 너는 내 누이들이 좋아할 만한 음악을 카세트테이프에 녹음해왔고, 그들 몫의 청량음료와 간식거리를 사왔다. 게다가 밤새 젊은 수컷 영장류 십여 명이 먹어치울 고열량 음식을 내 여동생들과 함께 마련했다.

술이 한 잔씩 돌아가면 일어서서 노래를 하는 게 관례였는데 네 차례가 오면 너는 조금도 망설이지 않고 일어서서 '아아, 으악새 슬피 우는'으로 시작되는 '뽕짝'을 2절까지 불러댔고 '복사꽃 살구꽃 피는 정든 내 고향'으로 분위기를 완전히 망쳐놓는 데 성공했다. 마지막에는 꼭 정수리로 형광등을 들이받아 먼지를 턴 뒤에 자리에 앉았다. 너는 우리집 여형제들에게 나보다 훨씬 더 큰 신임을 얻었고, 심지어 나는 한 번도 받지 못한 포옹과 다정한 인사까지 받았다. 시간이 열시가 가까워오면 너는 집이 멀어 가봐야겠다면서 일어섰다. 집이 멀든 가깝든 모두 한방에 뒤엉켜 자고 갔던 아이들은 네가 가고 난 다음, 그 친구 착한 건지 바보인지 모르겠다, 있어도 없는 것 같고 없어도 있는 것 같다. 왜 왔는지 왜 갔는지 모르겠다고 논평했다. 남은 친구들은 밤새 서로 물어뜯고 치고받고 싸울망정 절대 서로에 대해 그런 평가를 하진 않았다. 모두 똑같다고 여겼기 때문이었다.

네 핏속에 들어 있는 '대가 없이 퍼주기' 유전자는 네 집으로 동성 이성 구별 없이 많은 친구를 불러들인 것 같다. 너와 그들 사이는 다감하고 친밀했다. 생일 때 선물을 주고받고 크리스마스에 카드를, 방학 때는 안부엽서를 보냈다. 직접 만나서 이야기하고 먹고 마시고 열심히 토론하고 결론을 맺은 뒤 포옹이나 악수로 화해했다. 내 입장에서는 그런 분명함, 도시성이 부럽기는 했다. 그뿐이었다. 나는 그 무렵부터 연애를 하느라 연애 상대를 제외한 누구에게도 관심이 별로 없었다.

어쨌든 네가 우리집에 왔으므로 내가 답방의 형식으로 너희 집에 간 것은 자연스러웠다. 너희 집에서는 네가 제일 어른이었다. 너는 그집을 직접 골랐고 연탄보일러를 기름보일러로 바꾸는 공사를 직접 했고 네 혼자 힘으로 한 가정을 꾸려나가고 있었다. 네가 집안의 유일한 남자임에도 네게는 집안 구성원을 모두 낳고 기르며 보살피는 모성이 느껴졌다.

거실의 장식장 제일 좋은 자리에는 『현대 동서양 요리전서』 시리즈가 모셔져 있었고 모차르트 명곡 전집, 베르디의 오페라 전집, 베토벤의 피아노 소나타 전집 등의 LP음반이 루벤스, 카라바조, 세잔 등등의 화집과 함께 빼곡히 들어차 있었다. 반대편의 책장에는 니체나 코플스턴의 원서가 상단에, 중고책방에서 구한 듯한 묵은 책과 시집이 하단에 꽂혀 있었는데, 거기에는 자연스럽게 LP음반 전집의 케이스처럼 손때가 묻어 있었다. 세심하게 선정되고 보살펴지고, 심지어 사랑받고 있다는 생각이 들었다. 그건 하루아침에 만들어질 수 있는 느낌이 아니었다.

너는 나를 맞이해서 부산하게 방을 치우는 시늉을 하고 턴테이블에 얹혀 있던 LP의 음악을 들려주었다. 내가 좋아하던 핑크플로이드 연주 이후에 레너드 스키너드, 레드 제플린이 흘러나왔다. 그 집의 다른 손님들이 좋아하는 음악─딥 퍼플, 레너드 코언, 마마스 앤 파파스 같은 가수들의 음악이 이어졌다. 주객 합쳐 남녀 여덟 명이 둥그렇게 모여앉은 뒤 무릎에 이불을 덮었다. 이불 위에는 네가 사온 귤이 놓였고 귤껍질을 벗기고 먹으면서 카드놀이를 했다. 게임에 져서 술래가 되면 노래를 부르거나 춤을 춰야 하는 벌칙을 받았다. 소주 병나발을 분다거나 귀뺨을 맞거나 옷을 하나씩 벗는 게 아닌 것이 참 신선하고 건전했다. 그 대신 친근하고 다정하고 아름다운 청춘 남녀, 나이나 직업에 관계없이 서로를 친구로 부르는 사람들이 있었다. 그것으로 충분하지 않으냐고 그 밤, 그 방은 내게 묻는 것 같았다. 나는 열시가 되어서 자리에서 일어섰다.

"너무 건전해서 나 같은 잡놈은 더이상 같이 못 놀겠다."

내 말은 농담이 아니었지만 모두들 웃었다. 여자들 몇몇이 집으로 가야겠다고 일어섰고 너는 전송을 하러 나왔다. 버스정류장까지 다와서 너는 내 팔뚝을 살짝 쥐었다 놓았다.

"좀더 있다가 가지 않을래?"

"왜?"

"왜는. 너 좋아하는 와인도 있고. 사람 많은 데서는 못할 얘기도."

와인이 있다는 바람에 나는 간단히 돌아섰다. 마음에 안 들면 언제라도 너희 같은 순둥이들쯤 무시하고 집에 가버리면 그만이니까.

돌아오니 술판이 제대로 차려져 있었다. 얼음으로 차가워진 샴페인의 이름은 이미 들었던 퀸의 음반 〈Killer Queen〉의 가사에 나오는 '모에 에 샹동Moet & Chandon'이었다. 뒤이은 화이트와인 역시 국산이 아닌 독일 모젤 지방에서 나오는 녹색 병의 리슬링 품종이었다. 뚜렷한 취향도 경험도 없던 나는 입속에서 거품이 터지는 샴페인과 달콤하고 진한 화이트와인에 순식간에 매혹당했다. 마지막으로 나온 술은 보드카였다. 맛이나 원산지는 중요하지 않았고 알코올 도수 사십 도 이상이라는 게 핵심이었다. 너는 세숫대야만한 커다란 유리그릇을 장식장에서 꺼냈다. 오렌지를 직접 짜서 만든 주스 두 병을 아낌없이 거기에 투하했고 미리 준비한 얼음을 깨뜨리고 믹서에 넣어서 갈아 그릇에 집어넣었다. 마지막으로 보드카 두 병을 부은 뒤에 수저로 내용물이 잘 섞이도록 휘저었다. 그새 누군가 큰 스푼으로 다섯 번쯤 설탕을 끼얹었다.

"이 칵테일 이름이 스크루드라이버야. 새콤달콤해서 엄청나게 센 술이라는 것도 모르고 여자들이 좋다고 마시다 뻗어버리는 바람에 '레이디 킬러'라고 하지. 뻗고 난 뒤에 스크루드라이버로 나사를 돌려 박아버리듯 홍콩으로 보내버리기 때문에……"

술이 약한 편인 너는 그날 완전히 풀어져 있었다. 음담패설을 서슴없이 늘어놓았다. 너는 고향에서 십대를 보내는 동안 식구들을 위해 네 한몸 바쳐 희생만 한 것만은 아니었다. 시골 아이들이 성적으로 훨씬 조숙하다는 것을 끊임없이 이어지는 사례로 증명했다. 예컨대 '다

라이(함지)와 바께쓰(양동이)'에 막걸리와 소주, 맥주를 부어서 적당
히 혼합한 뒤에 '양재기'로 퍼서 한 양푼씩 '노털카(다 마신 그릇을 머
리 위에서 흔들었을 때 한 방울도 떨어져내리지 않게 한 번에 쭉 마셔
버리는 것)'로 몇 바퀴 돌리면 삼십 분도 못 돼 수십 명이 한꺼번에 홀
딱 벗고 엉켜서 뻗어버린다는 것 같은. 그 경험담이 너무 실감나게 재
미있어서 나는 당분간은 자리에서 일어설 수 없었다. 나중에 내가 가
려고 일어서면 네가 붙들거나 아니면 다른 아이가 잡았다. 남자 셋,
여자 하나 해서 나까지 다섯 명, 그래, 너희 넷이 최소 한 번씩은 잡았
다. 그래서 종내 가지 못하고 쓰러졌을 것이다.

　새벽녘에 나는 이상한 느낌에 잠에서 깼다. 어떤 축축한 촉수가 내
하체, 특히 성기가 있는 쪽을 집요하게 더듬고 핥고 있었다. 나는 촉
수를 피해 벽으로 돌아누워 최대한 몸을 벽에 붙였다. 마침내 벽과 한
몸이 되었다 싶었을 때 완전히 눈을 떴다. 낯선 어둠이 맨발에 밟히는
깨진 유릿조각처럼 위험스럽게 느껴졌지만 방광이 터질 것 같아 움직
이지 않을 수 없었다. 불을 켜는 곳이 어딘지 몰라서 눈대중으로 바깥
쪽 방향을 잡았다. 뭔가가 물컹, 하고 밟혔지만 급해서 무시했다. 부
엌 하수구에 소변을 갈기고 나서 다시 돌아오는 길에 야광 손목시계
로 다섯시를 조금 넘은 시각임을 확인하고 노인이 끈적한 가래를 내
뱉는 것 같은 버스 엔진 소리를 들었다. 거실에서 잠깐 멈췄을 때, 가
버릴까 하는 기분이 들었다. 사실 그래도 되었다. 가방이 눈에 띄었다
면 즉시 신발을 신었을 것이다. 아니, 가방은 핑계였다. 두고 간다 해
도 네가 학교로 가지고 올 것이니까, 아마도 예쁜 찬합에 고향의 맛이
담긴 도시락을 넣어가지고. 하지만 나는 뭔가를 직접 확인하고자 방

으로 돌아갔고 그새 어둠에 익숙해진 눈으로 너를, 너희를 보았다. 보지 않을 수 없었다.

남자들은 모두 알몸이었다. 특히 너는 기다란 애벌레처럼 허리를 S자로 구부린 채 잠들어 있었다. 유난히 목소리가 크고 목젖이 다 보이게 웃던 녀석은 유리창의 붉은 셀로판지를 투과해 들어오는 가로등 불빛 때문에 정육점에 매달린 고기처럼 보였다. 더럽다거나 추악한 게 아니라 낯설었다. 유일한 여자는 옷을 입은 채 팔을 베고 잠들어 있었다. 처음부터 그랬던 건지, 나중에 옷을 입은 것인지 알 수 없었다. 그러고 보니 나는 트레이닝복 바지 속에 속옷을, 전날 아침에 빨랫줄에서 걷어서 입은 아버지의 속잠방이를 입고 있지 않았다. 나는 속옷을 벗었다는 사실을 전혀 기억하지 못했다. 누가 벗긴 것인지, 누구에게 벗겨달라고 했는지, 내가 누구의 속옷을 벗겼는지, 자동적으로 벗겨졌는지도. 어쨌든 나는 땅바닥에 질질 끌리는 네 트레이닝복을 입은 채 도망쳤다. 남의 집에서 자다가 깨어 말없이 도망치는 아이처럼. 울지는 않았다. 마구 달리다가 숨이 차서 죽을 것 같았을 때 생각했다.

어쨌든 지금 나는 살아 있어. 다행이야. 방이 너무 더워서, 혹은 아이들이 그냥 옷을 모두 벗고 자는 버릇이 있었던 것뿐이야. 아니, 모든 게 계획적이었어. 보일러를 일부러 세게 돌렸던 거야. 금방 취하게 하고 제 손으로 옷을 벗게 만들었어. 여자애는 나를 붙들기 위한 미끼였던 거고. 원한 게 뭐냐. 4 대 1의 혼음? 3:1:1? 1:1:1:1:1? '아무 일도 없었다'에서 나는 에이즈에 걸릴 것이고 온몸에 검은 곰팡이 같은 반점이 번져서 죽을 거라는 불안까지, 낙관과 비관 사이를 왔다갔다했다. 항문이 아프거나 화끈거리는 느낌은 없었지만 만져보는 건 두려웠다. 고환 아래에 이미 무엇인가 버섯처럼 돋아 있을 것 같았다.

너는 나를 찾아오지 않았다. 나는 네게 가지 못했다. 그후 그날 밤은 내 인생에서 실제 경험한 최악의 황음荒淫이자 기억의 표층에 떠오를 때마다 격렬하게 뇌세포를 태우는 번뇌에서, 어쩌면 세상 사람 모두 비슷하게 비밀스러운 사건을 겪었으면서 굳이 말을 하지 않고 살아갈 뿐이라는 논리로 천천히 식어서 굳어갔다. 여관에서 밤새 틀어주는 포르노비디오를 보면서 위안을 얻는 동안 시간은 흘러주었다. 술은 도움이 되지 않았다. 실연 역시. 밤샘 당구, 내기 바둑은 괜찮았다. 돈 후안, 오스카 와일드를 읽는 것도. 너는 졸업까지 한 학기를 남겨두고 휴학을 했는지 낙제를 했는지 군대에 갔는지 학교에 나타나지 않았다. 너를 다시 만난 건 오 년이 지난 뒤였다.

회사에서 회식을 하러 자주 가던 음식점에서 나오던 길이었다. 아무런 장식 없이 '情'이라는 한 글자만 써놓은 간판이 달린 스탠드바가 보였다. 주렴이 쳐진 문이 있고 안에서 노을처럼 어둡고 붉은 조명 속에 서 있는 남자들이 보였다. 손님도 주인도 모두 남자였다. 회사 선배와 동료들은 그들을 '호모 새끼들'이라고 불렀다. 그러면서 별다른 이유도 없이 킬킬거렸다. 자신은 동성애자가 아니라는 게 다행스럽고, 그래서 소수자도 약자도 아니니 핍박받거나 무시당하지 않을 거라는 안도감에서 나오는 웃음 같았다. 나는 그들 앞에서 누구보다 드러나게 큰 동작으로 따라 웃는 체했다. 그러다가 사레가 들려 기침을 했고 벽에 대고 계속 기침하는 나를 두고 동료들은 이차 장소로 먼저 가버렸다. 눈물이 그렁그렁한 채 벽에서 돌아서다 나는 너를 보았다. 너 역시 나를 보았다. 너는 머리를 짧게 깎았고 수염이 거뭇했으며 몸에 붙는 검은 티셔츠를 입고 있었다. '퀸'의 프레디 머큐리를 흉내냈는지도 모른다. 너는 종이로 말아서 피우는 담배를 입에 물고 있었다. 나는 별다른 이유 없이 그게 마리화나일 수 있겠다고 생각했다.

"오랜만이다. 잘 지내?"

언젠가 교련복을 입은 채 그랬듯 너는 다정하게 말했다. 나는 고개를 끄덕거렸다. 회사 사람들은 골목을 돌아가 시야에서 멀어진 참이었다. 나는 고개를 숙이면서 눈을 닦았다. 혹시 네가 오해할까봐 고개를 도리질하면서 바쁘다, 가야겠다고 말했다.

"헤이 수영, 나 유학 가. 다음주 출발."

너는 급하게 말했다. 나는 예의상 어디로, 얼마나 오랫동안 가느냐고 물어주었다.

"파리에 그림 공부하러 갈 거야. 프랑스는 말 배우는 게 정말 어렵대. 얼마나 걸릴지 모르겠어. 나 너한테 편지해도 돼?"

나는 마음대로 하라, 잘 갔다 오라고 하면서 그 어색한 장소에서 벗어났다. 네가 내 주소를 알 리 없다고 생각하면서. 나는 그새 결혼을 했고 본가 역시 이사를 했으므로 바뀐 주소를 아는 친구가 별로 없었고 네게 알려줄 사람은 전혀 없을 거라고 생각했다. 하지만 너는 두달 뒤 정확하게 내 신혼집 주소로 편지를 보냈다. 파리에 안착했으며 어학연수를 시작했으니 염려할 게 전혀 없다고. 내가 너를 왜 염려하겠느냐고 반문하는 편지를 보내기도 전에 너는 지금 마음에 드는 많은 친구들을 만났고, 특히 연인을 벌써 사귀게 됐는데 연인 덕분에 프랑스어를 엄청나게 빠른 속도로 익혀가고 있다고 쓴 편지를 보냈다. 일련번호가 매겨진 다음 편지는 유학을 떠나기 전에 나를 꼭 보고 오려고 했고 볼 수 있어서 기뻤으며 나를 한시도 잊은 적이 없다는 것이었다. 초등학교 때 너를 처음 보았을 때부터……라는 대목에서 나는 편지를 찢어버렸다. 그뒤의 편지들은 뜯어보고 파쇄기에 넣거나 화장실 변기에 버렸다.

하지만 편지가 거듭되면서 그냥 버리기에는 아깝다는 생각이 들기 시작했다. 어디에 쓸지는 모르지만, 뒀다가 무슨 일이 생길지도 모르지만.

편지는 파리 생활에 대해 아주 자세하게 적은 일기 같았다. 빠뜨리지 않는 건 편지 맨 처음과 뒤의 내 이름 앞에 붙은 '사랑하는' 또는 '그리운'이라는 간지럽고 의례적인 수식어였다. 의외로 네 문장은 문학적이고 정확했다. 문장으로 표현하기 어려울 때는 펜으로 단순한 그림을 그렸다. 그게 아주 간명하고 상징적이어서 역시 그림쟁이는, 하고 감탄하기도 했다. 나는 이따금 네가 내게 편지를 보내는 것을 포기하지 않을 만큼의 빈도로 답장을 보냈다.

편지는 칠 년 넘게 계속되었다. 그동안 내게는 아이가 생겼고 세 번 이사를 했으며 회사에서 승진도 했다. 아내의 지속적인 산후우울증으로 부부싸움이 시작됐다. 아내가 자신이 임신해 있는 동안 내게 불륜을 저지르지 않았느냐고 공격했을 때 나는 네게 당분간 집으로 편지를 보내지 말라고 했다. 너는 회사로 편지를 보내기 시작했다. 고급 초콜릿이나 구하기 힘든 음악을 담은 CD음반과 함께. 나는 그것을 회사 책상서랍 깊숙한 곳에 넣고 잠가두었다.

동기 가운데 가장 먼저 과장이 된 내가 사내연애를 하기 시작한 건 삼십대 중반이었다. 아이가 학교에 들어가고 오로지 아이에만 관심을 쏟을 뿐 나를 월급 토해내는 기계로 여기는 아내와는 심신 모두 소원해져 있었다. 네가 한국의 최연소 예술가로 파리 중심가의 유명 화랑에서 개인전을 열었다는 기사가 신문에 난 것이 계기가 되었다. 점심때 구내식당에서 밥을 먹다가 신문기사를 읽고 있는 여자를 보았다. 그녀는 독신이었고 삼십대 초반이었으며 많은 유부남의 눈길을 받고 있었다.

　바로 옆자리에 앉아 있던 나는 그녀에게 네가 내 친구라고 이야기했다. 신문에는 네가 프랑스의 미술학교에 입학하고 나서 교수들이 "당신 같은 작가가 왜 우리에게 미술을 배우려고 합니까. 이미 실력이 우리보다 나으니 더이상 가르칠 게 없습니다"라고 하면서 자신들이 속한 화랑에서 개인전을 열도록 주선해주었다는 과장된 기사가 실려 있었다. 너는 프랑스의 화단에서 이미 정상급 위치에 오른, 한국 출신의 몇 안 되는 화가라고 했다. 그림은 전시되는 족족 '완판' 혹은 매진을 기록하고 있었다. 하지만 그녀는 네 그림보다는 보디빌더처럼 강인해 보이지만 군살 하나 없이 단련된 네 몸, 정면으로 쏘아보는 빛나는 눈에 관심이 많았다. 내 서랍에서 나온 네 전시회 도록도 우리 사이에 다리가 되어주었다. 불륜에는 핑계나 이유가 있지만 사랑에는 이유가 없다. 내 인생은 그때 가장 뜨겁게 불타올랐다. 가장 빛나고 충만했으며 욕망도 최고조로 강력했다.

　오후의 서울 도심 호텔, 출장지, 한강 고수부지의 차 안, 교외의 모텔에서 우리는 틈만 나면 들어붙었다. 나는 나사였고 그녀는 너트였다. 어떤 스크루드라이버가 내 엉덩짝 뒤쪽에 있는 십자 홈을 돌려서 그녀에게 필사적으로 파고들게 만드는지 몰랐다. 어쨌든 그건 중요하지 않았다. 격렬한 피스톤운동이 끝나고 숨을 고르느라 나란히 누워 있을 때 초등학교 시절 하이에나 같은 아이들에게 둘러싸여 어쩔 줄 모르겠다는 표정을 짓고 있던 네가 가끔 생각났다. 시간이 지나면서 순수한 사랑은 정감이 섞인 연애가 되고 결국 쾌락만이 목적인 불륜으로 변해갔다.

아내가 뒤늦게 내 불륜을 눈치채고 어떤 근거에서인지 '가중처벌'을 한답시고 회사에 공개적으로 알리는 바람에 나는 사직서를 내야 했다. 이혼을 당하면서 퇴직금과 아파트를 모두 내줬다. 내 상대가 어떻게 되었는지 생각해볼 겨를도 없었다. 내 인생 최악의 시기였다.

그때 너는 정상급에 진입한 재불 화가로서 일시 귀국해 국내 최고의 화랑에서 전시회를 연다고 했다. 네가 연락을 해왔을 때 나는 강남의 유흥가에서 룸살롱 아가씨들을 데려다주는 자가용 영업—'나라시'를 뛰고 있었다. 가진 건 외제차 하나밖에 없었고 고시원에서 생활하고 있었다. 너는 내가 운전기사와 비서 역할—'가방 모찌'로 자신을 도와주기를 바랐고 우리는 전시회에 필요한 크고 작은 일을 함께 했다. 이를테면 공항에서 그림을 받아 화랑에 실어가거나 국내 최고의 양복점에서 턱시도를 맞춰 입거나 언론사와 인터뷰할 때 너를 약속장소에 데려다주고 호텔까지 다시 태워다주는 것 같은. 전시중에 네 그림은 모두 팔려나갔다. 그림의 질이 높고 가격이 뛸 가능성이 높은 데비해 그림값이 합리적이라는 게 중평이어서 중산층 부부들까지 네 전시회에 몰려들었다. 그렇게 되는 데는 언론이 중요한 역할을 했지만 언론이 왜 그러는지는 너도 몰랐고 나는 더더욱 몰랐다. 다시 프랑스로 돌아가기 전에 너는 함께 여행을 가자고 제안했다. 여행기간 중에 내 생일이 있었고, 네가 큼직한 선물을 안겨줄 것 같다는 기대로 나는 네 제안을 선뜻 받아들였다.

"나 파리에 있을 때부터 내내 꿈꿔오던 게 있어. 한국의 러브호텔에 가보는 거야."

내가 차를 몰고서 서울을 빠져나와 한 시간쯤 달렸을 때 너는 말했다. 나는 '꿈의 궁전'이라는 평범한 이름의 외딴 모텔 앞에 차를 세웠다. 내가 한창 사내연애를 할 때는 쳐다보지도 않았을 낡은 건물에 손님이 거의 없는 썰렁한 곳이었다. 건물 외벽은 칠이 벗어지고 유리에는 금이 가 있었다. 주변은 변변한 식당조차 없는 농촌이었다.

모텔 복도에는 철이 한참 지난 비디오테이프가 만화대본소의 파본처럼 쌓여 있었다. 너는 거기서 오랜 시간 공을 들여 영화를 골랐고 헨리 밀러 원작의 영화 〈북회귀선〉을 선택했다. 나는 모텔 카운터에 맥주와 마른안주를 주문했다. 밤안개가 낀 파리의 몽환적인 풍경을 배경으로 가로등 불빛 아래 자전거를 타는 연인들이, 그 장면만이 인상적인 예술영화에 가까운 '작품'이었다. 기대했던 포르노가 아니었기 때문에 나는 맥주만 마셨다. 얇은 비닐에 싸인 마른안주는 건드리지도 않았다. 너는 평면 모니터 속에 들어가기라도 할 듯 영화에 집중했다.

러브호텔답게 침대는 붉은 비로드가 씌워진 심장 모양이었고 조명역시 분홍색이었으며 망사 커튼이 침대를 두르고 있었다. 눕자마자 천장의 거울이 보였다. 나는 즉시 침대에서 자는 것을 포기하고 소파를 선택했다. 냄새나고 꺼진데다 구멍이 났으며 얼굴에 뭔가가 쩍쩍 묻어나는 소파는 내 인생처럼 끔찍했다.

너는 침대에 엎드려서 감탄사를 연발하며 영화를 끝까지 보았다.

또 영화를 고르러 나가는 네게 나는 맥주를 더 주문해달라고 부탁했다. 언제 잠들었는지 몰랐지만 그날 밤 타이트한 내 속옷은 벗겨지지 않았다. 그런 시도조차 없었다. 너는 생일이나 선물에 대해 아무런 언급도 하지 않았다.

공항에서 헤어질 때 너는 나를 포옹했고 사랑한다, 편지하겠다고 말했다. 물론 너는 기름값, 밥값, 찻값, 술값, 주차비, 고속도로 통행비, 일당 등 모든 경비를 부담했지만 내게 특별한 의미가 담긴 금일봉을 하사하지는 않았다. 그건 친구에 대한 대접이 아니니까. 친구가 아무리 원한다 해도.

그뒤에 너는 두 번 정도 더 전시회를 가졌다. 국제적인 성가聲價가 나날이 높아지면서 국내 시장에서의 작품 가격도 올라갔다. 너는 다시 나를 고용했다. 나는 내 일당을 세 배로 올렸다. 그런데 지난번에 비해 할 일이 확 줄어들었다. 너는 사적인 외출이 잦았고 그때는 내가 너를 따라나설 수 없었으며 일당도 당연히 없었다. 너의 가장 큰 관심은 내가 목적을 알 수 없는 비밀스러운 외출에 있었기 때문에 세번째 전시회는 반응이 미지근했다. 너는 모든 예술가에게는 '한때'라는 게 있는데 그게 자신에게 아직 오지 않았든지 지나갔든지 둘 중 하나일 거라고 했다. 나는 상관하지 않았다. 다시는 너의 '가방 모찌'는 하지 않겠다, 억만금을 주지 않는 한은. 농담 조로 맹세까지 했다. 기분이 나빴던 건 확실하다. 그렇다고 맹세를 다 지키면서 살기에 인생은 짧고 구름 끼는 날이 대부분이다.

한때 내 섹스 파트너였던 여자를 룸살롱이 밀집한 동네 길가에서 우연히 만났다. 싱겁게 다시 불이 붙었다. 재미는 없었다. 그 여자는 애인도 남편도 없는 무주공산이고 나도 그랬다. 일주일도 지나지 않아 그만 만나자고 동시에 말했고 동시에 웃어버렸다. 너트와 볼트는 용도를 다하고 나면 그냥 쇳조각일 뿐이었다. 네 아버지의 공장이 생각났다. 그건 불타버렸다. 시간과 한 시대, 사람들과 함께.

나는 모든 일을 혼자 해결했고 해결할 수 있었다. 아이의 양육비를 벌어 송금해야 했고 살아가야 했고 예술 같은 건 돌아볼 겨를이 없었다. 다행히 나는 농촌 출신이었고 내 피에는 수십 대를 이어온 농부의 유전자가 들어 있었으며 위기를 맞을 때마다 끈기와 근면성, 낙천성, 집중력 같은 스위치가 때맞춰 켜졌다. 나는 개미처럼 묵묵히 일했다. 네 그림값이 얼마나 더 올랐는지, 한때의 주식형 펀드와 예술시장이 그랬듯이 거품이 꺼지고 말았는지도 모를 정도로. 하지만 이제는 여유가 생겼다. 새로운 여자도 만난다. 나이는 나보다 약간 많지만 아직 끝물의 강렬한 단맛이 남아 있고 믿기 힘들 정도로 푸근하다.

너는 약속장소인 이탈리안 레스토랑에 혼자 나와 있지 않았다. 금발로 염색한 아돌프 히틀러 같은 인상의 남자가 네 곁에 나란히 앉아 있다가 내게 손을 내밀었다. 남자는 얼마 전 다국적 금융회사의 한국 지점에 자산운용 책임자로 부임하게 되어 너와 함께 오는 길이라고 했다. 그에게는 결혼 전력이 있었고 아들과 딸이 있으나 뒤늦게 자신의 '성향'을 깨닫고 자신이 가진 모든 것을 그들에게 주고 이혼했다고 했다. 그의 지갑에 들어 있는 사진으로 볼 때 전처 포함 온 식구가 모두 금발이었다.

"결혼생활은 끔찍한 의무의 연속이에요. 명수와 나, 우리 둘의 관계는 아주 자유롭죠. 서로를 전혀 구속하지 않아요."

처음 보는 사람에게 그런 이야기를 할 수 있다는 게 유럽인 특유의 개방성 때문인지, 내가 이미 그들이 커플이라는 것을 잘 알고 있을 거라고 오해한 데서 나온 것인지는 잘 모를 일이었다. 그들은 똑같은 회사에서 만든 스마트폰에 똑같은 케이스를 씌우고 있었다. 같은 브랜드의 옷을 입었으며 동시에 각자의 스마트폰에 도착한 페이스북 내용을 두고 가벼운 언쟁을 벌이기도 했다. 이미 짐작하고 있었음에도 면전에서 직접 고백을 듣고 보니 적지 않은 충격이 느껴졌다.

"많이 놀랐니?"

국내외의 수많은 연예인, 유명인들이 게이임을 밝히고 그 때문에 많은 편견과 불이익을 감수했으며 동성결혼이 법적으로 허용된 나라도 여럿이라는 걸 나도 알고 있긴 했다. 그렇다고 충격이 덜한 건 아니었다.

"나, 나, 난 정말 네가 그런 줄은 몰랐다. 도, 도대체 언제부터 남자하고 그, 그렇게 된 거야?"

나는 되도록 네게 상처가 되지 않을 말을 골랐다. 하지만 기껏 나온 질문이라는 게 너무도 뻔한 것이었다. 천장을 향해 얼굴을 들고 생각에 잠겨 있던 네 눈에서 물기가 배어나왔다. 이윽고 내가 '으악' 하고 소리칠 새도 없이 눈물이 방울져서 흘러내렸다. 아니, 내가 뭘 그렇게 잘못했다고 질질 짜고 그래? 너는 내 말에 상처를 받아서가 아니라 그동안 스스로의 정체성을 숨겨오면서 겪었을 고통과 번민이 생각나서 눈물을 흘린 것이었다. 너는 목이 메어 염소 같은 웃음소리를 냈다.

"어릴 때부터, 내가 철들기 이전부터. 너를 대학에서 처음 만났을 때쯤에는 내가 여자애들보다는 남자애들에게 훨씬 더 관심이 많다는 것을 확실히 알았어. 하지만 너는 아냐."

"뭐가?"

"너희, 자기가 정상이라고 생각하는 교만한 이성애자들은 꼭 그렇게 묻더라. 언제부터 게이였느냐. 나를 어떻게 생각해온 거냐. 나를 볼 때마다 몰래 흥분한 거 아니냐. 기분 더럽다…… 내 대답은 이래. 나도 눈이 있고 수준이 있거든? 미안하지만 너희들은 내 취향이 아니야."

금발은 우리가 나누는 말을 전혀 알아듣지 못하고 시선만 말하는 사람에게로 옮겨다녔다. 네게 휴지를 내밀며 나를 노려보기도 했다. 네가 영어와 프랑스어, 독일어가 뒤섞인 말로 통역을 해주었다. 금발은 아무것도 아닌 일에 열을 올리느냐는 듯 고개를 으쓱하고는 뭐라고 요란하게 지껄여댔다. 그 녀석이야말로 교만해 보였다. 망해버린 제국의 환관처럼.

"쟤 지금 뭐래냐? 몇 살이야? 언제 만난 거야?"

"하나씩 대답할게. 자기는 커밍아웃하고 나면 가장 흔히 듣는 반응이 너는 위에서 하니 아래서 하는 편이니, 그러니까 탑이냐 바텀이냐 하는 거래. 두번째, 쟤 우리보다 네 살 어려. 만난 지는 육 년 됐고. 파리에서 만나서 파트너가 된 뒤로 일 년이 멀다 하고 나라를 옮겨다니면서 근무했지. 덕분에 세상 구경은 많이 했네. 이 식당 코코뱅은 정말 괜찮은데. 제대로 된 부르고뉴 방식이야. 부야베스도 맛있어 보여."

"그래서 너희들은 누가 바텀이고 누가 탑이라는 거야?"

"오랜만에 만난 친구끼리 밥 먹으면서 나누는 대화치고는 참 수준 높고 우아하게 느껴지네. 좀 편한 자리에서 대화를 이어가자구나."

저녁을 마친 뒤 너의 제안으로 브루어리하우스―수제手製 생맥주를 판다는 곳—로, 아니 술을 손으로 만들지 발가락으로 만들기도 하냐는 내 말에는 아랑곳하지 않은 채 옮겨갔다. 독일 바바리아 방식으로 국내의 어느 산중에서 만들었다는 생맥주가 나오자 금발은 제 세상을 만난 듯 말이 많아졌다.

"저 자식, 이름이 뭐야? 히틀러야, 아우토반이야? 밥맛이네, 정말. 진짜 다국적인지 초국적인지 하는 투자은행의 임원이긴 한 거야? 저렇게 혼자 잘나서 어떻게 여러 나라 다니면서 부자들 비위 맞춰가며 장사를 해? 옛날 같으면 모가지부터 뎅겅 잘릴 인상이구만."

어쩐지 내 입에서는 고운 말이 나가지 않았다. 아, 내가 혹시 질투라도 하는 것은 아닐까. 그렇게 보일까 싶어 입술이 말랐다.

"아르놀트. 아까 여러 번 말했잖아. 아르놀트 슈타이거라고."

"뭔 놈의 이름이 그렇게 부르기 어렵대? 아놀드 슈왈츠제네거 친척이냐? 아, 그 아놀드는 슈왈츠제네거 집안이구만. 그 인간도 지 마누라 놔두고 나이든 가정부를 건드렸다나 어쨌다나 그래서 내 맘에 쏙 들었었는데. 하여튼 넌 그런 이름이 뭐가 좋아서……"

상황이 마음에 안 들 때 내용 없이 장황스러워지는 버릇이 또 나온다 싶어 나는 말을 멈추었다.

"저 사람 독일계 유대인이야. 머리도 염색한 거고. 이름도 할아버지 때 독일식으로 바꿨다고 하더라고. 서로 더 친해지고 나서 미친 듯한 열망이 살짝 가라앉은 뒤에 말해줬어. 저 사람에게는 소수자로서 뼈아픈 상처가 있어. 나는 그걸 금방 알겠더라. 그래서 첫눈에 사랑하게 된 건지도……"

"성적 소수자로 어릴 때부터 상처가 많은 한국 사람이 인종적 소수자를 사랑하게 됐다? 유럽에서는 게이가 소수자가 아닌가보지?"

"신경을 안 쓴다는 거지. 아니 우리보다 훨씬 덜 쓴다는 거야. 인종적인 편견만 빼고 보면 얘들은 참 평등하고 민주적인 가치관을 가지고 있어. 집안일도 정확하게 분담해서 하고. 우리 지금 살고 있는 집이 한남동 외교관들 많이 사는 거리인데 아르놀트랑 나는 요일별로 요리와 청소를 나눠서 하기로 했어. 한번은 쟤 손님이 열 명쯤 와서 떠들썩하게 파티를 하고 갔는데 치울 생각은 안 하고 게임만 하고 있는 거야. 내가 화가 나서 청소기를 집어던지니까 자신이 청소하는 날이 아니라고, 내가 화를 내는 걸 자기는 이해를 못하겠대. 그때 헤어질 뻔했어."

"헤어지기도 해? 그냥 각자 집으로 가면 되는 거 아냐?"

"우린 동거계약서를 썼으니까. 물건을 살 때도 나중에 절반으로 나눌 수 있는 걸 사는 편이거든."

술을 좀 마시고 나서 용기가 난 나는 이따금 영어로 아르놀트에게 말을 걸었다. 그때마다 그는 좋은 질문이라고 반색을 하더니 짜증날 정도로 길게 대답했다. 네가 번역을 제대로 하지 못하고 중간에 몇 번씩 물어봐야 할 정도로. 그러니 자리가 지루해질 수밖에 없었다. 그러다가 너와 내가 대화를 시작하면 기이할 정도로 차가운 낯빛이 되어—자기중심적인 표정의 전형이라고 할 만했다—생맥주를 마시고 또 주문했다. 술집 남자 종업원에게 미소를 지은 게 우리 두 사람에게 웃어 보인 시간보다 길었을 것이다.

"나 너한테 부탁이 있는데."

"뭐야, 그게? 이제 와서 너랑 자달라는 건 아닐 거고."

"난 널 섹스 상대로 원하지 않는다고 했잖아. 그냥 노래방에 같이 좀 가줘. 파리에서부터 노래방에 가고 싶었어. 가서 듣고 싶었어. 옛날 트로트 가요. 대학 다닐 때 네가 잘 부르던 운동가요 같은 거. 그래 줄 수 있겠니?"

"그러자, 노래방 값은 저 인간보고 내라고 해. 술은 네가 사고."

노래방을 가본 게 정말 얼마 만인지 나도 알 수 없었다. 자칫하면 바가지를 쓰기 쉬운 가요주점 '노래빵'을 잘 피했고 '노래빠'도 지나갔지만 '노래반'에는 속수무책으로 당할 수밖에 없었다. 남자 셋이 지하 가요주점에 들어가자 여주인은 반색을 했다.

"아가씨 불러드려요?"

난 분명히 그렇게 들었다. 나는 아가씨 필요 없다, 자체적으로 조달하겠다고 했다. 노래반이 노래방과 다른 건 넓은 홀에 노래방 설비가 되어 있었고 무대에 서서 노래를 하도록 되어 있다는 것이었다. 물론 원한다면 방으로 들어갈 수 있었고 아가씨를 부르든 찜을 쪄먹든 마음대로였다. 무슨 애국심에서가 아니라 나는 화장실이 있는 뒷계단으로 가는 복도 안쪽 방에 뒤엉켜 있는 남녀를 아르놀트가 보지 말았으면 싶었다. 그냥 무참했다. 금발의 유대인이 중세 고성의 주인처럼 오만하고 고고한 표정을 짓는 것을 다시 보고 싶지 않았다.

나는 서둘러 노래를 골랐다. 네가 원하던 대로 운동가요이면서 대중적으로 친근한 곡을 서너 곡 골라서 부르기 시작했다. 너는 감개무량한 표정으로 긴 다리를 뻗친 채 노래를 들었고 아르놀트는 노래책을 계속 뒤적거리고 있었다. 나는 김빠진 맥주처럼 재미없는 노래를 노래방 특유의 적당한 박자, 적당한 톤으로 부르면서 신물이 난다는 게 이런 거구나 싶었다. 노래가 끝나고 나서 나는 네게 마이크를 넘겼다.

"야, 이명수, 너야말로 몇십 년 만에 조국의 품에 안겼으니까 옛날 노래나 해봐라. 제대로."

너는 아르놀트에게 뭔가를 이야기하더니 자리에서 일어섰다. 네가 고른 노래의 제목이 모니터 화면에 나타났다. 고복수의 〈짝사랑〉이었다.

아하으아 으으악새 스을피 우우니 가으을이이인가아요 지나아친 그 세에워얼이이 나르을 울리입니이다 여울에 아로옹 저어즌 이즈르어진 조가아악달 가앙물도 출렁출렁 목이이이 멥니이이다아……

목이 멘다는 부분에서부터 목이 멘 네가 2절을 부르는 동안 너의 별명을 낳은 노래의 제목이 '으악새'가 아니었다는 것을 아르놀트에게 어떻게 말해줄 수 있을지, 짝사랑이 억새와 무슨 상관인지 생각했다. 상관은 무슨 상관. 무상관의 상관성이다. 그러느라 네 노래를 제대로 듣지 않았다. 너는 노래를 마치고 아르놀트의 옆자리로 돌아와 품에 안기기라도 할 듯하면서 담뿍 미소를 담아 그의 얼굴을 올려다보았다. 아르놀트는 네 손을 잡아서 위로 쳐들고는 입을 맞추더니 바지에서 휙휙 바람 소리를 내며 무대로 걸어나갔다. 그가 고른 노래는 놀랍지도 않게, 프랭크 시나트라의 〈My Way〉였다.

그의 음색은 의외로 기름졌고 많이 불러본 노래인 듯 박자와 음정도 정확했다. 그러면 뭐하나. 노래가 싫은데. 세상에는 두 부류의 남자가 있다. 〈My Way〉를 노래방에서 부르는 사람과 절대로 그 노래를 듣지 않으려는 사람. 나는 그 범주에 게이도 집어넣었다. 세상 남자에는 한 부류가 더 추가된다. 〈My Way〉를 노래방에서 부르는 게이. 너의 열렬한 박수에 이어 아르놀트는 한 곡을 더 불렀다. 엘비스 프레슬리의 〈Can't Help Falling in Love〉. 듣자 하니 이미 한국의 노래방에서 많이 놀아본 솜씨였다.

그의 노래가 진행되던 중에 한 무리의 젊은 여자들이 구두 소리를 내며 계단을 내려왔다. 그들 역시 한잔하고 나서 노래방을 찾아나섰다가 취기에 분별력이 떨어져 '노래반'에 들어온 게 명약관화했다. 하지만 그들은 노래를 부르는 금발의—얼음조각처럼 잘생긴—외국인에게 호기심을 느낀 듯 잘못 들어왔다는 것을 알고도 다시 지상으로 돌아가지 않았다. 그들은 무대 오른쪽 자리에 모여 앉았고 자기들끼리 뭔가를 속삭이며 돌아가는 꼴을 관망하고 있었다. 아르놀트는 여자들을 보고는 뭐가 좋은지 헤벌쭉 웃더니 내가 제목을 모르는 십여 년 전 춤곡을 골랐다. 그리고 음정과 박자를 제대로 맞추지도 못하면서 악다구니를 쓰듯 노래를 부르기 시작했다.

내가 안쓰러움을 느낀 건 왜였을까. 왜 여자들은 키득거리며 웃기 시작했을까. 내가 만류할 겨를도 없이 아르놀트는 실패를 만회하기 위해서인 듯 또다른 노래를 골랐다. 80년대 후반의 아이돌 '뉴키즈 온 더 블록'의 〈Step by Step〉이었다. 아르놀트가 간신히 박자를 맞춰 노래를 부르는 사이 여자들은 수군대기 시작했다. 아르놀트가 진땀을 흘리고 있는 게 멀리서도 보였다. 수상쩍다는 생각이 들기 시작했다. 저 인간, 양성애자로 제대로 양다리 걸친 거 아닌가.

그때 네가 퉁겨진 대나무처럼 무대 앞으로 뛰쳐나갔다. 너는 아르

174

놀트와 여자들 사이의 넓은 공간을 무대로 발레리노처럼 춤을 추기 시작했다. 춤이라기보다는 사지를 순서대로 뻗었다 걷었다 하는 식의 맨손체조에 가까웠다. 노래가 '레이프 가렛'의 〈I Was Made for Dancing〉으로 바뀌었다. 길었다. 내가 들어본 어떤 노래보다 긴 것처럼 느껴졌다. 너는 필사적으로 춤을 추고 있었다. 빌어먹게 노래를 못 부르는 연인과 그를 동물원의 외국산 동물처럼 바라보는 여자들 사이를 가로막은 채 손발과 몸통을 폈다 오므렸다 하며 춤추고 있었다. 기름이 잘 쳐진 기계처럼, 축제장의 키다리 인형처럼 관절은 원활하게 움직였으며 동작은 컸다. 하지만 그걸 결코 아름답다고, 춤이라고 말할 수는 없었다. 열심히 하면 할수록 기괴하게 여겨질 뿐이었다. 여자들이 속살거리기 시작했다. 나는 눈을 감았다. 네 선의와 헌신이 아르놀트에게는 아무런 감동도 주지 못하고 있는 건 확실했다. 아르놀트는 제가 자발적으로 뛰어든 곤죽의 진탕에서 벗어나려고 또 노래를 신청하고 불렀다. 너는 춤을 추고 또 추지 않을 수 없었다.

마침내 노래 반주가 멈추었다. 너는 온몸이 땀에 젖어 자리로 돌아왔다. 견디다못한 여자들은 일어서서 우르르 가버렸다. 무슨 미련이 남았는지 아르놀트는 무대 중앙에서 노래책을 뒤적거리고 있었다.

"미친놈. 미친놈의 새끼들."

내가 중얼거리는 동안 너는 긴 손가락을 뻗어 머리에 묻은 땀을 훑어냈다.

"그래도 같이 오래 살다보니 정이 들었어. 미우니 고우니 해도 결국 내 사랑인데 어쩌겠니."

나는 사이키델릭 조명이 소리 없이 돌아가고 있는 천장을 향해 오래도록 얼굴을 돌리고 있다가 천천히 물었다.

"사랑이야? 사람이야?"

사냥꾼의 지도

낯선 장소에서 길을 잃었을 때, 너 자신을 잃어버린 것 같을 때 머릿속에서 수많은 사람이 소리지르는 걸 들어본 적 있어? 벌통 속에서 수없이 많은 벌이 윙윙대듯이. 사실은 혼자야. 저 혼자 여러 명의 목소리로 외치고 있는 거야.

이건 잘못된 거다, 뭔가 단단히 잘못됐어. 내 잘못이 아니다. 아니야, 너 때문이야. 야, 이 멍청아, 모두가 네 잘못이라고! 내 잘못? 왜? 그래 좋아, 원인이 뭔데? 재수가 없어서? 운이 안 좋아, 내가?

작년 가을 'DMZ국제연극제'에서 내가 쓴 희곡을 무대에 올린 연극이 대상을 받았어. 그게 불운한 건가? 한민족의 비극을 상징하는 DMZ를 가지고 애들 급식값 줄 돈도 모자란다는 지자체에서 돈 들여서 연극제를 벌였어. 그것도 국제 규모로 판을 벌이려다가 외국에서는 아무도 알 리 없고 알려봐야 별다른 호응이 없대서 '아비뇽 연극제 같은 세계적 연극 축제를 지향하는 국제적 연극제를 개최한다'는 식으로 홍보 문구를 수정하면서. 그런 대회에서 일등을 차지한 게 운이 없는 거라고? 그럴 리가 없잖아. 아무튼 국내 다른 연극제에는 거의 없는 '국제'라는 형용어가 붙었으니까 그렇게 수준 낮은 연극제도 아니고. 거기서 일등 하기 쉬워? 일등을 차지하면 부상으로 프랑스의 아비뇽 연극제에 참가할 수 있게 비용을 대줬지. 이등 이하는 기념패에 회식비 정도에 해당하는 상금이 나왔을 뿐이니 일등과 이등 이하는 하늘과 땅 차이의 대접을 받는 거지. 세계 최고의 연극 축제로 공인된 아비뇽 연극제에 한번 가보는 걸 평생 꿈으로 간직하고 마는 연극인이 얼마나 많겠어? 아비뇽에서 연극제가 열릴 때 아예 거기 가서 평소의 네댓 배로 뛴 엄청난 숙박비를 감수하면서 축제 기간 한 달 내내 연극만 보다 오는 사람도 수십 명이고, 정말로 연극 좋아하는 부자들 중에는 아비뇽 연극제 때문에 아비뇽에다 살 집을 마련하는 사람이 있다고 할 정도니 비행기표 살 돈 있다고 아무나 아비뇽 연극제에 갈 수 있는 게 아닌 거야. 거기서 자기 이름이 들어간 공연을 극장에 올린다는 건 꿈 이상의 기적인 거고.

　나는 원래 연극영화과 출신도 아니고 대학 때 연극반에서 활동하지도 않았어. 문학 텍스트인 희곡에 관심이 많아서 셰익스피어나 유진 오닐, 외젠 이오네스코, 사뮈엘 베케트 같은 작가의 희곡집 몇 권 읽고 삼십대 중반에 덜컥, 신춘문예에 늦깎이로 당선돼 등단한 중고신인이지, 잘 알잖아. 아직까지 내 이름을 달고 나온 책 한 권밖에 없으니 이 바닥에선 초짜나 다름없다고. 게다가 희곡 작가라는 게 무슨 대단한 벼슬이겠어. 연극판을 신라시대로 비유하면 성골, 진골, 육두품은 연기나 연출, 기획이야. 희곡 작가는 어쩌다 향가에 등장하는 스님 정도나 될까.

아무도 알아주지 않는 희곡을 십 년 넘게 쓰고 있었다는 게 잘못이라면 잘못이지. 희곡 써서 연극판에 가면 문학판으로 가라고 하고, 문학판에 가면 왜 남의 동네에 왔느냐고 타박을 하기 일쑤지. 희곡은 시나 소설만큼 형식적으로 엄밀하거나 자기 완결성이 뛰어나서 독자와 직접 대화를 할 수 있는 장르가 아니잖아. 연극이라는 장치를 통하지 않으면 헛소리로 끝나기 쉬운 거야. 에우리피데스, 아리스토파네스, 소포클레스의 희곡을, 아니 브레히트, 라신의 희곡을, 오태석이나 이강백의 희곡을, 희곡만을 누가 읽어주고 몇이나 알아주겠느냐고. 무대에 오르는 연극으로 재구성되고 배우의 연기와 입을 통해 대사와 지문이 체화될 때 비로소 의미가 생기는 거지.

아무튼 작년 가을에 요즘 연극판에서는 한창 물이 올랐다고 평가받고 있는 신예 연출가 오시우에게서 연락이 왔었지. 만나기로 한 장소에 나타난 건 오시우와 그 친구 밑에서 연출 공부와 연기를 함께 하고 있다는 배우 박준호였고. 준호는 키가 컸어. 191센티미터나 됐으니까 멀리서도 우러러보일 정도야.

그들이 관심을 가진 희곡은 나의 데뷔작인 「승천 그리고 추락」이었어. 시골 출신의 양아치 촌건달이 도시로 나와 밑바닥부터 시작해서 행동대장까지 올라가는 입지전적인 스토리를 다룬 것이었지. 시골에서는 동네 아이들 코피나 터뜨리고 여학생들 고무줄이나 끊고 구멍가게에서 과자 훔쳐서 달아나고 극장 담 넘어 다니고 여자 목욕탕 훔쳐보고 골목에서 부잣집 애들 주머니 털고 교복을 칼로 찢고 하다가 그런 식의 사소한 악행이 누적되어서 견디기 힘들게 되자 도시로 떠나게 된 생양아치, 성도 양씨고 이름은 '아취'로 나의 유치한 작명 취향이 여지없이 드러나 있어서 지금 봐도 손발이 오그라드는데 말이지. 벌써 십 년 전에 쓴 희곡이라 지금이야 어쩔 수도 없고, 또 그때만 해도 심사위원들이 "키치적 시각이 대중 취향의 폭력물과 자기 성찰적인 문예 스타일을 넘나들면서 절묘한 균형을 잡고 양쪽의 따뜻한 기운을 자기 것으로 흡인하고 있다"고 나도 이유를 종잡을 수 없게 높이 평가해주는 바람에 당선된 것이었어.

그런데 한창 잘나간다는 오시우가 지금 시대가 어느 때라고 조폭이 주인공인 연극을 만들려는 건지 의아했어. 십 년 전에 전성기를 구가했던 조폭물은 시간이 흐르면서 대를 이은 조폭, 친구 조폭, 초일류 조폭, 넘버3 조폭, 아버지형 조폭, 생계형 조폭, 무당 조폭으로 진화했고 가족 조폭, 조폭 마누라까지 시리즈로 쏟아져서 신물이 나는 판이잖아. 아무리 연극판이라고는 해도 제대로 된 공연을 무대에 올린다는 건 비용이나 시간으로나 경력으로 보나 꽤 큰 투자가 아니겠냐고.

"저는 트렌드 같은 건 생각 안 해요. 그냥 안선생님 작품을 읽는 내내 머릿속에서 폭죽처럼, 입안에서 치약 거품처럼 뭔가가 터지는 걸 느꼈어요. 상황과 장면, 대사 같은 데서요."

오시우는 그렇게 말하고는 인형처럼 눈을 깜빡거렸지. 그는 십여 년 전 프랑스에 연극 공부하러 유학 갔을 때 연말연시를 맞았는데, 같이 와인잔을 부딪치며 한 살 더 먹었다는 인사를 나눌 친구 하나 없이 이불을 뒤집어쓰고 자신이 만든 닭고기수프를 훌쩍거리며 내가 쓴 희곡을 인터넷으로 읽었다고 했지. 귀국하면 꼭 그 희곡을 연극으로 올리고 말 것이라고 맹세를 했다던가. 향수가 극에 달해 뭔가에 단단히 빠진 거였겠지. 아무리 저 좋으면 뭐하나. 강산이 변할 만큼 시간이 지났고 지금 연극판은 심리극이든 스릴러든 뭔가 완성도 높고 전문적인 게 인기가 있지 않냐고. 나도 그런 트렌드에 부응하고 싶지만 할 줄 아는 게 없어서 이 모양 이 꼴로 찌그러진 채 반은 폐인처럼 살아가고 있는 거고.

나도 알고 있긴 해. 우리나라에서 난다 긴다 하는 극단, 연출가, 극장 모두 사실은 필생의 '한 방'으로 살아간다는 것을. 젊은 나이들었든 뭔가 크게 하나 히트 치면 그걸 메인 레퍼토리로 하고 새롭고 다른 메뉴를 조금씩 보태가며 그럭저럭 굴러가고 있다는 것을. 그런데 프랑스에서 연극 공부하고 귀국하자마자 극단을 창단하고 국내 초연 유럽 연극 네댓 편을 번안해 무대에 올려 초고속으로 명성을 쌓았으면서 연극계의 중심으로 도약할 이 중요한 시기에 이름도 없는 국내 작가의 십 년 전 데뷔 희곡으로 승부를 걸겠다니. 내가 답답할 지경이었지. 내가 친구라면 도시락 싸들고 따라다니며 말리고 싶더라고.

"저희가 예산이 별로 없어서 배우들 페이까지 문광부나 문화예술위 같은 데서 지원을 받아 나누는 형편이라서요. 선생님이 허락만 해주신다면 지원금이 나오는 대로 국내 최고 수준의 원작료를 지불해드리겠습니다. 오늘은 계약금을 준비해 왔습니다. 그래봤자 많지는 않고요. 사실 다른 데도 다 비슷합니다. 여기 계약서 초안이 있으니까 훑어보시고……"

조연출인 준호는 연출이 직접 말하기 껄끄러운 부분을 대신 늘어놨어.

"됐어요. 나도 연극판 돌아가는 형편을 아니까 그건 그때 가서 되는대로 하지요. 계약서는 무슨. 도로 집어넣고 나가서 막걸리나 한잔 사요."

그제야 오시우가 눈을 깜빡거리며 인사를 차리더군.

"아, 선생님. 죄송합니다. 저는 소주나 막걸리 같은 국산 술을 잘 못 마시거든요. 와인은 한두 잔 하겠는데 하필 오늘 강의 시간이 빠듯해서……"

우리는 삼총사도 아니고 도원결의를 하는 것도 아니면서 커피가 든 머그잔을 마주대고 건배 형식을 취하는 것으로 구두합의를 마무리했어. 떼돈을 벌도록 잘될 리도 없지만, 나야 크게 손해볼 일도 없고.

희곡을 쓰는 데는 머리와 빠른 손가락, 노트북컴퓨터와 시티로스트 커피만 있으면 되지만 연극을 만드는 데는 그야말로 피땀과 가시밭, 골고다의 길이 기다리고 있지. 대학로 지하연습실에서 연습하는 걸 보러 와달라고 신신당부를 해서 마지못해 가본 적이 있어. 내가 쓴 대사 하나하나가 난도질을 당하고 내가 설정한 장면이 완전히 뒤집혀서 안이 밖이 되고, 밖은 지옥이 되어버리는 걸 눈앞에서 목도했지. 배우들은 더 힘들어했지. 피부가 벗겨져나간 자리에서 핏줄을 더듬어 맥락을 찾아내고 불빛 하나 없는 캄캄한 동굴을 걸어나가는 원시인들 같았어. 연출가는 날카로운 채찍을 연신 휘두르며 누구도 모르는 길을 가도록 강요하는 냉혹한 조련사였고. 〈승천 그리고 추락〉의 하이라이트는 가혹한 경쟁과 비인간적인 도태 과정을 거쳐 정점까지 올라간 주인공이 올라간 것보다 두 배 더 깊은 나락으로 떨어져가는 장면이었어. 연습이라 목조로 된 가설장치가 아닌, 알루미늄 사다리에 올라가서 지층 바닥으로 떨어지는 것을 보여주면 됐는데 밑에 매트리스

184

를 깔아놓는다고는 했지만 까딱하면 배우의 팔다리가 부러질 가능성이 있는 장면이야. 나는 내 잘난 상상, 상징적 설정이 배우들에게 어떤 신체적 위험을 강요하고 있는지 깨닫고 양심의 가책으로 숨도 크게 쉬지 못했지. 그때야 비로소 연출이 얼마나 위대한 존재인가 느껴지더군. 작가는 말로만 떠들어대면 끝이지만 총체적인 연극과 배우들의 생사여탈권을 쥐고 있는 건 연출가야. 연극이라는 성채의 영주이며 지배자지.

연습이 끝나고 공연이 시작되던 날 나는 도저히 혼자 가서 볼 용기가 없어 친구 하나를 불러 같이 갔지. 연습실과는 전혀 다른 에너지와 힘, 열기가 느껴졌어. 소극장의 무대가 거대한 야외극장처럼 느껴지고, 배우들의 표정과 동작 하나하나가 비장하더군. 그야말로 목숨을 걸고 연기를 하는 것처럼 보였어. 객석을 꽉 채운 관객들의 반응은 폭발적이었어. 하이라이트에서 십자가를 닮은 거대한 옥좌의 맨 꼭대기에 자리잡은 채 피 흐르는 검을 손에 쥐고 아래를 굽어보며 십여 분간 엄청난 대사를 쏟아내던 주인공 양아취가 지하 일층의 심연으로 몸을 던졌을 때 객석에서는 비명과 신음이 터져나왔어. 주인공이 땀범벅이 된 채 걸어나오자 소극장 전체가 완전히 용광로처럼 끓어올랐어. 내 존재의 껍질이 녹고 다른 여러 존재들과 섞이는 감미로운 기분이라고나 할까. 친구가 내 손을 꽉 잡고 "니가 내 친구 맞냐?"고 하더군.

〈승천 그리고 추락〉은 한 달쯤 되는 기간 동안 이십여 회 공연을 하고는 막을 내렸다. 매회 객석은 매진되었고 문광부에서인지 뭔지에서 지원금도 받았다고 했으나 등장하는 배우들이 많고 소품이며 미술 등에 비용이 많이 드는 연극이라 오시우의 그전 연출작과 마찬가지로 적자를 면치 못했지.

"대한민국에서 연극 공연은 연극 전공학과 학생들 아니면 굴러가지를 못해요. 교수들이 학생들한테 교수 자신과 무슨 관련이 있는 연극 공연을 보라고 강권하거나 숙제를 내주기 때문에 그나마 기본 객석이 차는 거고요. 저희가 인터넷 댓글을 달면서 엄청난 호평으로 도배를 하죠. 악플이 하나라도 달리면 달려들어서 욕을 퍼붓거나 그 악플이 금방 묻히도록 하루에 한 사람씩 열 개 스무 개 선플을 달게 하는 경우도 있어요. 어떤 때는 댓글 다느라 분장 지울 새도 없어요. 우리 배우들하고 스태프들은 자기, 친구, 부모, 외가 등등 해서 아이디가 열 개는 기본이에요."

준호가 웃으면서 설명해주었지. 프랑스 남부 프로방스의 도시 아비뇽에서 호치키스로 〈승천 그리고 추락〉 스티커를 붙이면서. 그는 또 이런 말도 했지.

"여기 아비뇽 연극제는 버벌 연극―그러니까 문학적이고 대사가 많은 프랑스식 연극을 주로 올리는 거지만요. 한 달 뒤에 열리는 영국의 에든버러 페스티벌은 논버벌nonverbal 공연 위주라서 참가 팀도 많고 관객의 호응도 좋죠. 말이 안 통해도 서로 알아듣는 게 국제적인 거잖아요. 한국 연극들은 아비뇽 같은 데 와서는 맥을 못 춰요. 자막이 있다고 해도 말이 제대로 통하지 않으니까요. 우리가 여기서 다른 팀 연극을 볼 때도 마찬가지예요. 왜 웃는지, 왜 눈물을 흘리는지 모르거나 타이밍을 놓쳐요. 우리 공연에 오는 관객들은 한국에 대해 약간의 관심이라도 있는 관광객이거나 지나가는 한국 사람이에요. 운좋으면 단체 여행을 다니는 중국 관광객이 자기 나라 연극 기다리다가 봐주는 경우를 만나죠."

참가극단이 천이백여 개로 사상 최고숫자를 기록한 아비뇽 연극제는 공식 기간이 이십 일 남짓이었어. 그사이에 오십만여 명이 아비뇽을 찾는다니 아비뇽 시민들 가운데 상당수는 살던 집을 축제 기간 동안 세를 주고 니스 같은 코트다쥐르의 해변으로 휴가를 가버린대. 임대료로 휴가 비용이 빠지고 남는다는 거지. 우리 극단이 한 달간 빌린 집도 바로 그런 곳이었어.

DMZ국제연극제에서 대상을 받은 뒤에 오시우는 준호를 통해서 대회 주최측에서 희곡 작가를 아비뇽에 동행하게 하는 비용도 부담한다고, 내게 아비뇽에 갈 생각이 있느냐고 물어왔지. 준호에게서 그런 권유를 받았을 때 아는 사람도 없는 프랑스, 말로만 듣던 아비뇽에 가서 한 달 동안 뭘 할 건지 막연하기만 했지. 하지만 그걸 거절 못한 건 연극인이라면 누구나 품고 있는 아비뇽 연극제에 대한 환상 때문이었어. 질릴 만큼 연극을 볼 수 있을 거라는 기대 때문이었고. 한국에서 출발한 비행기가 착륙하는 파리에는 내가 좋아하는 사뮈엘 베케트, 외젠 이오네스코의 무덤이 있는 몽파르나스 공원묘지가 있어. 거기에 가서 얼굴 한번 본 적 없이 연극이라는 예술의 스승으로 사숙한 후배로서 예를 표한다면 최소한 본전은 건진 셈이 되리라 여겼지. 무엇보다 이런 기회가 자주 오는 게 아니잖아. 어쩌면 내게는 평생 한 번 올까 말까 한 기회였지. 그렇지, 난 공짜를 좋아한 죄가 있네.

파리에서의 사흘이라는 짧은 체류 기간에 나는 오로지 묘지만 돌아다녔지. 시인과 음악가가 많이 묻힌 페르 라셰즈 묘지에서 하루, 프랑스의 대표적인 지성과 영웅들이 묻힌 팡테옹에서 반나절, 희곡 작가와 소설가들이 많이 묻힌 몽파르나스 묘지에서 하루, 몽마르트르 묘지에서 반나절. 몽파르나스 묘지의 사뮈엘 베케트 무덤은 입구의 안내판을 오래도록 살펴보고 갔는데도 쉽게 찾을 수 없더군. 안쪽에서 힘들게 발견한 묘비에는 사뮈엘 베케트가 아닌 부인의 이름이 눈에 더 띄었고 무덤 앞의 표석에는 이끼와 흙이 덮여 있었지.『고도를 기다리며』로 1969년에 노벨문학상을 수상했고, 오십대 이후에는 소설과 희곡을 모두 프랑스어로 썼음에도 불구하고 아일랜드 출신이라는 배경이 작용한 건지, 죽은 장소가 스코틀랜드의 에든버러여서 그런 건지는 몰라도 사후 이십오 년 만에 완전히 잊힌 작가가 된 게 아닌가 싶을 정도였지. 이오네스코는 베케트보다 삼 년 뒤인 1909년 루마니아에서 태어났지만 어머니가 프랑스인이고 소년 시절을 프랑스에서 보냈어. 1939년부터는 프랑스에 정착해 작품 활동을 계속하면서 반연극Anti-théatre의 선봉장으로 필봉을 휘두르면서 전통 연극에 대해 도전적인 태도로 일관했다는 공적 때문인지 누구라도 쉽게 발견할 수 있는 길가에 묘소가 있었지. 베케트보다 오 년 늦게 사망했는데 그의 무덤 앞에는 꽃다발이 놓여 있고 누군가 매일 청소를 하는 듯 묘비와 상석은 청결해 보였어. 1970년에 아카데미 프랑세즈 회원이 되었다니 사후에 더 좋은 묫자리를 잡게 해주는 역할을 해주었을지도. 아니면 어때. 묘지의 모든 자리가 추첨으로 정해진 것이면 어떠냐고. 죽은 사람은 죽은 사람인데. 암튼 나는 귀국하기 직전에 다시 올 것을 기약하며 그곳을 빠져나왔지. 우리나라 공동묘지와는 비할 수 없이 화사하고 깔끔하지만 어쩐지 시취屍臭와 시체를 부패하게 하는 작은 곤충들이 떠다니는 듯한 느낌에 약간은 진저리를 치며.

파리는 생각보다 작은 도시라고 하더군. 서울처럼 역사가 오래된 도시는, 특히 원래 도시 탄생 시부터 있었던 구역, 예컨대 사대문 안은 사실 좁잖아. 웬만하면 걸어다닐 수 있다고. 그런데 내 눈을 번쩍 뜨이게 한 건 그 거리를 더 빠르게 효율적으로 이동할 수 있게 해주는 도구였어. 인간이 지금까지 만든 어떤 도구보다 인간적이고 경제적이며 친환경적이고 아름다운 것. 맞아. 자전거지.

파리에는 '벨리브^{Vélib}'라는 공공 자전거 대여제도가 있지. 대여 자전거의 수가 2만여 대, 대여소도 1450개소로 세계에서 가장 큰 자전거 대여제도라고 하지. 회원가입 시에 보증금으로 150유로를 내고, 1년 가입비는 29유로라는데 외국인은 단기로 대여할 수도 있다더군. 신용카드로 보증금 150유로를 선불하면 1일 1유로, 일주일 5유로로 빌려 탈 수 있다는 거야.

나는 당장 지갑에서 신용카드를 꺼내서 자전거를 빌리려고 해봤지. 대여소에 자전거를 매두는 기구에 영어 안내문도 나오게 되어 있는데 하라는 대로 이름 입력하고 나라를 한국으로, 로밍을 해간 휴대폰 번호도 입력했어. 휴대폰 번호로 문자가 전송되면 그걸 입력하라는 거야. 그다음에 신용카드를 집어넣으면 보증금을 빼가고 내가 자전거를 빌려서 타고 난 뒤에 제대로 반납하면 보증금은 환불되는 거지. 그런데 휴대폰으로 문자 전송이 안 돼. 다시 다른 자전거 앞에 가서 시도를 해봤지. 또 안 돼. 지나가는 사람에게 물어보려니 어깨를 으쓱하고 그냥 가버려. 영어를 몰라서 그러나 싶어 다시 시도했지만 이번에는 아예 싹 무시하고 마는 거야.

프랑스에는 '톨레랑스^{tolérance}'라는 자랑스러운 전통이 있지. 프랑스인들은 사상의 자유만은 무엇과도 바꿀 수 없는 천부인권으로 생각한다는데, 사상의 자유라는 건 쉽게 말해 '누가 인간의 정신을 향해 이래라저래라 명령할 수 없다'는 거야. 자신의 신념과 정반대 되는 사상에 대해서도 마찬가지야. 자기의 사상이 존중받기 위해서는 다른 사람의 사상을 먼저 존중해야 한다는 신념, 이데올로기나 정치적 이견에 대해서도 상대방을 먼저 인정함으로써 차이를 존중하는 것. 톨레랑스는 바로 이런 걸 말한대. 이데올로기에 대한 톨레랑스, 종교적인 톨레랑스, 외국인에 대한 톨레랑스가 프랑스 사회의 다양성과 역동성을 지켜주는 토대이고 프랑스 민주주의의 근간이라나 뭐라나. 그런데 말이지, 나를 개무시하고 지나가는 파리 사람의 널찍한 등짝에서 나는 톨레랑스를 이렇게 읽었어.

'나는 내 금쪽같은 시간을 너처럼 말이 통하지 않고 물정 모르는 외국인을 위해 낭비하고 싶지 않다. 벨리브를 포함한 이 나라의 여러 제도는 이 나라 사람을 위한 것이며 외국인이 불편을 겪을 경우 그 불편은 외국인이 이방에서 치러야 할 대가일 뿐이다. 그게 싫었으면 좀더 자세히 알아보고 왔어야 했다. 아니면 오지 말거나.'

고속열차 TGV를 다섯 시간쯤 타고 도착한 아비뇽에서도 두어 번 더 공공 자전거를 빌리려고 시도했었지. 아비뇽은 론 강 강변에 있는 오래된 도시야. 아비뇽 교황청에서 연결된 성베네제 다리 건너편의 강변 잔디밭 옆에서도 공공 자전거를 빌려주고 있었어. 물론 무인 대여소야. 성베네제 다리는 아비뇽 다리라고도 불리는데 12세기 무렵 양치기 소년 베네제Bénézet가 다리를 지으라는 신의 계시를 듣고 혼자서 돌을 쌓아 지었다는 전설이 전해져오고 있어. 아비뇽과 빌뇌브레

자비뇽^{Villeneuve les Avignon}(아비뇽 신도시)을 이어주던 다리로, 17세기 말에 홍수로 절반이 떠내려가고 지금은 4개의 교각과 생베네제를 기리는 생니콜라 예배당만 남아 있지. 보통 관광객들은 1, 2차 세계대전 때 폭격으로 아비뇽 다리가 무너진 거라고 생각해. 역사의 교훈을 보여주기 위해 무너진 채로 두고 보수를 하지 않았을 거라는 식이지. 웃기는 상상이야.

어쨌든 다리를 고치지 않은 데 대해 약간의 미안함을 표시하려는 듯 강의 양안, 성(우리의 숙소가 들어 있는)이 있는 차안과 반대편의 피안을 오가는 사람들을 위해 나룻배가 부정기적으로 다니고 있어. 그 배가 아니면 4, 5킬로미터를 걸어서 돌아가야 하기 때문에 시커먼 선글라스를 써서 무슨 생각을 하고 있는지 모를 사공이 아무리 제멋대로 운행시간을 바꿔도 사람들은 울며 겨자 먹기로 기다리고 있지. 이것도 어쨌든 프랑스식 톨레랑스려니 하고 넘길 수밖에.

연극제가 시작되고 하루 한 번씩 〈승천 그리고 추락〉의 공연이 올라가기 시작하니 날짜가 정신없이 휙휙 지나가기 시작했어. 연극은 생물처럼 매일 내용이 조금씩 바뀌며 원작과는 별로 상관없는, 아니 원작에는 전혀 구애받지 않는 방향으로 흘러갔지. 그러니까 내가 거기에 있을 이유가 없었던 거야. 내가 자문해줄 것이 있는 게 아니고 원작의 의도를 관철하려는 생각도 전혀 없었으니까. 프랑스 내에서 〈승천 그리고 추락〉의 공연을 다섯 번 봤는데 나라는 존재 자체가 배우들 연기나 연출 방향에 장애물이 되는 기분이었어. 극단 단원들은 너무도 열심히, 형편없는 여건 속에서 눈물이 나도록 잘하고 있었어. 공연은 물론이고 거리 퍼레이드, 전단지 나눠주기, 포스터 붙이기, 연습과 일상생활에 이르기까지 그야말로 헌신적이었어. 서로를 배려하고 아껴주는 게 가족처럼 느껴졌어. 아득한 옛날 자본주의도 신분제도 없던 헐거인 사회의 원시시대, 무엇이든 협업해서 서로를 부양하고 사냥하고 옷을 짓고 낚시를 하고 애를 키우고 자장가를 불러주고 동굴에 벽화를 그리고 했을 때의 그 기분이 느껴진다고나 할까.

그러면서도 그들은 개밥의 도토리 같은 내 눈치를 이따금 살피곤 했어. 공연이 끝나고 난 뒤 원작과 너무 다르다고 화를 낼까 약간 걱정하는 눈치였고. 그럴 필요가 뭐 있겠어. 이미 내 손을 떠난 지 오래인 걸. 내가 미련하게 애착을 가지고 자구 한 자 고칠 수 없다고 할까봐? 단원들을 편하게 해주기 위해서라도 나는 딴짓을 해야 했지. 내 나름으로 스트레스도 풀고 시간을 의미 있게 보내기도 해야 했고. 그런 목적에 딱 부합하는 게 자전거 타기였어.

길이 800킬로미터의 론 강은 스위스의 이탈리아 국경에 가까운 알프스 산중에 있는 론 빙하에서 발원해서 지중해에 이르는 큰 강이지. 중간에 합류하는 손 강, 이제르 강이 아비뇽을 거쳐 대삼각주를 형성하면서 남하해 가는데 하구에서 가장 가까운 도시 아를로부터 동쪽으로, 그 상류의 보케르로부터는 서쪽으로 운하에 의해서 각각 지중해와 연결된다지. 프랑스의 하천 가운데 론 강의 수량이 가장 많아. 그래서 론 강 유역에 수력발전을 하는 다목적댐이며, 수운용 갑문, 관개용 수로가 많이 건설되었다는군. 특히 리옹을 중심으로 하는 손 강, 론 강의 서안 일대 구릉지는 '코트뒤론Côte du Rhône'이라는 포도주의 산지로 유명하다지. 나는 저녁마다 코트뒤론 포도주를 마시면서 다음날 할 일을 계획했지. 이름하여 '론 강 자전거 완전정복 투어'. 아쉽게도 큰

지도가 없어서 도상계획은 늘 노트북이나 스마트폰의 구글 지도를 통해 짤 수밖에 없었어. 맞아, 문제는 그거야. 멍청아, 인터넷 지도를 너무 믿었기 때문에 이 지경이 된 거잖아.

공공 자전거를 빌리는 게 불가능하다는 걸 숙소에 연결된 초고속인터넷을 통해 확인하고 나서 민간에서 자전거를 임대해준다는 곳을 알아냈지. 영어로 된 홈페이지를 보고는 아비뇽 성 밖에 있는 대여소로 걸어서 찾아갔어. 뙤약볕 아래에서 북적거리는 인파를 헤치며 가보니 성 바깥 동네는 의외로 한적해. 그런데 인터넷에 나와 있는 주소에는 대여소가 없어. 지나가는 사람들에게 물어봐도 무조건 아비뇽 방식 톨레랑스로 대응하는 거야. 아, 아비뇽 방식 톨레랑스는 말이지, '내가 정말로 영어를 몰라서 그러니 알아도 못 가르쳐주는 걸 영어밖에 모르는 네가 이해해라' 하고, 질문자의 톨레랑스를 요구하는 거지.

땡볕을 계속 헤매다니다 자전거 대여점이 아닌 자전거 판매점을 발견했지. 가서 내 스마트폰의 구글 지도를 보여주며 물어보니 지도에는 관심이 없고 스마트폰에 대해 놀랍다고 감탄하는 거야. 어쨌든 같은 업계 사람이라 그러는지 대여소가 있는 데를 대충 가르쳐는 주더라고. 물론 프랑스어로. 고맙다고 인사하고 나와서 왔던 곳으로 다시 돌아가니 서둘러 갈 때는 못 봤던 골목 깊숙한 곳에 대여소가 있더군. 주인은 그럭저럭 영어가 통하고.

자전거는 보증금 300유로에 하루 20유로면 최상급을 빌릴 수 있었지. 한국에서 타던 것에 비하면 그리 좋지는 않지만 대부분의 프랑스 사람들이 타고 다니는 커다랗고 튼튼하고 무거운 자전거에 비하면 양반이었지. 실제로도 잘 나가고. 그러니까 고급 산악자전거와 생활자전거의 부모 사이에서 난 튼튼한 혼혈아 같다고나 할까. 자전거를 빌리자마자 냅다 올라타고 그렇게 바라만 보던 아비뇽 다리 건너편으로 갔지. 도로 옆으로 좁은 대로 자전거도로가 나 있어서 힘들이지 않고 갈 수가 있었어.

중요한 건 도로를 통행하는 차를 운전하는 사람들의 태도인데, 그들은 자신들 또한 언제든 자전거를 탈 수 있어서 그러는지는 몰라도 도로 위의 약자인 자전거 라이더에 대해 엄청난 톨레랑스를 보여주더군. 맨 바깥차선으로 운행하던 차가 자전거가 우측 전방에 나타나면 차선을 안으로 바꿀 정도니까.

빌뇌브레자비뇽과 아비뇽 성 사이에는 섬이 하나 있어. 이름은 모르겠는데 그 안에는 아비뇽 다리 캠프장이라는 캠핑족을 위한 공간이 있고 그 앞에 습기가 별로 없어 서늘함이 느껴지는 바람이 사정없이, 겁나게 불어드는 잔디밭 명당이 있지. 거기에 자전거를 눕히고 함께 드러누워 있으니까 영상 사십 도의 더위는 간 데가 없는 거야. 아, 세상에 이런 장소, 이런 시간이 있다는 걸 진작에 왜 몰랐을까. 아프리카 대륙에서 몰려든 고열기단의 공습을 피해 어떻게든 북쪽으로만 가려고 발버둥치던 스스로가 어리석게 느껴졌지. 거기 돈 들여 가면 뭘해, 여기가 이렇게 좋은데.

다음날도 그 다음날도 자전거에 포도주 한 병과 샌드위치, 책 한 권을 싣고 와서 강변 잔디밭에 누웠지. 아니꼬운 뱃사공은 쳐다볼 필요도 없었어. 슬슬 불어드는 바람에 솔솔 찾아오는 잠, 천국이 따로 있나 싶었어. 이러니까 사람이 사는구나. 이러니까 '아비뇽의 유수幽囚(아비뇽에 죄수처럼 잡혀 갇힘)'라는 모욕적인 말을 들으면서까지 7대의

194

교황이 백 년 가까이 아비뇽에 머물렀구나…… 그런데 말이지. 사흘이 지나고 나니까 좀이 쑤시는 거야. 그러니까 교황이 다시 존경스러워져. 사흘만 있어도 좀이 쑤시는데 백 년이나 버티고 사시다니 교황 성하들께서는 범인과 다르긴 하구나……

돌아가는 길에 교황청 궁전에 들렀지. 자전거를 매놓고 입장권을 사서 안으로 들어갔어. 수차례의 약탈 때문에 내부 유물이라고는 별게 없는 곳이지만 성당 자체는 훔쳐갈 수 없었는지 팔백 년의 세월을 품고 묵묵히 서 있었어. 어둡고 고요한 공간 속을 오르락내리락 다니다가 무슨 테라스 같은 데가 있길래 나가봤지. 갑자기 비둘기가 파라라락, 하고 날개를 펴며 날아오르는 바람에 넘어질 뻔하면서 난간을 잡고 섰어. 어지러웠지. 멀리 아비뇽 시내의 건물이 바라다보이고 건너편에는 성채와 요새가 보이고 바로 아래에는 무슨 공연을 준비하는지 무대 설치가 한창이고. 내가 왜 여기에 이렇게 묶여 있지 하는 생각이 든 거야. 론 강 완전정복의 기대는 어디로 가고 기껏 강변 잔디밭의 솔솔 부는 바람에 만족하고 있나, 하는.

교황청 궁전에서 나오는 출구에 기념품을 파는 가게가 있더군. 아이들 장난감이며 성지순례를 하러 온 신자들이 좋아할 만한 물품이 섞여 있는데 눈에 띄는 게 있었어. 샤토뇌프뒤파프라는, 한때 교황청의 여름궁전이 있던 지역에서 생산된 포도주를 판매하고 있는 거야.

1309년 프랑스 국왕 필리프 4세는 신임 교황으로 선출된 클레멘스 5세를 로마로 가지 못하게 하고 아비뇽에 머물게 했어. 초대 아비뇽 교황 클레멘스 5세는 프랑스의 보르도 추기경 출신으로 이미 샤토를 소유하고 있던 와인 애호가였다는데 클레멘스 5세가 아비뇽으로 오고 난 뒤 아비뇽 부근의 와인 품질이 극적으로 향상되기 시작했다는 거야. 교황청에서도 일반 성당처럼 미사를 올리는 법이고 미사에는 으레 포도주를 쓰니까 말이지. 두번째 아비뇽 교황은 샤토뇌프뒤파프에 여름궁전으로 새로운 성을 건축해가며 포도밭 개간에 힘썼다지. 그래서 그 성은 '교황의du Pape 새로운neuf 성Château'으로 불렸고 거기서 나온 와인 이름이 바로 샤토뇌프뒤파프Châteauneuf du Pape야.

샤토뇌프뒤파프 포도주는 그르나슈를 비롯한 시라, 무르베드르 등의 검은 포도, 청포도 등 모두 열세 가지 포도를 혼합해 만들 수 있다는 게 다른 포도주와 구별되는 특징이야. 한 가지 포도로만 만든 것도 있고 열세 가지를 다 쓰거나 검은 포도 서너 가지만 혼합하는 와인도 있다는군. 대부분은 레드와인이지만 가끔 화이트와인도 시판이 된대. 2005년인가 2007년인가에 샤토뇌프뒤파프의 포도주가 런던의 세계 명품 와인 콘테스트에서 우승을 차지하면서 세상을 깜짝 놀라게 한 적이 있는데 가격은 한 병에 20유로 정도로 아주 착한 편. 더이상의 정보가 필요하면 인터넷을 찾아봐.

아무튼 내가 매일 장복하고 있는 와인은 아비뇽 지역의 AOC급 포도주인데 종이팩 속에 든 값싼 와인으로 가격은 5리터에 15유로 내외야. 물론 나는 종이팩 와인에 전혀 불만이 없었지. 너무 맛있어서 탈이었어. 끊을 수가 있어야지. 위스키처럼 차가운 물에 타서 마셔도 되고 얼음을 넣어서 마시기까지 했는데도 맛있어. 이유가 뭐냐니까 "그건 국내용이라 그렇다"고 어느 프랑스인이 대답하더군. 수출용에는 이산화황 같은 방부제가 들어가는데, 그게 맛을 망치고 숙취를 유발하는 원흉이라는 거야.

아비뇽에서 샤토뇌프뒤파프로 가는 길은 대략 세 가지 루트가 있었어. 자전거 대여점의 주인은 미국 드라마 〈CSI〉의 길 그리섬 반장을 닮았는데 그가 추천한 샤토뇌프뒤파프행 자전거 코스는 아비뇽에서 론 강을 건너가 섬을 따라가는 숲길과 들길, 차도를 고루 활용하다 다리를 건너 샤토뇌프뒤파프의 동쪽으로 가는 길이었어. 그 코스는 안전하기도 하고 쾌적하면서 프로방스 지방의 여러 가지 맛(와인으로 치면 '부케'와 '테루아르'를 포함한)을 고루 볼 수 있다는 거였지. 가장 일반적인 코스는 구글 지도에 나와 있는 것으로 국도와 지방도를 따라 계속 가는 길인데 길이 알아보기 쉽고 가깝다는 점이 장점. 구글 지도에서 베타 버전으로 자전거길 안내까지 하고 있어서 데이터로밍을 해서 움직이는 편이 길을 찾는 데 도움이 될 것 같았지. 데이터로밍에 드는 하루 9천 원이 가난뱅이 희곡 작가에게 적은 돈은 아니지만. 그러고 보면 하루 20유로의 자전거 대여료가 적은 것도 아니고 하루 두 병 이상의 분량을 마셔대는 와인도 결코 싸지는 않은 가격이고. 내가 부담하지는 않지만 하루치 숙박비는 얼마이며 식비는 또 얼마이고 공항 면세점에서 사온 선크림도 안 쓰면 그만인 비용이 들어갔고…… 공기라고 공짜겠어. 나쁜 공기는 건강에 나쁠 것이니 나중에 약값, 병원비로 계산될 거야. 공짜 점심은 없어. 어디에도 어느 분야에도 없어. 내가 자전거를 잃어버리거나 가지고 도망치거나 할 경우에 대비해 보증금이 볼모가 되는 것처럼.

그래서 나는 샤토뇌프뒤파프라는 마법의 주문 같은 이름의 동네로 가지 않았지. 당장은. 그게 현명했어. 좋은 포도주는 나중에 마시는 법이지. 가나안의 잔치에서 예수가 일으킨 기적과는 반대 방향이긴

한데. 아니 정말 먹어치우기 아깝도록 좋은 포도주는 손님이 갈 때까지 계속 기다리는 게 옳지. 가난한 내게는. 그래서 내가 첫번째 행선지로 선택한 곳은 그리섬 반장에게서 영감을 받은 프로방스라는 지역의 이름 그 자체가 들어간 엑상프로방스야. 그리섬의 발음으로는 '쁘허벙쓰'였지만. 세잔의 고향이기도 한 거긴 백 킬로미터 가까이나 되니 자전거로 가기는 힘들어 따로 버스를 타고 다녀오기로 했지. 그다음으로 가장 프로방스다운 동네는 어딜까. 그것도 자전거로 갔다가 올 수 있는 곳은? 지도에서 초록색이 짙은 곳을 보니 생레미였지. 거리도 차로 가면 20킬로미터대. 빈센트 반 고흐가 입원한 정신병원이 있던 곳이기도 하지. 망설일 이유가 없었어.

다음날 아침 극단 사람들에게는 누구에게도 행선지를 말하지 않고 혼자 길을 나섰지. 출발해서 얼마 안 돼 자전거 대여점이 나오더군. 사람이 있는 흔적은 안 보여. 워낙 일찍이니 그리섬 반장이 출근하기 전인지도 모르지. 일찍 문 열고 비질을 하는 가게가 있어서 생수를 사러 들어갔더니 1유로야. 내 지갑에는 10유로짜리밖에 없는데. 그러자 머리가 벗어진 주인이 아무 문제 없다면서 동전을 하나하나 세더니 웃으며 건네주는 거야. 미안해서 아이스크림을 하나 사먹었지. 그 맛은, 글쎄, 먹지 않아도 되는 걸 먹었을 때의 냉정한 평가로 말하면 좀 싱거운 느낌이랄까. 아직 뜨거운 햇볕에 달아오르기 전인 땅 위로 슬슬 불어오는 바람이 반바지 차림의 내 다리를 간질였지. 길가에 서 있는 플라타너스에서 인사처럼 그늘을 던져왔어. 이렇게 계속 달릴 수 있다면, 이 또한 열반의 경지가 아니리. 어느새 자전거는 오가는 차가 거의 없는 국도를 따라 제 궤도를 찾은 듯 달려나갔지. 이럴 때는 제가 알아서 가도록 맡기는 게 좋지. 어느새 근육은 본능에 따라 오차 없이 페달을 밟아나가고, 내 몸은 의지와 상관없이 자전거 위에서 균형만 잡고 있어. 머릿속 뉴런과 뇌세포들은 지나치는 경물景物에 의해 무의식적으로 환기되는 모든 것을 기억과 비교하며 새로운 것을 기록하는 중이야. 이렇게 정신없이 십 분, 이십 분을 그냥 달린 경험이 있는데 별다른 풍경의 변화가 없는 한강변 자전거 전용도로 같은 데가 그렇지.

프랑스 남부 지방의 농가는 하나가 곧 그 지역을 지배하는 영주처럼 느껴지게 만들 만큼 커. 땅도 넓고 땅을 둘러싼 사이프러스(고흐가 사랑한, 그쪽 말로는 시프레) 대열은 초록의 성벽처럼 느껴져. 우리나라 농부들은 논이나 밭둑에 나무를 심지 않는데 논밭에 나무그늘이 지면 소출이 떨어지기 때문이지. 프랑스 농부들 역시 그런 건 알고 있어서 사이프러스로 성벽을 둘러치되 그늘이 지는 곳에는 작물을 심지 않는 간단한 방식으로 해결을 하고 있더군. 땅이 넓으니까 가능한 이야기지. 집은 영주의 저택처럼 방이 많고 파종에서 수확까지의 모든 과정을 자급자족할 수 있게 설비가 갖추어진 것처럼 보여. 염소 치즈도 만들 수 있고 돼지도 잡아먹을 수 있으며 도시에 나가 사는 자식들과 그 자식의 자식들이 여름에 와서 놀고 즐길 풀장도 있어. 프랑스는 한반도의 세 배 넓이나 되는 면적으로 러시아를 제외하고는 유럽 최대 국가지. 2차대전 당시 독일에 점령당했던 프랑스가 레지스탕스의 저항을 이유로 당당히 연합국의 일원이 되는 데 프랑스의 농촌, 농부들이 큰 역할을 했지. 전후 산업 재편 과정에서 드골이 공업을 독일에 넘겨주고 농업을 고집한 것은 농부의 유전자가 프랑스인에게 각인

되어서이기도 하겠지만 프랑스의 국토와 전통, 가치관 자체가 농업과 떨어질 수 없게 만들어져 있기 때문이겠지. 농자천하지대본이라는 게 프랑스에서 실감이 나는 거야.

이따금 마을이 나타나면 어김없이 활짝 꽃 피운 협죽도가 나오네. 집집마다 꽃 피우는 것을 경쟁하듯 나무와 꽃을 많이 심는데 화사한 분홍빛 협죽도가 제철인가보지. 그렇게 한 시간쯤 쉬엄쉬엄 달렸을까. 갑자기 'Casino'라는 커다란 간판이 나오는데 그건 도박장 표시가 아니라 슈퍼마켓 체인의 이름이야. 지리도 확인할 겸 들어가서 파니니와 주스를 사들고 나와서 보니 방향이 틀렸어. 생레미로 가는 길이 아니라 그라브송 가는 길인 거야. 시곗바늘로 치면 다섯시와 여섯시 정도로 한 눈금쯤 차이가 나는 거지만. 어떻게 할까 하다가 그저 마음이 내키는 대로 맡겨두자고 마음을 먹었지. 아니라면 뭘 어쩌겠어. 내처 모르고 가다가 아를에 갈 수도 있었고 거기 또한 고흐가 머물던 곳인데. 아를에서 강변을 따라 걸을 때 먹구름이 몰려오던 기억이, 벌써 기억으로 분류될 시간이 흘렀나 잠시 생각했지만, 나기도 했고.

삼십여 분을 더 달려서 가니 그라브송. 커피를 한잔 마시고 싶어 문을 열어둔 카페로 갔어. 일찍부터 동네 할아버지들이 나와 앉으셨네. 벌써 와인을 한잔씩들 하신 것 같은데 내가 들어가자 군말 없이 자리에서 일어나시는 거야. 내가 커피를 주문하니 내 또래쯤 되었을 주인 남자가 커피 대신 냉수를 유리잔 가득 따라주네. 내가 그 물을 다 마시고 나니까 화장실을 가리키면서 가서 씻으라는 시늉을 하더군. 말 한마디 통하지 않아도 그들의 톨레랑스는 충분히 접수. 커피는 에스프레소 한 잔에 달랑 1유로. 냉수나 씻는 것은 공짜고. 내가 그 사실을 기록하기 위해 스마트폰을 꺼내고 급기야 노트북까지 켜자 할아버지들은 나를 외국인이 아니라 외계인처럼 쳐다보더라고. 꿋꿋이 버텨서 땀이 다 마르고 난 뒤에야 포만감이 찾아왔지. 오늘은 이것으로 충분하다!

돌아오는 길, 아비뇽에 거의 다 와서는 구글 지도를 무시하고 론 강을 따라 내처 강둑길을 내달렸어. 차 하나 없이 맨땅을 최고속으로 덜컥거리며 달리는 기분은 최고였지. 이번에 프랑스에 온 보람을 오늘 한 방에 다 찾는구나 했지. 이제부터의 즐거움은 덤이라 해도 좋다는 생각이 들 정도야.

다음날은 론 강 하류에 있는 보케르를 염두에 두고 자전거를 달렸지. 가는 길에 의외로 많은 사람들이, 특히 부부들이 아이를 동반하고 자전거를 탄 채 어디론가 가는 것을 볼 수 있었어. 흥미롭게도 남자들은 절반 가까이가 프랑스의 축구 영웅 지네딘 지단처럼 머리를 짧게 깎거나 박박 밀어버렸다는 것. 까맣게 탄 피부와 함께 강인한 근육질들이 인사를 보내오는 데 인색하지 않아. 날 좋네요. 봉주르. 봉주르. 어느새 나도 입에 붙은 말이 됐지.

이번에는 그늘을 찾아서 차가 별로 다니지 않는 구도로로 접어들었는데 웬 말 농장이 나와. 경마용 말인지 심심해서 키우는 말인지는 모르겠지만 짐을 끌 것 같지는 않더군. 보케르 가는 길은 왼편으로는 론 강, 오른편으로 야트막한 산맥을 동반하는데 이따금 산에 다녀오는 듯한 자전거 라이더들이 내 곁을 쏜살같이 지나갔어. 죽어라 페달을 밟아도 도저히 그들을 따라잡을 수 없는 거야. 이건 내 능력이 문제가 아니라 자전거 성능 때문이다, 그렇게 생각하다 마음을 고쳐먹었지.

여기는 프랑스다. '투르 드 프랑스' 대회가 벌어지는. 저중에 프로 선수가 없다고 누가 말하겠는가. 하다못해 선수 사돈의 팔촌, 고향 친구라도 나보다는 낫겠지.

보케르 못미처 있는 작은 마을 아르몽에서 카지노 앞에 있는 카페로 들어갔지. 카페에는 현대 프랑스인의 조상인 골 족을 생각나게 하는(만화『아스테릭스와 오벨릭스』에 마을 사람으로 등장할 법한) 할아버지들이 나와 앉아 있었고. 아마도 수십 년간 되풀이해왔을 젊은 시절의 무용담을 주고받는 듯했어. 내가 카페에 들어서자 그들은 일제히 나를 훑어보고 나서는 냉수를 권하고 화장실을 가르쳐주었으며 내가 1유로짜리 커피를 마시면서 스마트폰으로 지도를 확인하는 것을 흥미롭게 지켜봤지. 오늘은 이것으로 충분하겠다는 생각이 다시 찾아왔지.

그런데 그날은 더 큰 보너스가 나를 기다리고 있었어. 아비뇽에 거의 다 돌아와서 이름 모를 마을로 들어섰는데, 그때는 가지고 있던 물이 다 떨어지고 더위와 갈증으로 목이 바싹 말라 소리가 안 나오는 상태였어. 줄지어 선 담벼락 아래로 작고 깊은 도랑 같은 게 보이는데 거기로 얼음처럼 차가운 물이 세차게 쏟아져내리고 있는 거야. 수초와 이끼 위를 빠르게 지나가는 맑고 깨끗한 물로 세수를 하고 팔다리를 씻다보니 어찌나 차고 시원한지 마실 수도 있을 것 같았어. 수원지를 추적해 언덕바지로 자전거를 타고 올라갔지. 물이 콸콸 쏟아지고 있는 샘이 나왔어. 어떤 여자가 생수통에 물을 가득 담아서 차에 싣고 있는 거야. 젊은 처녀들 둘이 샘 주변 그늘에 누워 도란도란 정담을 나누고 있고. 정말 마셔도 되는 물인가? 지금 아니면 언제 이런 천연의 샘물을 마셔보나, 하면서 막 흐르는 물에 입을 대려는 순간 벽에 붙어 있는 경고문이 보였지.

"여기는 시에서 운영하는 공용 세탁장입니다. 세차 금지. 카펫 세탁 금지."

그리고 또 보였지. 여자가 페트병에 물을 담아 차에 뿌려대는 모습이. 이윽고 이야기를 나누던 처녀들의 배경을 이루고 있던 게 뭔지 알 수 있었지. 그들은 세탁해서 널어둔 카펫이 마르기를 기다리고 있었던 거야. 외국인인 내가 시 당국에 신고를 하지는 않을 거라 생각하면서도 자세하게 나를 살펴본 거고. 나는 그들이 나를 보든 말든 샘에가서 입을 들이밀었지. 나는 지금 목마른 빨래다, 생각하면서. 어떻든 관광하러 왔거나 여행하러 온 사람이 못 볼 풍경, 생활의 속살을 본 셈이라고나 할까. 나는 지금 어떤 상황인가, 뭐하는 녀석인가 하는 자각까지 보너스로 따라오고.

연극제가 막바지에 접어들고 제목만 나의 데뷔작과 같은 연극 또한 내가 상상하는 우주 너머로 제 운명을 찾아가고 있을 때 나는 샤토뇌프뒤파프로 떠났지. 오전 아홉시쯤, 해가 더 높이 떠서 세상을 소시지처럼 돌려가며 굽기 전에 출발. 구글 지도를 보며 북쪽의 오랑주로 가는 국도변을 따라 노선을 잡았어. 아직 전날의 취기에서 채 벗어나지 못한 나처럼 아비뇽 성 안의 사물과 인적도 깨어나기 전이라 정적이 오래된 건축물의 그늘처럼 곳곳에 고여 있었어.

자전거는 빠르게 로마시대의 포도鋪道를 연상시키는 돌길을 달려나가 북쪽 성문을 빠져나갔지. 프로방스 지역은 지중해성 기후답게 습기가 별로 없어 일교차가 크고 바람은 선선해서 아침 기분이 상쾌하지. 편도 이차선 국도에는 차들이 별로 없었고 느긋하고 한적한 분위기마저 느껴졌어. 어떻든 '쾌조'라는 단어가 생각날 정도로 출발은 괜찮았어.

'동양 요리Oriental Cuisine'를 전문으로 한다는 식당 간판이 길가에 나타났지. 정작 식당은 폐허처럼 보였어. 장사가 잘 안 될 건 분명해 보였지. 근처에 사는 사람들이 많을 것 같지 않고 지나가는 화물차 운전자들이 그 식당을 일부러 찾아들어가 동양 음식을 주문해 먹을 것 같지도 않았거든. 어떤 동양계 이민이 그런 식당을 차렸겠지만 그의 사고 또한 프랑스식으로 자유주의적이고 창의적이며 자신의 판단에 관용적이었던가봐.

급할 게 없었지. 하지만 해가 더 뜨거워지기 전에 도착하는 게 나을 것 같아서 평상시 속도를 유지했어. 자동차가 주로 다니는 국도변은 지방도나 농촌 마을길과 달리 가로수가 거의 없어서 그늘이 별로 없어. 볼 것도 없고. 맞은편에서 오는 자전거 여행자를 보았는데 어디서 오는지 꽤 지쳐 보이는 게 손조차 들어 보이지 않더군. 선글라스를 쓰고 있어서 눈길이 어디를 향하는지 볼 수도 없었고.

인간은 신체의 극히 일부분인 눈을 통해 세상 대부분의 상황을 파악하는 동물이지. 같은 종의 작은 눈을 보고 상태를 파악하려 하고. 그렇다고 길 건너편에서 자전거를 탄 채 휙 지나가는 사람의 내면이 어떤 상황인지를 눈만 보고 판단하려 하다니. 그러고 보니 내게 선글라스가 없다는 게 의식이 되더군. 헬멧을 쓰고 자전거를 탈 때 고글이 아닌 선글라스는 너무 크고 무거워서 번거롭거든. 그래서 숙소에 두고 왔지. 선글라스는 자외선으로부터 눈을 보호하기 위해서 쓰는 것이지만 그보다는 남들에게 내가 무슨 생각을 하고 있는지, 어떤 상황인지를 보여주지 않는 데 훨씬 유용한 거야.

국도는 론 강을 따라 나 있었지만 강은 보였다 말았다 했지. 강변의 경치를 감상할 기분도 아니었고 소읍인 르퐁테를 우회해 아비뇽로를 따라서 계속 북진했지. 길가에 맥도날드 간판이 보이길래 커피를 한 잔 마실까 하는 생각도 들었지만 문을 열었는지 몰라서 그냥 지나쳤어. 한국 같으면 분명히 문을 열었겠고 망설일 이유도 없었겠지만. 프랑스는 면적이 한국의 여섯 배가 넘는 넓은 나라이고 인구 6500만이라 인구밀도는 한국과는 비교가 안 되게 낮지. 사실 맥도날드가 시가지도 아닌 국도변에 있다는 게 신기한 거야.

오랜만에 나무그늘이 나와서 땀을 식힐 겸 자전거를 멈추고 보니 관개용 수로가 보였어. 흐린 물이 초록색 수초가 무성한 수로를 가득 채운 채 흘러가고 있어. 그 물을 보며 자전거 프레임에 매달려 있던 생수병에 든 물을 마셨지. 전에 산 1유로짜리 생수병에 숙소 냉장고의 찬물을 채워 왔는데 벌써 미지근해진 느낌이었지. 스마트폰을 꺼내 지도를 확인하니 샤토뇌프뒤파프로 가기 전 가장 큰 시가지인 소르그가 멀지 않더군. 셀카로 기념사진을 찍어뒀지. 내 꼴이 아직 팔팔해 보이더군. 이만하면 쓸 만한 육체가 아닌가 싶기도. 어디에 쓸지는 몰라도.

길을 잃었어. 도로는 론 강에 합류하는 작은 지천 루베제를 넘어가는데 고가도로처럼 위로 올라가는 게 어쩐지 내키지 않아서 구도로로 보이는 아래쪽으로 갔더니 막다른 길이 나온 거야. 지저분한 동네인데 한 남자가 담배를 피우며 나를 관찰하고 있더라고. 거의 노려보고 있다는 느낌이었지. 건너편에 있는 집은 정원을 손질하지 않아서 나무는 꺼칠하고 제멋대로 자란 수염처럼 보였어. 녹슨 차에서 내린 남자는 수염을 기른 게 아니라 깎기가 귀찮아서 내버려둔 듯 게을러 보였고. 다시 지도를 보고 잘못 들어온 걸 확인했지. 돌아서 나오다보니 별일 아닌 데 삼십 분 가까이 지체한 거야. 슬슬 지쳐가는 느낌이 들었어.

루베제를 넘어서 쏜살같이 달려가는 화물차와 나란히 국도변을 달렸지. 복잡한 교차로가 나오더니 드디어 샤토뇌프뒤파프로 접어드는 지방도로가 나타났어. 차도가 편도 일차선인데다 도로 자체가 협소해서 자전거로 계속 달리기에는 불편해. 마을로 난 이면도로로 접어들었는데, 와, 이건 굉장한 부촌에 들어온 느낌. 잔디가 깔리고 야자수가 심어진 정원에 스프링클러에서 물이 뿜어나오고 있었어. 청결하고 쾌적한 주택가에 골목마저 쓰레기 하나 보이지 않게 깨끗한데 조용하기까지. 포도주를 만들거나 팔거나 하는 게 사람들을 어지간히도 부자로 만들어주나보다 싶었어. 내 몰골은 그런 부촌에 극적으로 대비되는 거지 행색으로 변해가고 있었고.

샤토뇌프뒤파프의 포도원들은 교황을 상징하는 모자와 방패가 그려진 문장紋章을 입간판과 병에 표기할 수 있어. 마침내 모자와 방패가 나오고 첫번째 포도원이 내 눈앞에 펼쳐졌지. 특이한 건 황톳빛 바닥에 깔아놓은 자갈과 잡초였어. 인터넷에서 미리 읽어본 바로는 낮에 달아오른 자갈이 밤에도 열기를 내뿜어 알코올 함량이 높은 포도주를 만드는 데 일조한다더군. 잡초는 천성이 게으른 포도나무에게 가까이에 적이 있다는 경각심을 일깨우기 위해 일부러 심은 것이라나, 뽑지 않고 놔둔 것이라나. 정작 나를 놀라게 한 건 어마어마한 넓이였어. 그대여, 본 적이 있는가. 상상한 적이 있는가. 포도나무 빛깔의 지평선을.

그리고 지평선 끝에 샤토뇌프뒤파프의 성곽 같은 게 보이는 거야. 갑자기 『장화 신은 고양이』란 동화가 생각났어. 이렇게 넓은 들판을 가로질러 사람이 사는 성채에 다가갈 때의 두근거림이 그런 동화를 낳았겠더라고. 사자가 먼저 가서 이야기로 두근거림의 북소리를 정주자定住者들에게 던져주는 거야. 나중에 도착하는 사람에게는 '위엄' '영광' '자비' '위대' '불세출' 같은 형용사가 덕지덕지 붙어 매일 반복되는 일상을 사는 사람들이 감히 얼굴을 들어 로시난테를 탄 기사를 바라보지도 못하게 되는 게 아니겠어. 『장화 신은 고양이』나 『웃지 않는 공주』 같은 동화의 테루아르가 바로 이런 거지.

어느 포도원 앞에 '포도주 시음 환영'이라고 영어와 프랑스어로 쓰인 안내판이 나타났지. 하지만 문이 굳게 닫혀 있었고 사람도 보이지 않았어. 아직 이른 시간이어서인지 시음하러 오는 사람이 없어서인지 아니면 포도주의 인기가 예전만 못해서인지 모를 일이야. 하여튼 감탄스러운 건 넓이였어. 넓다는 건 멀다는 뜻도 되지. 카메라를 목에 걸고 수시로 셔터를 눌러가며 포도밭 사이 평탄한 도로를 삼십여 분 넘게 달린 끝에 드디어 샤토뇌프뒤파프에 도착했지.

막바지에 꽤 가파른 언덕길을 올라서니 샤토뇌프뒤파프의 중앙광장이 나왔어. 거긴 그냥 관광지였어. 점심때여서 그런지 식당 앞 노천에 차려진 식탁에 관광객들이 앉아 있었고 관광정보센터에는 영어로 뭔가를 집요하게 묻고 있는 노부부가 보였어. 그들의 순서가 끝나기를 기다리다가 흐르는 땀을 주체할 수 없어서 가게에 들어갔지. 아이스바를 하나 사들고 나와서는 서서 먹으면서 게시판에 붙은 지도를 봤어.

자전거를 타고 샤토뇌프뒤파프 인근을 돌아보는 코스가 나와 있었지. 40킬로미터쯤이었나. 포도주 시음도 하고 포도원 구경도 하고 유적도 돌아보고 하는 데 한나절쯤 걸린다고 돼 있었어. 날씨 좋고 시원한 가을날에 다시 한번 온다면 가볼 만한 코스 같았지. 나를 지켜보는 관광객들과 눈이 마주쳤어. 파스타와 콜라를 앞에 놓고 있는 것으로 봐서 미국에서 온 가족들 같은데 사춘기 초입쯤에 접어든 아이들은 어지간히도 지루한 표정이더군. 그 표정이 관광거리가 될 정도였어. 하긴 저 나이에 부모와 다니는 관광이라면 어디든 지루하지 않을까.

샤토뇌프뒤파프의 '샤토(성)'는 몇 번의 전쟁과 화재로 거의 다 무너지고 벽 한쪽 면만 남아 있더군. 그걸 보기 위해서는 또 언덕길을 한참 올라가야 했지. 걸어가는 사람들도 숨을 헐떡거릴 정도이니 자전거를 타고 올라가는 데는 상당한 용기와 근력이 필요했지. 문제는 더위였어. 햇볕은 따가운 정도를 지나 달걀을 구워버릴 듯 뜨거운데 돌과 시멘트로 만들어진 건물과 도로는 빛과 열을 그대로 반사해내고 있었으니까. 자연스럽게 꼬불꼬불하고 그늘이 진 뒷길을 찾게 되더군. 골목 초입에 식탁을 길가에 내놓은 식당이 있었는데 거기 앉은 젊은 남자가 내게 "퐛팅!"이라고 외치는 거야. 손을 흔들어주고 길을 올라가는데 가만히 생각하니 내가 프랑스식 '잘 싸워'를 알아들을 리가 없잖아. 그렇다고 그가 '화이팅'이라고 한 것도 아닐 테고. 뭐 어때, 알아들었으면 된 거지.

뒷길은 그늘보다도 더 기막힌 조망을 내게 선사했지. 아득히 먼 곳에 론 강이 흘러가고 있었고 드문드문 솟은 산과 언덕이 보였어. 그리고 포도나무의 정글. 아지랑이처럼 대기를 물들이고 있는 열기. 아래에서 올려다본 벼랑에 핀 꽃과 덩굴식물들, 붉은 지붕에 흰 벽을 두른 집들이 완벽한 느낌이었어. 눈이 저절로 감기며 나른한 감동이 눈물처럼 뇌에 밀려들어 나를 주저앉게 했어. 나는 앉은 그대로 병아리처럼 십여 분을 졸았어. 그 졸음은 꿀처럼 달았고 약간 모자란 듯했던 수면량을 자연스럽게 채워줬어. 눈을 뜨자 바로 아래에 집주인인 듯 삼십대의 아름다운 여자가 호스를 들고 나무에 물을 뿌리고 있는 거야. 그녀는 나와 적당한 거리를 유지한 채 약간의 호기심을 동반한 미소를 지어 보였지. 우리가 다시는 이승에서 만날 수 없으리라는 예감을 하게 만들기에는 충분했어. 나는 손을 들었고 고개를 숙여 보였어. 그녀 역시 손을 들어 인사하고는 호스를 집 쪽으로 돌렸지.

이제 된 거지. 관광을 왔다면 결코 얻지 못했을 보석 같은 뭔가를 자루에 가득 담은 셈이니 돌아갈 일만 남았지. 샤토뇌프뒤파프 포도주는 아비뇽에 돌아가 사기로 했어. 그 무거운 걸 어떻게 등에 지고 돌아가겠어.

구글 지도를 다시 살폈지. 왔던 길로 돌아간다는 것은 라이더의 본성을 벗어나는 부도덕한 행위니까. 마침내 찾아냈지. 제3의 길을. 몇백 년 전에 만들어졌을 포도원 사이로 난 길을 따라가다가 론 강의 지류를 건너서 섬처럼 된 곳을 지나가면 론 강 본류를 건너는 다리가 있고, 그 너머로 한적한 초록빛 지대를 지나 10킬로미터 정도를 가면 되는 환상적인 루트였어. 나는 자전거에 올라타 힘차게 페달을 밟기 시작했지.

시가지를 빠져나오는 길은 내리막길이어서 엄청난 가속이 붙었어. 도시를 뒤로하고 포도나무 밀림에 접어들기까지 십 분 정도밖에 안 걸렸어. 숲으로 된 성벽 같은 키 큰 나무들이 나타나서 무턱대고 그쪽으로 달렸지.

난데없이 숲속에서 음악소리가 들렸어. 그건 앰프로 증폭해 스피커로 흘려보내는 인공적인 음악이었지. 캠프 사이트였어. 오토캠핑장을 겸한. 매점이 보였고 사람들이 그 앞에 한가하게 앉아 있었지. 나무 사이로 비쳐드는 햇빛에 드러난 안식의 정경은 렘브란트나 베르메르 같은 화가들이 사용한 카메라 오브스쿠라를 통해 본 정밀화 같았어. 잠시 그들과 어울려 주스라도 한잔 마실까? 그러지 않을 이유가 없지? 바쁜 일도 없지? 생각은 그랬지만 나는 그 앞을 그냥 지나치고 말았어. 자전거는 달리는 중이었고 내 육체는 자전거 위에 얹혀 있었으며 농부의 유전자에 의해 지배되는 내 무의식은 관성을 쉽게 포기하려 하지 않았으니.

농로로 사용돼서 그런지 드문드문 갈림길이 나타났지. 그럴 때마다 구글 지도를 가동했지. 어느 포도원 농가 앞에 트럭이 한 대 서 있었고 거기서 어떤 남자들이 내게 눈길을 주지 않으려고 애쓰면서 자신들끼리의 대화에 열중하고 있었어. 그러지 않고 미소나 인사를 보내온다고 해서 내가 길을 물어볼 것도 아닌데. 몇 번의 갈림길을 지나자 하천이 나타났고 낮은 시멘트 다리가 걸쳐 있었어. 휴가를 온 사람들이 다리 위에서 낚시를 하고 있었어. 숲의 그늘에 묻힌 물은 청록빛을 띠고 있었지. 물이 지극히 맑으면 고기가 없고 사람을 너무 살피면 따르는 사람이 없다水至淸則無魚 人至察則無徒고 했으니 거긴 고기가 많아 보였어. 나는 지나치게 오래 눈길을 두지 않고 지나갔고.

다리를 건너가자 길이 비포장도로로 변했지. 그건 지도에는 나와 있지 않았는데 3킬로미터쯤 가면 론 강 본류를 건너는 다리가 나올 것이고 다리 건너편은 차가 다니는 제법 큰 도로라고 지도에 표시돼 있었어. 길은 점점 좁아지고 모래와 자갈이 뒤섞인 험로로 변했어. 트랙터 같은 농기계나 트럭이 덜컹거리면서 지날 법한 길이었고 그나마 통행이 많은 것 같지도 않았지. 비가 와서 생긴 구덩이며 잡초가 자전거의 속도를 늦추게 만들었지. 그늘이 점점 사라지고 햇빛이 다시 빗물처럼 쏟아졌어. 문제는 내가 이글거리는 해를 정면으로 마주보며 가고 있다는 거였어.

모래와 자갈로 덮인 길을 가다 자전거 바퀴가 미끄러지면서 처음으로 넘어졌지. 그 바람에 체인이 벗겨졌어. 그늘 한 점 없는 땡볕 아래에서 기름투성이인 체인을 끼우다 두 손이 온통 기름범벅이 되었지. 풀잎에 기름을 닦다가 손바닥을 베이고 말았어. 땀이 눈으로 들어가서 베인 손보다 눈이 더 따가웠지. 기름범벅이 된 손으로 눈을 닦을 수도 없었고. 해가 비치는 반대편으로 돌아서서 눈에서 땀이 흘러나오도록 하염없이 울 수밖에.

이번에는 땅이 물러서 푹푹 빠지는 길이 나왔어. 바퀴가 땅에 빠져서 자전거를 타고 갈 수가 없었지. 차가 다닌 흔적도 없는 걸로 보아 내가 길을 벗어난 것 같았는데 구글 지도로는 제대로 가고 있다는 거야. 푹푹 빠지는 땅이 끝나자 난데없이 철조망이 등장했어. 내가 가고 있는 길이 사유지라는 뜻이지. 철조망 너머로 희게 빛나는 비포장도로가 보였는데 그곳을 지배하는 세력은 자갈과 모래였지. 철조망을 따라가다가 틈이 넓은 곳을 발견해서 자전거를 그 사이로 집어넣었어. 문제는 풀숲에서 내 맨다리가 무사할지, 뱀이나 모기는 없는가 하는 것인데 운에 맡길 수밖에 없었어. 다행스러운 것은 다리가 점점 가까워지고 있다는 것.

뱀도 없었고 모기도 없었지. 자갈과 모래가 자꾸만 자전거를 쓰러뜨리고 체인이 벗겨지게 만들었지만. 자전거는 네 번을 더 쓰러지고 체인을 두 번 더 끼워넣어야 했지. 세번째인가 쓰러졌을 때 물이 든 페트병이 자전거에서 떨어져나가 아래쪽으로 굴러가버렸는데 그걸 주우러 가는 게 힘이 들 정도로 지쳐 있었어. 곧 다리가 나올 테고 다리를 넘어가면 마을이 있고 가게가 나올 것이다. 거기서 며칠 전 샘물처럼 차갑고 시원한 물을 사서 마시면 될 거라고 생각했지. 그렇게 악전고투를 하며 한 시간 가까이 전진한 끝에 거대한 토목공사를 벌인 흔적이 있는 강변 제방에 도착했지. 마침내, 드디어, 그제서야. 제방 도로처럼 생긴 비포장도로를 따라 1킬로미터쯤 되는 곳에 다리가 있었어. 이제 다리만 건너가면 되는 거야. 그렇게 믿었지.

회화나무 한 그루가 강변에 서 있어서 그 그늘에 몸을 맡겼지. 산에 가서 정상을 밟기 직전, 그러니까 9부 능선쯤에서 멈춰 서는 게 나의 오랜 버릇이야. 숨을 고르고 나서 찾아드는 평온함, 남아 있는 목표를 곧 정복하리라는 기대감으로 충전되는 존재를 느끼는 거지. 사실 그 기분이 정상에 서는 것보다 더 좋아서 어느 때는 거기서 그냥 돌아오기도 했지. 다리 앞에 외롭게 서 있는 회화나무 그늘은 그런 느낌을 줄 수 있을 것 같았어. 하지만 강변은 산이나 포도밭 주변과는 달라도 많이 달랐지. 나무그늘은 너무 작고 얕고 엷어서 그늘 바깥에 비해 그리 시원하다 할 수도 없었고 잠시의 안식도 허락하지 않았어. 햇볕 속에 세워둬서 앙칼지게 뜨거워진 안장 위에 다시 앉았지. 엉덩이를 델까봐 전면적으로는 아니고 살짝.

남은 힘을 다해 자전거를 몰고 간 끝에 겨우 다리 앞에 이르렀어. 그런데 난데없이 길가에 우뚝 선 경고문이, 군대 시절 위병소의 헌병이 이리 오라고 손짓하는 것처럼 눈에 들어오는 거야. 휴대폰의 사전을 찾아가며 독해를 한 내용은 '이 다리는 노후화로 인해 안전이 확보될 때까지 통행을 금지하며 통행 시에는 패가망신할 정도의 과태료를 부과할 것임'이라는 거였어. 경고문보다 더 강력한 통행금지 조치는 다리를 아우슈비츠 수용소 담벼락 높이의 철망으로 둘러치고 맨 위에는 철조망을 설치한 것이었는데 철조망에 전기가 흐르는지 위잉 하는 소리까지 나고 있었어.

어쨌든 자전거를 가지고 그 철조망 장벽을 통과할 도리가 없다는 거였지. 자전거가 없다고 해도 마찬가지고. 자전거를 안 가지고 가면 보증금 300유로를 날리게 된다는 건 전혀 문제가 되지 않았어. 문제는 구글 지도에 그 다리가 폐쇄되었다는 사실이 전혀 반영되지 않았다는 거야. 그곳이 워낙 시골이니 그런 세세한 정보는 위대하고 영광스럽고 자비로우며 불세출의 위엄 있는 지도를 개발한 구글 지도 담당자에게는 중요한 일이 아닐지도 모르지. 문제는 돈을 처들여 데이터로밍까지 해가며 쓰고 있는 지도가 잘못된 정보를 주었기 때문에 내가 지독한 곤경에 처했다는 거야.

물어볼 데도, 사람도 없었어. 길이 1킬로미터가 훨씬 넘을 다리 건너편에는 자동차 몇 대가 서 있었는데 사람은 보이지 않았어. 있다 해도 개미만해서 보일지 알 수 없었지만.

이 난관을 어떻게 돌파해야 할까. 한국에 전화해서 물어봐? 여기론 강 중류쯤인데 검색 좀 해봐, 거기 다리 폐쇄가 언제 풀리는지. 근처에 아이스크림이나 물 파는 가게 같은 건 안 보이냐, 이렇게? 되지도 않은 상상, 재미없는 농담이라 그 상황에서는 전혀 위로가 되지 않았지.

돌아갈 수밖에 없었지. 대략 8킬로미터쯤? 목이 마르고 상처는 따갑고 눈도 따갑고 피부도 따끔거렸어. 선크림을 꺼내보니 거의 다 떨어져 있었어. 별것도 아닌 부정적 요인들이 지금처럼 좋지 않은 상황에서는 더 나쁘게 작용하고 상승작용을 일으킬 수도 있지. 풀잎에 베인 상처로 내게 항체가 없는 프랑스산 파상풍균이 침투하는 식으로 말이지. 최선의 방책은 한시바삐 이 길을 벗어나는 것밖에 없었어.

돌아가는 길은 올 때보다 더 뜨겁고 더 미끄러웠고 힘겨웠으며 적대적이기까지 했어. 구글 지도에서 어렵게 지름길을 발견했지. 망설임 없이 진입한 건 그게 그늘이 있는 숲길이어서야. 잡초가 점점 짙어지고 관목으로 된 숲이 나오더니 가시덤불이 나타났어. 조심스럽게 덤불을 넘는다고 했지만 세번째인가를 넘다보니 장딴지 몇 군데를 긁히고 말았어. 1킬로미터쯤 전진했지만 길의 흔적이 사라져버리는 거야. 사람의 통행이 너무 없다보니 자연이 길을 지워버린 거지. 아니 인공이 자연으로 돌아간 거야. 이를 악물고 돌아나오는데 가시덤불이 다시 덤벼들었지. 겨우 덤불을 넘어 길이 시작되는 곳까지 나오자 이젠 정말 나마저 자연으로 돌아가는 게 아닐까 싶게 한계가 느껴지기 시작했어.

구글 지도에 제법 분명하게 표시된 자갈과 모래로 이루어진 길로 자전거를 타고 가는데 이번에는 뾰족한 돌들이 나타났어. 내 몸무게로 납작해진 타이어가 뾰족한 돌에 터져버릴 것 같아서 자전거에서 내릴 수밖에 없었어. 그렇게 1킬로미터쯤 걸어서 가는데 반갑게도 제법 넓은 숲길이 나타나는 거야. 숲길로 접어들자 뾰족한 돌은 보이지 않고 바닥도 평평한 편이어서 다시 자전거에 올랐지.

페달을 밟기 시작한 지 이삼 분도 되지 않아서 뭔가가 얼굴을 때리는 느낌에 자전거를 멈췄어. 작은 새만한 벌이었어. 아니 벌만한 파리? 풍뎅이? 거미? 거긴 곤충이 지배하는 원시의 밀림이었어. 엄지손가락만한 말벌들이 윙윙거리며 공중을 날아다니고 있었는데 그놈들이 나를 침입자로 인식하는 순간 살아남을 가능성은 없었지. 별수없이 자전거를 돌려서 나올 수밖에. 다시 자갈과 모래의 왕국으로 돌아오니 될 대로 되라는 심정이 되었어.

이건 잘못된 거야. 뭔가 단단히 잘못됐어. 내 잘못이 아냐. 이 모든 게 내가 잘못해서 벌어진 게 아냐. 아니라고! 이 멍청아, 이게 다 너의 자업자득이라는 걸 왜 몰라! 나? 내가 뭘? 그렇다면 원인이 뭐지? 단순한 불운? 운이 안 좋아, 내가? 오시우가 유학중에 내 데뷔작을 다락방에서 읽기 시작한 이후부터 별생각도 없이 극단을 따라 세상의 모든 여행객이 꿈꾸는 여행지 프로방스까지 온 지금까지?

타이어야, 터져라. 체인아, 벗겨져라. 태양이여, 나를 바싹 구워라. 바람아, 불려거든 지옥의 헐떡임처럼 뜨거운 불길을 안고 오라. 길 따위는 사라져버려라. 뇌온 상승, 일사병, 세균 감염, 수분 부족, 전해질 부족으로 쓰러져버려라.

　작은 변명거리라도 생긴다면 나는 즉각 포기할 준비가 돼 있었지. 무엇을? 무엇이든 간에.

　그렇게 눈을 감다시피 하고 무아지경 속에 페달을 밟으며 십여 분을 나아갔지. 녹슨 철조망이 길 왼편에 나타났고 철조망 너머에 숲길이 뻗어 있는 게 보였어. 철조망은 쉽게 통과할 수 있을 정도로 허술했어. 나는 망설임 없이 통과했지. 그런데 이번에는 웬 시커먼 개가 엄청난 소리로 짖으며 달려나오는 거였어. 검둥개는 상대의 기가 단숨에 꺾이도록 기운이 뻗쳤고 자신의 영역을 지킬 준비가 되어 있었어. 하늘이 내린 기회라고 생각했지. 그래, 고맙다. 나를 잡아먹어라. 착하지, 그래. 그래. 꽉 깨물어줘, 목에 있는 경동맥을.

　그런데 개는 한 마리가 아니었어. 이번에는 삽살개처럼 큰 개가 우렁찬 소리를 내며 달려나왔지. 소나기는 혼자 오지 않는 법이지. 천둥, 벼락, 우박, 소나기, 그다음에는 또 뭐냐. 방귀? 설사? 웃음이 터졌어. 나는 마구 웃음을 터뜨렸어.

　그때 숲속에서 개들을 부르는 사람 목소리가 들렸어. 그러자 내 주변을 뛰어다니던 지옥의 번견 같은 개들이 빗자루만한 꼬리를 흔들며 온 길을 도로 달려들어가데. 개들을 따라가니 낡을 대로 낡은 잿빛 왜건이 나타났고 왜건 앞의 간이의자에 한 노인이 앉아 있는 게 보였지. 그는 사냥모자를 쓰고 있었고 가슴을 가로질러 화살통箭筒을 메고 있었어. 사냥꾼은 사냥꾼인데 총을 쓰지 않고 활로 사냥을 하는 전통의 사냥꾼이야. 트럭의 짐칸에는 새들이 몇 마리 줄에 꿰여 있었어. 활은 왜건의 지붕에 놓여 있었고.

216

나는 그에게 달려가 여기서 빠져나가는 길을 가르쳐달라고 말했지. 그는 내게 어디서 왔느냐고 물었고 어디로 가느냐고도 했지. 나는 물이 있으면 좀 달라고 갈라진 목소리로 요청했고 아비뇽에서 와서 아비뇽으로 돌아가는 길인데 빌어먹을 다리가 막혀서 돌아오다 죽을 뻔했다고 했지. 그는 내게 수통을 건네주고 나서, 내가 온 길을 다시 돌아가는 길밖에 없을 것이라고 했어. 나는 그럴 수가 없다. 지금까지는 구글 지도가 가리키는 대로 왔지만 이제는 나의 직감을 따를 것이다, 당신은 나를 도와 구글 지도와 싸워줄 수 있다고 했지. 그는 거듭 내가 온 길을 다시 돌아가라고 했어. 나는 죽으면 죽었지 그럴 수는 없다고, 다리는 막혀 있고 지도는 엉터리다, 나는 나를 믿을 수밖에 없노라고 했어. 거기까지 나는 영어로, 그는 프랑스어로 말했어. 이상도 하지, 서로 다 알아듣는 것 같았으니.

잠시 말을 멈추고 고집을 부리던 나를 바라보던 그는 활쏘기 연습할 때 사용하는 표적지를 꺼내 뒷면의 백지에 지도를 그리기 시작했어. 그는 구불거리는 선을 긋고 그걸 '빅 와타$^{Big\ Water}$', 곧 '큰물'이라고 불렀다. 그는 샤토뇌프뒤파프를 왕관 모양으로 그렸고 아비뇽은 글자로 썼으며 두 도시 사이의 길을 그렸어. 그러고는 내가 등지고 있는 방향을 가리키며 그리로 가라고 말했지. 그는 내 저항의지를 사냥하려는 듯 끈덕지게 설명했고 나는 결사항전의 태세로 모른다, 모른다, 정말 모르겠다고 말했지. 그렇게 삼십여 분이 지났어. 결국 나는 그가 그려준 지도를 받아서 배낭 속에 집어넣고 고맙다고 인사를 했지. 자전거 위에 올라서 페달을 밟기 시작했어. 개들이 전송하듯 따라왔어. 내가 가는 방향은 그가 가리키는 곳과는 반대되는 방향이었어.

돌아보자 그는 온 얼굴에 웃음으로 주름을 지으며 손을 흔들었어. 네 선택을 존중한다는 듯이.

개들이 보이지 않게 되었을 때 물이 가까이 있다는 느낌이 들었어. 소리도 냄새도 없었지만 습도의 차이랄까, 뭐 그런 직감으로. 자전거를 쳐들고 푹푹 빠지는 풀숲을 마구 짓밟으며 나아가 나무 사이를 빠져나갔어. 한때 포장이 되었으나 포장이 다 벗어지도록 방치된 길이 나오는 거야. 우와, 소리를 치면서 미친듯이 페달을 밟았어. 어디선가 음악 소리가 들려오기 시작했어. 그리고 시멘트로 만들어진 다리가 나타났지. 흐린 물에 낚싯대를 드리웠던 사람들이 여전히 낚시를 하고 있었어. 달라진 건 그들이 차에 장착된 라디오를 틀어놨다는 것. 라디오에서 가벼운 이야기와 음악이 흘러나오고 있다는 것.

관광과 여행, 모험은 뭐가 다를까. 대상의 거죽을 스쳐지나는 것과 거죽 속의 속살을 들여다보는 것, 그리고 자신의 거죽을 열고 세포 속의 에너지를 대상과 뒤섞는 것의 차이? 결국 여행을 하고 모험을 겪고 나면 그전과는 다른 존재가 되는 거지.

어쨌든 하나는 남았어. 사냥꾼이 그려준 지도. 구불구불한 빅 워터, 론 강이 그려져 있는.

또 한 가지를 더 알게 됐어. 가장 강력한 에너지는 결국 스스로의 세포, 원자에서 나오는 법이더라고. 부작용 주의. 별것 아닌 자신의 경험을 대단한 진리라도 되는 양 억지로 남을 변화시키는 방사능으로 사용하는 것 말이지.

그럼 잠시 또 안녕, 내 친구여.

218

몰두

열아홉번째 맞는 겨울의 어느 날, 북풍에 꽃눈이 촘촘하게 매달린 가지를 떨고 있는 목련이 바라다보이는 이층 서재에서 나는 외삼촌의 질문을 받았다.

"세상을 단 한 권의 책으로 이해해야 한다면 너는 이 책 중에서 어떤 책을 읽겠느냐."

그때 외삼촌의 서재에는 만 권 남짓한 책이 있었다. 외삼촌이 어린 시절부터 읽고 공부했던 천자문부터 몇 주 전 출간된 국내 작가의 소설까지. 그 책들은 '독서인'이라고 자처해온 외삼촌 나름의 기준을 통과한, 소장 가치가 있는 책이었다.

외삼촌은 일제강점기가 끝나갈 무렵에 기술 엘리트 양성소인 경성전기학교를 졸업하고 주요 기간시설인 화력발전소에 배치됐다. 약관의 나이였지만 일본인 운영진을 제외하면 조선 사람들 가운데서는 가장 높은 자리였다. 광복을 맞아 일본인들이 모두 쫓겨난 뒤에는 잠시

책임자의 위치에 오르기도 했다.

6·25가 터지면서 발전소가 파괴되고 일터를 잃은 외삼촌은 피난을 갔다 일시 집으로 돌아오게 되었다. 그때 공교롭게도 외할아버지가 돌아가셨고, 외삼촌은 외할아버지가 운영해오던 양과자점을 물려받았다. 외할아버지 역시 일제강점기에 양과자점에 취직해서 일을 해오다 광복 후 일본인 사장에게서 양과자점을 인수한 것이었다. 외삼촌이 물려받을 당시 양과자점은 설비, 공간, 인력, 자본 무엇 하나 성치 않은 상태였다. 외삼촌은 미국과 일본에서 출간된 책을 통해 얻은 최신 기술과 정보로 양과자점을 서울에서 손꼽히는 제과점으로 재탄생시켰다. 외삼촌의 제과점은 빵과 과자 외에 탄산음료와 아이스크림, 초콜릿과 스트레이트 커피 같은 다양하고 부가가치가 높은 상품으로 언제나 문전성시를 이뤘다. 누구보다 앞서 혁신적인 신제품을 내놓고 고급화를 선도하던 외삼촌의 제과점은 당시에는 보기 드물게 체인점을 거느린 기업으로 성장했다.

사십대로 접어들고 난 뒤 돌연 외삼촌은 '황금알을 낳는 거위'로 일컬어지던 알짜배기 업체를 다른 사람에게 넘기고 자신은 '우리나라 최초'라는 기록을 수반한 여러 부문의 신규사업에 진출했다. 외국어 전문 학원, 초대형 예식장 사업, 리조트 호텔 등이 그런 분야였다. 책은 외삼촌에게 새로운 사업구상을 할 때 정보와 영감을 주는 원천이었다.

"나는 철두철미 장사꾼이다. 전망이 없거나 이익이 나지 않는 일에는 전혀 관심이 없다."

그런 말을 입에 달고 살던 외삼촌은 하나뿐인 여동생, 그러니까 내

어머니가 게으르고 무능한 선비 체질인 남편 때문에 사는 형편이 몹시 어렵다는 것을 알면서도 경제적으로 전혀 도와주려 하지 않았다.

외숙모가 제과점을 운영하던 시절, 나는 학교에서 집으로 갈 때 나 자신도 이해할 수 없는, 어쩔 수 없는 강력한 충동에 이끌려 삼십 분 넘게 걸어서 그곳에 가곤 했다. 막상 제과점 앞에 도착하면 전봇대 뒤에 숨어서 부모의 손을 잡고 오는 아이들을 부럽게 바라보았을 뿐이었다. 유리벽 너머로 따뜻한 불빛이 비치는 가운데 아이들이 쟁반에 그득하게 크림빵, 단팥빵, 크로켓 등등을 담아 와서는 커다란 젖소가 그려진 병에 담긴 따뜻한 우유와 함께 맛있게 먹는 것을 보며 군침을 삼켰다. 그렇게 한참을 우두커니 서 있다가 운이 좋으면 나를 아는 여종업원의 눈에 띄어서 제과점 안으로 들어갈 수 있었다. 외숙모에게 쭈뼛쭈뼛 다가가서 인사를 하고는 모양이 좋지 않거나 맛이 약간 이상해서 팔 수 없게 된 빵과 과자를 받아들고는 내 또래의 손님 눈에 띄지 않는 계단 아래 자리에서 식은 보리차와 함께 그것들을 먹었다. 부끄럽고 창피하고 목이 메는데도 꾸역꾸역 먹어대곤 했다. 초등학교 3학년 봄소풍 때 찍은 사진을 보면 나는 그 빵 덕분에 통통하게 살이 오른 채 정면에서 비쳐오는 햇빛에 눈을 찡그린 채 앉아 있다.

열 살이 넘고 나서 나는 처음으로 외삼촌의 집—외할머니는 다른 곳에 살고 계셨으므로 외갓집은 아니다—대문 안으로 발을 들여놓았다. 외숙모가 "당신 생질이 거지꼴을 하고 하도 뻔질나게 찾아오니 가게 손님들이 싫어한다. 당신이 책임져라" 하고 외삼촌을 윽박질렀는지, 딸만 셋이어서 조카에게서라도 사내아이의 냄새를 맡고 싶어서였는지, 기사가 운전하는 승용차를 타고 가는 길에 추레한 몰골로 비를 맞으며 걸어가는 내가 눈에 띄어서인지는 몰라도 나는 제과점에서 백여 미터쯤 떨어진 대로변 양옥에 들어갈 수 있었다.

외삼촌의 집 지하실에는 오디오룸과 서재를 겸한 큰방이 있었다. 외삼촌은 자신의 집에 출입하게 해준 대가를 치르라는 듯 내게 지하실 방의 창과 방음을 위해 벽에 붙여놓은 종이패널에 쌓인 먼지, 바닥을 깨끗하게 청소하게 했다. 그 외에도 담배나 쥐약, 건전지를 사오거나 주문해놓은 음반을 찾아오는 일처럼 자신의 딸들에게 시키지 않던 심부름을 내게 시켰다. 조금 더 자란 뒤에는 오디오기기의 부품이며 희귀본 서적, 전집 음반처럼 중요도가 높은 것을 가져오는 일도 했다. 그런 일을 할 때마다 나는 외제 과자나 사탕, 초콜릿 같은 것을 대가로 받았다.

십대 시절을 통틀어 최소한 백 번은 외삼촌의 집에 갔을 것이다. 그 집 대문에 들어설 때마다 드나들 자격이 없는 가난한 소년이 운좋게도 지역을 지배하는 대귀족이 살고 있는 저택에 출입을 허용받은 듯 황송한 느낌이 들어 나는 고개를 수그렸다. 외삼촌의 세 딸들은 내게 코끝도 보이지 않으려 했고 나를 외사촌으로든 이름으로든 부른 적이 없었다. 그런 무시가 서럽고 힘들지 않았던 것은 아니다. 하지만 나는 외삼촌의 집 지하실에서 절대권력을 가진 왕이 베푼 만찬처럼 경이롭고 고급스러운 예술과 고전을 접할 수 있었다.

외삼촌은 어린 시절 클래식을 접하는 경험은 적은 투자로 많은 이익을 거두는 사업이라고 판단했기 때문에 딸들을 위해 서양의 중세음악에서 현대의 생존 작곡가의 클래식 음악작품이 녹음된 외제 음반 수천 장을 오디오룸에 들여놓았다. 그러나 그의 딸들은 쥐가 출몰하고 냄새나는 어두운 지하실에 오려 하지 않았고 햇빛이 비쳐드는 이층 방에서 바이올린을 배우거나 케이크를 먹으며 카드놀이를 했다. 그 덕분에 나는 '지금 여기 아니면 다시 들을 수 없을 천상의 음악'이라는 흥분 상태에서 클래식 음악을 들었다. 그때 내 손에는 외삼촌의 집에서 오래도록 식모살이를 해온 누나가 준 누룽지가 들려 있곤 했다. 그래서 내게는 비발디, 바흐, 모차르트, 베토벤, 슈베르트, 쇼팽의 음악이 누룽지가 입안에서 오도독거리는 소리, 고소한 맛과 결부되게 되었다.

외삼촌의 방에는 서양음악 음반만 있는 게 아니었다. 판소리 같은 우리 전통음악, 오페라, 뮤지컬, 발레 공연 같은 종합예술이 담긴 전집 음반도 가끔 들었다. 중국의 문인화, 남종화며 일본의 우키요에, 단원 김홍도 등의 그림과 추사의 글씨, 조선의 민화, 해방 이후 한국화며 렘브란트, 루벤스, 르누아르 등등 회화의 클래식을 최고의 해상도를 가진 화집을 통해 경험했다. 소련에서 톨스토이의 소설『전쟁과 평화』를 원작으로 만든 영화를 막 보급되기 시작한 소니의 베타맥스 비디오플레이어로 본 것도 외삼촌의 방에서였다. 그때는 소련이 적성국가여서 '소련산'이라는 이름이 붙은 영화든 음반이든 책이든 국내 반입 자체가 금지되어 있었기 때문에 소련 영화를 보는 것은 상당한 스릴을 수반했다. 일본어 자막이 나오는 영화는 화질은 좋았지만 너무 길고 지루하고 이해할 수 없었다. 식모 누나가 준 귤의 향기가 그나마 영화를 끝까지 보게 해주었다.

외삼촌이 관심을 가장 많이 가지고 오랜 세월 시간과 돈을 기울여 모아들인 것이 책이었다. 하지만 외삼촌이 소장하고 있는 책들은 사춘기 소년에게는 내용이 너무 어렵거나 영어, 일어, 불어, 독어, 한문 같은 외국어로 되어 있어 읽기가 아예 불가능했다. 외삼촌으로서는 가장 많은 투자를 한 것임에도 내가 덕을 거의 보지 못한 게 바로 책이었다.

외삼촌은 쉰다섯 살이 되던 해 사업을 모두 정리하고 새집으로 이사했다. 자신의 육체적, 정신적 역량이 최고조에서 꺾어지기 시작했을 때 타인을 위한 사업을 끝내고 스스로를 위한 사업, 자신이 하고 싶었던 것, 잘할 수 있는 것을 해보겠다는 것이었다.

외삼촌은 조선시대 명문가가 살던 넓은 집터에 있는 이층 양옥집으로 이사하기 전 대대적으로 개조공사를 벌였다. 특히 공을 들인 게 서재였다. 화장실을 뺀 이층 전체의 공간을 터서 천장을 최대한 높이고 바닥은 책의 하중을 감당할 수 있도록 보강공사를 했다. 천장까지 닿게 주문 제작한 책장을 설치하고 책이 상하지 않도록 통풍, 채광, 습도와 온도를 일정하게 유지할 수 있는 설비를 갖추었다.

이사를 하고 난 뒤 외삼촌은 나를 불렀다. 서재의 책을 정리하는 데 일주일쯤 걸릴 것인데 조수로 일할 의향이 있느냐고 물었다. 나는 그로부터 얼마 전 내가 대학에 합격한 것에 대해 축하금을 주기 위해 명분을 만든 것이라고 생각하고 냉큼 그 제안을 받아들였다.

그때부터 나는 외삼촌의 집에서 외숙모가 차려주는 세끼 밥을 꼬박꼬박 얻어먹고 문간방에서 자며 서재의 책 정리를 돕게 되었다. 일은 간단하고도 복잡했다. 외삼촌의 호명에 따라 수천 명의 저자 이름과 책 제목을 복창하고 찾아서 외삼촌의 손에 전달했다. 외삼촌이 설명해주는 각각의 책이 담고 있는 내용을 단편적으로, 또 요약해서 들게 된 것은 예상치 못한 소득이었다. 그러지 않고는 내가 만 권 가운데 칠 할이 넘는 외국어로 된 책을 제대로 건네줄 수 없었기 때문이었다. 이를테면 이런 식이었다.

"이 책은 중국의 유의경이 쓴 『세설신어世說新語』다. 중국 후한에서 위진남북조 시대까지, 죽림칠현을 비롯한 명사들의 에피소드와 어록을 모아놓은 거지. 아직 우리말로 완역되지 않았는데 번역되지 않은 것 중에 이런 이야기가 있다. 서예의 거성 왕희지의 다섯번째 아들이 왕휘지다. 어느 날 한밤중에 왕휘지는 자신이 살던 산음 땅에 내리던 큰 눈이 그치고 휘영청 달이 빛나는 것을 보면서 시를 읊다가 섬계에 사는 친구 대안도가 보고 싶어졌다. 그는 하인을 불러 호수 건너편에 있는 대안도의 집에 갈 수 있도록 배를 내어 노를 젓게 했고 그 배를 타고 대안도를 찾아갔다. 어둠과 추위, 바람을 뚫고 어렵사리 대안對岸에 닿아서 친구 집 문전에 다다른 왕휘지는 갑자기 그냥 집으로 되돌아가자고 했다. 이유를 묻는 사람에게 왕휘지는 '내가 친구를 보려고 하는 마음의 흥이 일어서 갔다가 그의 집 앞에서 그 흥이 다하였으니 굳이 친구를 만날 필요가 있겠는가' 하고 대답했다."

방바닥에 쌓여 있는 책더미에서 외삼촌이 지명하는 책을 찾아 건네주는 작업이 반복되던 끝에 마침내 그 일이 끝나는 순간이 왔다. 외삼촌은 마지막으로 내가 집어준 책을 손에 들고 책장에 걸쳐진 사다리 위에서 질문을 던졌다.

"내가 지금까지 읽은 책이 억만 권, 옛날에는 십만을 억만이라고 했다. 그 정도는 될 거다. 그 많은 책을 읽고 그중 십분의 일 정도만 가리고 뽑아 모은 것은 바로 지금 네게 물어본 그런 궁극의 책을 찾기 위해서였는지도 모른다. 세상의 모든 이치를 규명하게 해주는 책의 결정판, 즉 단 한 권의 책을 '이피터미Epitome'라고 하지. 자, 이 방에 있는 책은 모두 네 손과 내 손을 거쳤다. 너는 이 책들 중에서 진정한 이피터미가 어떤 책인지 알겠느냐?"

나는 대답할 수 없었다. 내 손을 거쳐 책장에 꽂힌 어떤 책도 세상을 단번에 이해하게 해줄 것 같지 않았다.

"분명히 이 방에는 그 책이 있다. 거기에는 내 일생의 안목과 정력이 들어 있어. 네가 그 책이 무엇인지 알아맞힌다면 너에게 이 방의 모든 것을 주겠다."

서재에는 구하기 힘든 책뿐만 아니라 영국산 흔들의자와 호두나무로 만든 책상, 만년설이 쌓인 산봉이 그려진 만년필, 명품 시계, 오디오며 영상 시설에 값을 알 수 없는 유명한 동양화가의 그림도 여러 점 있었다. 외삼촌은 미소를 지으며 말하고 있었지만 농담을 하는 것 같지는 않았다.

하지만 내게 외삼촌이 말하는 책을 알아맞힐 능력이 있을 리 없었다. 책 중에는 방대한 세상사를 담고 있는 국내외 백과사전과 영어의 펭귄북스니 프랑스의 크세주 문고, 일본의 이와나미 문고 같은 출판 선진국의 전집류도 들어 있었다. 내가 끙끙거리며 두 손으로 겨우 떠받들어야 했던, 도판으로 가득한 이십 킬로그램이 넘는 책도 여러 권이었다. 양으로도 숨이 막힐 정도인데 질로 평가해서 최고의 책을 꼽으라니, 열아홉 살짜리 소년에게는 너무도 어려운, 아니 대답하는 것 자체가 절대적으로 불가능한 질문이었다. 설령 정답을 알아맞힌다고 한들 그것이 정답임을 인정하든 부인하든 본인의 마음이었다. 마치

일주일 동안 책 정리를 도와준 데 대한 대가를 주기 싫어서 그러는 것 같았다. 아니 명백히 그렇다는 생각이 드는 순간 외삼촌에 대한 존경심과 두려움이 다 날아가버리고 야속하고 원망스럽다는 감정이 마그마처럼 가슴을 가르며 분출했다. 지난 십여 년간 나는 그저 가난한 일가붙이, 심부름꾼에 지나지 않았던 것이다. 내가 멍하니 서서 무슨 생각을 하고 있는지는 아랑곳하지 않고 그는 손에 들린 책자를 아래위로 흔들면서 말했다.

"사다리를 다 올라가거든 사다리를 치워라. 이 책을 쓴 루트비히 비트겐슈타인이 한 말이다. 이 책과 사다리에게, 특히 앞으로 갈 길이 먼 너에게 다 해당하는 말이지."

그때야 겨우 나는 한마디를 보탤 수 있었다. 무엇이든 아는 체하면서 자신보다 지적으로 약한 상대를 찍어누르는 거만함, 교만에 대한 반발심으로.

"그 책을 골라내려면 시간이 좀 걸리겠는데요. 지금 당장 그 사다리를 안 치워도 되지요?"

외삼촌은 비트겐슈타인의 책을 꽂고 사다리에서 천천히 내려와 맨 아랫단에 걸터앉았다. 그의 넓은 이마에 창으로 비쳐든 노을빛이 어른거렸다. 그는 내게서 전과 다른 뭔가를 느낀 듯 나를 바라보며 양쪽 입술 끝을 늘어뜨렸다.

"그래, 네가 그 책이 뭔지 알게 되거든 언제든 말해도 좋다. 다만 기회는 한 번뿐이라는 걸 명심해라."

나는 저녁을 먹고 가라는 외숙모의 말에 대꾸도 하지 않고 대문 밖으로 달려나왔다. 버스로 네댓 정거장의 거리를 씩씩거리며 달리고서도 모욕감과 화가 가라앉지 않았다. 겨우 대학입학금을 마련할 정도 밖에 안 되는 우리집의 형편이, 먹고사는 것과는 아무 상관 없는 만 권의 책과 비교되며 나의 열등감을 표출시켰다. 외삼촌 서재에 있는 책과 오디오, 음반 등등의 값비싼 물건들을 단번에 가질 수 있다는 희망이 나를 잠깐 사로잡았던 것 또한 사실이었다. 희망은 말 그대로 희망, 책 만 권 중 하나를 찍어서 맞히는 0.01퍼센트의 확률이지만 그 책이 뭔지 알 수만 있다면 나는 일거에 거지에서 왕자가 될 수 있었다.

거지가 왕자가 된 이야기는 그렇게 되는 것이 불가능하기 때문에 사람들의 인기를 끈 것이다. 결국 그의 질문은 자신과 비교할 수 없이 무지몽매하고 약자인 나를 시험하는 것에 불과했다. 진심이었을까? 그렇다면 그런 황당한 질문을 한 진의는 무엇일까? 의문의 무게가 너무 커서 내 존재 자체가 땅바닥에 압착해버릴 것 같았다. 그래서 나는 태어난 이후 가장 단호한 결정을 내렸다. 외삼촌이 완벽하게 승복할 정답을 찾기 전에는 결코 외삼촌의 집에 가지 않을 것이라고.

그때가 외삼촌과 마지막으로 함께한 시간이었다. 외삼촌은 그로부터 삼 년 뒤, 혼자 유럽을 여행하던 중에 기차 안에서 숨을 거두었다. 나는 그때 군에 막 입대한 참이었고 부음을 나중에야 들었다. 부모나 조부모가 돌아가시지 않는 한 군인 신분으로는 장례를 치르기 위한 휴가를 받을 수 없었으므로 나는 외삼촌의 장례식에 참석할 수 없었다. 물론 그때 외삼촌이 나와 한 약속을 어떻게 할 것인지에 대해서는 물어볼 데조차 없었다. 외삼촌이 외숙모에게 서재와 나에 관해 어떤 언질을 남겼는지에 대해서도.

"고통이 수반되지 않는 쾌락은 심미적이고 지적인 즐거움에 속하지. 즐거움에는 우연한 것들도 있는데 술이나 담배, 커피처럼 중독성이 있는 거다. 본성적인 즐거움은 음악이나 미술, 문학처럼 건강한 인간 본연의 활동을 자극한다. 아리스토텔레스가 한 말이지."

작취미성의 술기운에 붉어진 눈으로 나를 꼬나보며 영원 형은 말했다. 마르고 긴 얼굴에 구레나룻이 붉은 주근깨투성이 뺨까지 내려왔으며 코는 높고 입술은 얇고 거칠거칠했다. 나는 오전 아홉시에 시작되는 영어 시간에 맞춰 강의실로 올라가던 참에 캠퍼스 안 벤치에서 자고 있던 그를 발견했다. 금방 비가 올 것 같아서 그를 깨워 음악감상실이든 학생식당이든 안에 들어가 자라고 했다. 그는 눈을 뜨지도 않고 손만 뻗어 내 가방에 도시락이 없는 것을 확인하고 무슨 수업이 있냐고 묻더니 "영어는 중학교부터 고등학교까지 육 년을 배웠으면 살아가는 데 전혀 부족함이 없다"는 식의 몇 마디 궤변으로 수업을 포기하게 만들었다. 이어 내 버스표로 버스를 타고 자신의 단골인 클래식 음악다방 '목신'으로 나를 끌고 왔다.

"인간은 누구나 한 가지에는 미치게 되어 있어. 사랑, 술, 커피, 산, 바다, 여행, 고독 어떤 것이든 간에. 뭔가에 미쳐버린 인간은 자신에게 속한 또다른 뭔가를 희생해야 한다. 희생에는 당연히 고통이 따르지. 그런데 시나 음악, 그림처럼 고통이 수반되지 않는 쾌락이 있단 말이야. 이 현생의 우주에서 오직 인간에게만 허락된 고급스러운 즐거움이지."

그의 턱 밑에 난 십여 가닥의 염소수염은 그가 말을 할 때마다 갈대처럼 춤을 추었다. 나는 그 수염에 정신이 팔려 그의 말에 도무지

집중을 할 수 없었다. 그는 한때 스테판 말라르메의 시「목신의 오후 L'Après-midi d'un faune」에서 이름을 가져온, 단골손님들이 '목신'으로 줄여서 부르던 다방의 디스크자키였던 적이 있었다. 디스크자키가 필요 없는 클래식 음악다방에 찾아가 청소와 음반 정리며 오디오 관리에 가끔 다방에서 소주를 찾는 취객을 처리해주겠다는 등의 조건을 내걸어 사정을 한(혹은 사기를 친) 끝에 디스크자키 박스를 차지하게 된 것이었다. 강의에는 출석하지 않고 종일 목신에서 음악만 틀다가 다방 문이 닫히고 나면 이웃의 순댓국집에서 외상 술을 잔뜩 퍼마시고 다시 다방으로 숨어들어가곤 했다.

10월 어느 하루 24시간을 영원 형과 단 일 분도 떨어지지 않고 보낸 적이 있었다. '목신'의 주인은 문을 열어 나왔다가 바닥에 누워 있던 소주병을 밟고는 팔을 잠자리 날개처럼 휘젓다가 결국 뒤로 나자빠졌다. 이어 매캐한 양초 연기, 먹다 남은 돼지 순대와 새우젓, 헛도는 LP플레이어 소리를 최고 볼륨으로 헐떡이며 내보내고 있는 스피커 등등의 난장판 속에서 팬티 하나만 걸치고 탁자 위에 자고 있는 불한당들을 보고는 황당해하기보다는 망연자실했다. 내 예상을 깬 것은 주인이 삼십대 중반의 여자였고 보티첼리의 비너스처럼 세상의 더러움에 전혀 물들지 않고 살아온 듯한 모습이라는 것이었다.

영원 형은 계단으로 나와 땟국물이 흐르는 청바지를 꿰어 입으면서도 태연했다. 그는 목신의 주인이 자신의 클래식 음악에 대한 열정과 실력, 지식에 대하여 무한히 감탄, 존경하고 있기 때문에 쉽게 차버릴수 없을 것이라고 큰소리쳤다. 그리고 그날 바로 잘렸다. 그때부터 다시 손님이 되어 그곳을 제집처럼 드나들곤 했던 것이었다.

영원 형이 죽치던 디스크자키 박스는 손님 누구나 음악을 틀 수 있도록 개조되었다. 선반에서 음반을 고르고 플레이어에 얹은 뒤 곁에 서 있는 칠판에 곡목과 연주자 등의 정보를 쓰면 되었다. 선택한 곡, 칠판에 쓰는 글씨에 따라 당사자의 실력이 금방 드러나기 때문에 단골이 아니고는 시도할 엄두를 내지 못했다. 영원 형은 간밤의 숙취를 해소하는 데는 해장국을 먹는 것보다 해장 음악을 듣는 게 훨씬 낫다면서 리하르트 슈트라우스의 교향시 〈자라투스트라는 이렇게 말했다 Also sprach Zarathustra〉를 선택했다. 음반을 LP플레이어에 얹고 충분히 예열된 진공관 앰프의 볼륨을 올렸다. 금관악기의 장려한 팡파르가 청명한 가을아침의 신선한 바람처럼 머릿속으로 불어들었다. 이어 가슴이 두근거리는 편력과 고행의 길이 펼쳐지는 듯했다.

"오늘은 너도 한번 듣고 싶은 음악을 골라봐라."

〈자라투스트라는 이렇게 말했다〉 후반부의 서정적인 선율에 귀를 빼앗기고 있는 내게 영원 형이 말했다. 나는 영원 형이 내가 듣고 싶은 음악을 말해보라고 할 경우에 대비해 준비해둔 곡의 제목을 즉각 읊어댔다.

"바흐의 〈Die Kunst der Fuge〉? 푸가의 예술? 그 곡은 여기 없는데? 네가 그런 엄청난 곡을 어떻게 알지?"

그건 내가 예상했던 그대로의 반응이었다. 바흐 같은 인류를 대표하는 음악의 천재가 클래식 음악의 극치인 형식미를 최고도로 구현한, 미완성인데다 난해해서 일반 사람은 거의 알지 못하는 곡이었다. 나는 그저 도서관에서 클래식 음악사를 훑어보다 외워둔 제목을 잘난 체하기 위해 써먹었던 것뿐이었다. 목신에 그런 음반이 있을 리 없었다. 목신에서 주로 울려퍼지는 바흐의 푸가는 〈페드라〉라는 영화의 O.S.T로 유명해진 〈토카타와 푸가〉였다.

"그건 없지만 대신할 만한 걸 찾아보자. 내가 바흐 푸가 중에서 제일 좋아하는 게 〈작은 푸가 G단조〉다. '작은 푸가'라는 이름이 붙은 건 G단조의 다른 푸가가 있어서지 소품이라는 의미는 절대 아냐. 〈작은 푸가〉는 바흐의 다른 푸가와 다르게 전주곡, 토카타 같은 부속곡이 없지. 바흐는 이 곡이 부속곡이 불필요할 정도로 완벽하다고 생각해서 그런 걸 붙이지 않았다. 말이 난 김에 한번 들어볼까."

그는 자리에서 일어나 손톱마다 때가 낀 긴 손가락으로 음반 사이를 익숙하게 더듬다가 갈색 재킷에 든 음반을 꺼냈다. 두 대의 LP플레이어 가운데 빈 곳에 음반을 놓은 그는 돌아서서 앰프 옆에 세워져 있던 칠판에 'Johann Sebastian Bach, Kleine Fuge in G-moll, BWV 578'이라고 거침없이 쓰더니 딱, 소리가 나게 마침표를 찍었다.

〈작은 푸가 G단조〉는 그야말로 환상적이었다. 청신하고 아름다운 주제가 반복되면서 뼈대가 세워지더니 수채화를 그릴 때처럼 붓질이 수십 차례 오가면서 사이가 채워져나갔다. 벽돌이 끼워맞춰지고 창문이 생겨났다. 창 안쪽에는 레이스 커튼이 쳐지고 벽은 자줏빛 휘장이 둘러쌌다. 어둡고 따뜻한 내부에는 오래된 가구가 배치되고 샹들리에 촛대에는 굵은 양초가 꽂혔으며 오렌지색의 따뜻한 불빛이 내부를 밝혔다. 벽에 그림이 걸리고 책장에는 책이 꽂히고 식탁에는 접시가 놓이고 와인잔이 채워졌다. 사람들의 옷자락이 스치는 소리와 가벼운 발걸음 소리가 들리는 듯했다. 아, 그리고 아기의 웃음소리 같은 맑고 투명한 소리가 났다. 지붕 위에는 붉은 기와가 씌워지고 정원의 사이프러스나무 사이로 사자 문장이 그려진 깃발이 바람에 휘날리기 시작했다. 이처럼 정교한 건축물이 점점 완성된 모양을 갖춰나가는 과정이 뇌세포 하나하나로 지각되는 것 같았다. 마지막에 이르러 세상에 다시없을 아름다운 집이 찬란한 햇빛을 배경으로 투명하게 서 있는 것을 보는 듯했다. 나는 음악을 들으면서 느낄 수 있는 황홀경을 최초로 경험했다. 그런 나를 지켜보고 나서 영원 형은 아리스토텔레스를 인용한 것이었다.

대학에 들어간 이후 나는 궁극의 책, 이피터미를 찾기 위해 미친듯이 책을 읽었다. 도서관에 가서 외삼촌의 서재에 있던 책의 제목, 저자와 연관된 책이라면 뽑고 빌려서 닥치는 대로 읽어댔다. 대학 신입생이면 으레 하는 미팅도 하지 않았고 당구장이나 다방, 술집 출입을 하지 않아서 얼마 안 되는 용돈조차 남아돌았다. 매일 도서관이 문을 여는 시간부터 닫는 시간까지 책을 읽다가 헌책방에 들러서 단 한 권의 책일지도 모른다는 느낌을 주는 책을 훑었다. 일요일에도 동네의 오래된 서점을 순례했다.

세상이 복잡한 만큼 책 또한 복잡한 체계를 이루고 있었다. 읽은 책의 목록이 쌓여갈수록 미로로 빠져드는 기분이 들었다. 세상 모두를 관통하는 진리를 알게 해주는 단 한 권의 책을 찾고 외삼촌의 서재를 내 것으로 만들겠다는 불순한 목적이 있기 때문에 그럴지도 몰랐다. 그렇게 일 년을 온전히 도서관에서 보내고 난 뒤 나는 일단 책 읽기는 중단하기로 마음먹었다. 스무 살의 피 끓는 젊음이 도서관에 갇혀 있기에는 일 년이 한도가 아닌가 싶기도 했다.

도서관 밖으로 나온 뒤 자연스럽게 사람들을 만나게 되었다. 그중

한 사람이 클래식 음악동호회 '오르페오'에서 만난 영원 형이었다. 그는 스스로 말하듯 '미친' 인간이었다. 그는 사람은 누구나 무엇인가에 미쳐 있을 수밖에 없는 존재인데 말초적 쾌락과 권력, 사이비 종교, 중독성이 있는 물질들에 심신이 구속되어 있는 인간은 '더럽게 미친' 인간으로 규정했다. 니체, 고흐, 슈만처럼 생전에 정신병원을 들락거린 인물은 '인류에게 축복이 된' 미치광이들이었다.

"아리스토텔레스가 천재성에는 미친놈 기질이 절대적으로 필요하다고 했지. 엠페도클레스, 소크라테스, 플라톤이 다 광기를 가지고 있었다는 거다. 너는 이태백처럼 강물에 비치는 달에 네 운명을 망설임 없이 던질 수 있나? 그게 진짜와 가짜를 가르는 기준이다. 말해봐라, 음악과 미술, 문학을 네 인생과 바꿀 수 있나?"

술에 취하면 그는 나를 구석자리에 몰아붙인 채 묻곤 했다. 나는 그때그때 분위기에 따라 그렇다, 그런 것 같다, 그래봐야겠다는 식으로 살짝 빠져나갔다. 정작 영원 형 자신에게 그런 질문을 하는 사람은 아무도 없었다. 그는 이미 미친 인간으로 치부되고 있었기 때문에 그랬다.

이영원이라는 미친 인간을 대학 시절에 만남으로 해서 내가 좋아하고 흥미를 느끼고 동경하는 것들의 대부분이 '미쳐버린 존재, 광기 어린 것'으로 결정되었다. 미치지 않은 인간, 광기가 느껴지지 않는 예술과 삶은 시시했다. 시에 미치고 그림에 미치고 노래에 미치고 사랑에 미치고 술에 미치고 광야의 늑대처럼 울부짖어야만 마음에 기별이 갔다. 영원 형은 내게 클래식 음악뿐만 아니라 50년대부터 미국에서 시작된 록과 재즈와 블루스에 관해 여러 가지 지식을 전달하고 각각의 실체가 가진 원자핵의 뜨거운 맛을 보여주었다. 오티스 레딩, 재

니스 조플린, 지미 헨드릭스처럼 요절한 가수들, 흑인 영가의 머핼리아 잭슨, 아메리카 대륙의 판소리꾼 해리 벨라폰테, 프랑스의 음유시인 조르주 브라상과 아르헨티나의 아타우알파 유판키, 칠레의 비올레타 파라, 재즈의 듀크 엘링턴과 마일스 데이비스 등을 소개했다. 사랑에 빠진 사람의 귀에 라디오에서 흘러나오는 사랑노래가 어떤 명곡보다 쏙쏙 들어오는 것처럼 영혼을 울리는 음악과 노래는 맞을 준비가 되어 있는 내게 자연스럽게 스며들어왔다.

우리는 각자가 들었던 음악에 대해 진짜, 가짜로 분류하고 합의점에 이르기까지 오래도록 토론을 벌이곤 했다. 우리의 토론은 점점 넓어지고 복잡해졌는데 음악 외에도 문학과 미술, 예술, 철학, 역사의 주요 인물들에게까지 미쳤다. 외삼촌이 말한 '이피터미'처럼 각 분야의 미친 사람들이 세상에 남긴 것 중에 그 분야를 대표하는 '단 하나의 결정체'가 있을 것 같았다.

셰익스피어, 오시프 만델스탐, 홍명희, 육조 혜능, 사뮈엘 베케트, 로맹 가리, 파블로 네루다, 모리스 메를로퐁티, 프랑크푸르트 학파 등 이름만으로도 최대한의 두뇌 가동을 요구하던 것들 앞에서 그런대로 내가 버틸 수 있었던 데는 이름과 제목으로나마 외삼촌의 서재에서 접했던 책들과 도서관에서의 독서가 크나큰 역할을 했다. 영원 형은 내게 이십대 초반의 나이치고는 아는 게 정말 많은 것 같다가도 어느 때는 수박 겉핥기식이어서 전혀 계통이 없어 보이는 게 이해가 가지 않는다고 고개를 갸웃거렸다. 자신은 나와 두 살 차이밖에 나지 않는데도, 스스로가 걸핏하면 인용하는 아리스토텔레스처럼 완성된 박학함을 타고난 양.

정작 학교에서는 두 번이나 유급을 해 퇴학 위기에 처한 영원 형은 12월의 어느 날 갑자기 교복 입은 단발머리 여고생을 데려와서는 "지리산 영신봉 아래 사는 내 친구 여동생인데 이름도 최영신이다. 내가 어릴 때부터 봐오면서 미래의 아내로 점찍었다. 정중하게 인사드려라" 하고는 "내가 이번 달에 군에 입대하고 이 사람이 내년에 대학에 입학하는데 이 험악한 속세에 믿을 놈이 너밖에 없구나. 네 형수님에게 무슨 일이 생기지 않도록 철두철미하게 호위를 해야 할 것이다. 보다시피 경국지색의 미모에 무불통지의 지혜를 갖추고 있으니 흉악한 사내놈들이 주변을 범접하는 일이 많을 것이다"라고 했다. 이상한 건 수리부엉이처럼 생긴 그 여고생 또한 자신보다 두어 살은 더 많은 대학생인 내가 자신에게 넙죽 큰절을 하고 "형수님! 미천한 제 목숨을 바쳐서라도 안녕하고 명랑하게 모시겠습니다" 하고 나설 것을 기다리고 있다는 것이었다.

이듬해 봄, 그녀가 대학에 입학한 뒤 나는 내 의무를 등한시한다는 엄중한 질타가 담긴 영원 형의 편지를 받고 그녀가 자주 간다는 여대 후문 근처의 클래식 음악 다방에 갔다. 수리부엉이에서 여대생으로 환골탈태한 그녀와 함께 온 여학생들은 귀족의 영양令孃처럼 고결하고 아름다워 보였다. 그런 그들이 쏟아져들어오는 미팅 신청도 마다한 채 그 다방에 오는 이유는 수염을 기른 한 남자 때문이었다. 그는 서쪽 창가에 있는 외떨어진 탁자 앞에 앉아서 만년필로 원고지를 채우고 있었다. 그 남자는 칸트가 매일 일정한 시간에 산책을 하는 것처럼 매일 일정한 시간에 그 다방에 나와서 일정한 분량의 원고를 쓴다고 했다. 칸트보다는 마르크스를 닮은 용모에 인중을 가리는 풍성

한 콧수염을 기르고 있으며 갈색 체크무늬 양복을 입고 앉아서 글을 쓰고 있는 그는 은근히 멋졌다. 아무튼 그 남자 때문에 대학에 갓 입학한 순진하고 아름다운 여학생들이 몰려들었고 그 여학생을 보려고, 어떻게든 기회를 잡아보려고 남학생들이 모여드는 바람에 다방은 북새통을 이루고 있었다.

그녀는 나를 보고도 그다지 개의치 않는 눈치였다. 그저 자신의 친구들과 몇 시간이고 앉아 이야기를 나누면서 이따금 이글거리는 눈을 들어 글을 쓰고 있는 남자를 쏘아보곤 했다. 그 눈이 가진 범상치 않은 기운 때문인지 남학생들 그 누구도 감히 영신 형수에게 범접하지 못했다. 나는 영원 형에게 '형수 염려는 전혀 할 것 없으니 나라를 지키는 데 신경 좀 써달라'고 편지를 썼다.

그로부터 계절이 두어 번 바뀌고 군에 입대하기 직전의 어느 늦은 저녁에 친구와 버스를 탔을 때 나는 버스 맨 뒷자리에 앉은 그 남자를 발견했다. 술김에 용감해진 나는 그의 옆에 가서 그가 들고 있는 가방에 들어 있는 게 뭔지 물었다. 그는 소설 원고라고 대답했다.

"혹시 그걸 제가 볼 수 있을까요? 제가 문학에 관심이 있는데 살아 있는 작가에 의해 쓰여지고 있는 작품의 실물을 본 적이 없어서요. 저한테는 좋은 공부가 될 것 같습니다."

그는 순순히 가방을 열어서 원고를 보여주었다. 원고는 세 뭉치로 나뉘어 묶여 있었다. 그 세 뭉치의 원고는 내용이 거의 같았다. 그러니까 그는 중편소설 분량의 원고를 옮기면서 고치고 또다시 옮기면서 고치는 일을 몇 년째 계속해오고 있는 셈이었다. 나는 그 소설을 빌려서 읽고 돌려주면 안 되겠느냐고 했는데, 그는 무례할 수도 있는 그 제안을 그 자리에서 받아주었다. 그리하여 나는 그토록 여학생들을 애끓게 만들었던 한 남자의 비밀스러운 수고手稿를 읽어볼 수 있게 되었다. 내용을 굳이 말하란다면 그는 남들은 쉽게 이해할 수 없는 내용을 자기 나름의 언어로 반복해서 쓰고 있었을 뿐이었다. 며칠 뒤 나는 그 원고를 주인에게 돌려주었다. 그 당시 유행하던 '확인사살'이라는 말을 떠올리며 다방을 둘러보았으나 영신 형수의 모습은 보이지 않았다.

"잘 봤습니다."

그 말 말고는 달리 할말이 없었다. 남자는 크고 맑은 눈으로 나를 응시하며 수염을 쓰다듬었다. 간단한 동작이었어도 긴 세월 연기를 갈고닦은 끝에 나오는 간명함, 세련됨이 깃들어 있었다. 그가 지금도 세상 어딘가에서 여전히 같은 일을 반복하고 있기를 바란다. 그는 원고의 내용보다는 원고를 쓰는 작위적 삶, 그것을 현시하는 것으로 이 세상을 흥미로운 곳으로 만드는 행위예술가였다.

이런 식으로 비범한 한 사람과의 인연이 그와 비슷한 부류, 수준의 사람을 계속 접하게 만드는 경험이 시작되었다. 내가 세상에서 만난 사람들은 무엇인가에 미친 사람뿐이었다. 그렇지 않은 평범한 사람—일상에 둘러싸여 살고 규칙적인 일과를 지속하고 성장하고 결혼하고 부모가 되며 침대에서 편안한 죽음을 맞는 사람들—보기가 오히려 훨씬 힘들었다. 한번 그렇게 사람을 바라보고 인연을 맺게 되니까 계속해서 그와 비슷한 사람이 땅속줄기에 주렁주렁 매달린 감자처럼 딸려나왔다. 그들 대부분은 무명이었다. 명성과 대가를 바라지 않았다. 그런 데 신경쓸 시간과 여분의 에너지를 모두 자신이 미쳐 있는 분야의 일에 쏟아부었다. 그러면서 그 분야에서 자신이 올라갈 수 있는 최고의 경지에 다다랐다.

군대에서 내가 배치된 소대의 지휘관은 ROTC 출신인 이상진 소위였다. 그는 내가 사회에서도 만나보지 못한 클래식 기타 연주자였다. 그는 정식으로 음악 교육을 받은 적이 없고 프로로 데뷔한 것도 아니었지만 내가 듣기로 그의 연주는 음반으로나 듣던 기타의 거장 안드레스 세고비아의 연주보다 못할 게 없었다. 바로 내 눈앞에서 손가락이 플랫을 옮겨다니고 손톱이 스치는 소리와 함께 내가 알고 있는 곡이 생생하게 연주되니 감동과 놀라움이 그만큼 컸다. 게다가 그는 세고비아가 죽었다 깨어나도 못하는 일을 했다. 기타 반주에 맞춰 군가를 합창하는 군대합창단 'Korea Army Chorus'를 만든 것이다. 나또한 거기에 자발적으로 합류했다. 자발성이 중요했다. 시켜서 억지로 하는 군대 축구는 아무리 잘해도 동네 축구를 벗어나기 힘들지만 자발적으로 참여한 군대 합창은 웬만한 사회 합창단 수준을 쉽게 넘어섰다.

"몇백만 년 전 원시시대부터 우리 조상들은 같이 노래하면서 한마음 한몸으로 단결해서 전쟁터로 나갔고 사냥을 하고 어린 자식을 잠들게 했다. 인간만이 노래를 할 수 있다. 노래 잘 부르는 군인은 전투도 잘한다."

막사에서 장중한 남성 사부합창이 흘러나오면서부터 부대 전체의 분위기가 확 달라졌다. 합창단 소속 구성원들의 사격 성적은 평균을 훨씬 상회했고 천리행군이나 혹한기 훈련 등에서 낙오자는 단 한 명도 나오지 않았다. 소문이 나자 합창단은 이웃의 다른 부대에서도 공연해달라는 요청을 받게 되었다. 거기서도 유명 가수 부럽지 않은 환

호와 갈채를 받았다. 합창단 멤버 모두 알고 보니 별종이었다. 같은 제복을 입고 비슷한 얼굴을 하고 있음에도 평범한 사람은 아무도 없었다.

나무와 풀 같은 식물에 대해서 모르는 게 없는 산골 출신 이병장도 있었다. 그는 산악행군 중에 참나무에 여섯 종류가 있다는 것이나 비슷하게 생긴 거제수나무, 물박달나무, 고로쇠나무를 구분하는 법, 봄철에 수액을 뽑아먹는 법 등에 대해서 가르쳐줬다. 그는 아무것도 모르는 사람이라도 관심을 가지고 나무와 풀에 대해 하나씩 배워가다보면 어느 순간 도를 터득하듯이 어떤 식물을 보든 이름이 직감적으로 떠오르는 경지에 이른다고 했다.

군대에서 나의 첫번째 고참이었던 박상병은 부대 전체, 아니 사단 전체에서 밥을 가장 많이 먹는 사람이었다. 그는 프랑스의 어느 타이어 회사 광고에 나오는 캐릭터처럼 빵빵한 몸매를 하고 있었다. 그 몸매를 유지하기 위해서는 남들보다 최소 두 배의 양을 배급받아 먹어야 했고 다른 데도 아닌 군대이니만큼 남들보다 두 배 속도로 먹고는 아직 배식이 끝나지 않은 줄에 다시 가서 섰다. 그는 아침을 배 터지게 먹고 휴가를 나가자마자 중국집부터 갔다고 했다.

"군인들 많이 오는 버스터미널 옆 중국집은 짜장면 보통 그릇 사이즈가 다른 지역 중국집 곱빼기 분량이야. 그 집 짜장면 곱빼기를 두 그릇 주문했어. 주인은 나중에 배고픈 군바리가 한 놈 더 오나보다 싶었는지 군만두를 한 접시 서비스로 주더라고. 먼저 한 그릇을 비벼서 먹고 자리를 바꿔앉아서 두번째 짜장면도 먹었어. 남은 짜장 소스를 군만두에 찍어서 두 그릇 다 씻을 필요가 없을 정도로 깨끗하게 다 먹어줬지. 주인이 존경하는 눈으로 나를 보더니 한 그릇 값만 받더라고. 맛있게 잘 먹어줘서 외려 자기가 고맙다고."

군대에서 만난 사람 중 가장 인연이 깊었던 사람은 나보다 나이가 두 살 많으면서도 몇 달 늦게 군대에 오는 바람에 부하가 된 김병일이 었다. 합창단에서 같은 바리톤 파트를 맡았고 음악을 좋아한다는 공통점으로 친해지고 난 뒤에는 서로 존댓말을 썼다. 제대 후에도 이십여 년간이나 그렇게 하다가 최근에 내가 억지로 형이라고 부르는 데 성공했다. 그는 자신이 음악을 좋아하긴 하지만 음악의 '음'에 대한 관심이 '악'보다 훨씬 많다고 했다.

"한때는 음에 미쳤죠. 음을 내는 기계에. 내 고향이 남쪽 농촌인데 농부인 아버지가 평생 처음이자 마지막으로 산 문명의 이기가 유성기 였어요. 그 유성기에 딸려온 음반이 열 장쯤 있었고 딱 하나 클래식으로 쇼팽의 〈즉흥환상곡〉이 끼어 있었어요. 오 분 정도밖에 안 되는 소품인데 이상하게 그게 그렇게 좋은 거예요. 그 곡을 다섯 살 때부터 중학생 될 때까지 최소한 천 번은 들었을 거예요. 듣다가 바늘이 닳았는데 시골이라 구할 데가 없었죠. 철사줄을 잘라서 쓰기도 했어요. 그렇게 애를 써서 다시 음악이 나오면 온몸이 행복에 젖었죠. 중학교 때 서울로 이사 오면서 그 유성기도 판도 사라졌어요. 공고 전기과 졸업하고 공대 전자공학과로 진학했는데 그게 다 그 유성기 때문이었어요. 시간이나 돈이 생기면 무조건 소리를 재생하는 데 쏟아부었죠. 기준은 언제나 쇼팽의 〈즉흥환상곡〉이었고요."

제대 이후에도 그는 계속 음의 세계에 탐닉했다. 수십 종류의 앰프와 플레이어, 스피커를 바꿔서 들어보았으나 자신의 마음에 드는 음

색이 나오지 않자 결국 직접 만들기로 했다. '자작自作의 세계'로 들어
선 것이었다. 오디오의 음질과 음색을 결정하는 요소는 무수히 많지
만 그는 스피커에 집중했다. 한때 자동차 한 대 값이 나갔다는 천연자
석을 썼고 전기전도성이 가장 뛰어난 금속인 은으로 만든 코일, 콘 박
스 등을 조립해나가다가 강가에 가서 자갈을 몇 자루 주워다 넣기도
했다. 그가 최종적으로 완성한 스피커는 냉장고 두 개를 합친 것보다
커서 이사를 할 때 벽을 부숴야 했다. 이사를 가는 집 역시 벽을 부쉈
고 이사 비용에 두 집 벽을 원상복구하는 금액이 추가되었다.

　김병일의 주변에는 오디오에 대해서 나름대로의 식견과 취향을 가
진 사람들이 많았다. 어떤 사람은 케이블, 어떤 사람은 진공관과 카트
리지에 웬만한 오디오기기 한 대 값을 지불하기도 했다.

　"무수한 메이커와 모델이 있죠. 음반도 연주자, 가수, 녹음 시기에
따라 내용이 달라지잖아요. 날씨에 따라서 소리가 달라지기도 하죠.
듣는 사람마다 그때그때 컨디션과 기분이 다르죠. 음악은 우연과 필
연, 시간성, 무수한 변수를 가진 생명체예요."

　김병일은 여러 단계를 거쳐 수동식 축음기로 돌아갔다. 내가 만났
을 때 그는 축음기에서 돌아가는 음반의 소리를 재생할 대바늘竹針을
만든다고 중국의 대나무 명산지에서 나온 대지팡이를 깎고 있었다.
그의 곁에는 또다른 분야, 오프로드 차에 미친 어떤 남자가 있었다.
팔촌 동생이라고 했다.

　"우리는 비싼 외제차, 관심 없습니다. 오프로드용 국산 모델은 딱
하나 있어요. 코뿔소 마크가 달린. 그놈을 사자마자 차 바닥하고 프레
임, 엔진 룸만 남기고 외장 다 뜯어내고 바퀴도 트랙터처럼 대형 사이

즈로 교환해요. 길이 전혀 없는 숲길이나 바위투성이 계곡 같은 오프로드를 가려면 일반 타이어로는 턱도 없거든요. 오프로드 갈 때에는 구난차량이 따라서 올라갑니다. 오도 가도 못하는 상황이 되면 로프 걸어서 끌어내야 하니까요."

그가 오프로드 연습용 주로를 자신의 집 마당에다 만들어두었다고 해서 구경하러, 견학하러, 견문을 넓히러 갔다. 말이 연습용 주로지 폭 5미터, 길이 10미터가량의 진흙탕 웅덩이였다. 웅덩이 앞뒤로는 30미터쯤 되는 평지가 있었다. 바퀴가 일반 지프보다 훨씬 높고 큰 오프로드 차가 등장했다. 운전대 말고는 모두 긁히거나 찌그러진 자국에 흙투성이였다. 차는 출발선에 서서 엔진 출력을 최대한 높였다. 곧이어 흥분한 코뿔소처럼 출발해 전속력으로 웅덩이에 뛰어들었다. 웅덩이의 절반쯤까지는 대부분의 차가 진행할 수 있지만 바퀴가 흙탕물과 뻘에 잠긴 뒤부터가 문제라고 했다. 차는 불과 몇 미터의 거리를 전진하기 위해 삼십 분 가까이 성난 공룡처럼 미쳐 날뛰었다. 엔진은 귀를 먹먹하게 만드는 굉음과 매캐한 연기를 내뿜으며 거대한 바퀴를 앞뒤로 움직여 웅덩이에서 빠져나가려고 사력을 다하고 있었다. 하지만 그날 그 차는 웅덩이를 빠져나오지 못하고 승합차에 줄을 묶어서 끄집어내야 했다. 전국 사백여 명의 동호회 회원들의 차 가운데 그 웅덩이를 제힘으로 돌파해나온 차가 다섯 대에 지나지 않는다고 했다.

"절대 돈이 많아서 하는 일이 아니에요. 그렇다고 돈에 절절매는 것도 아니고요. 그냥 자기들이 좋아서 하고 싶은 대로 하는 거죠. 누가 잘했다고 상 주는 것도 아니고 유명해지는 것도 아니죠. 자기가 불가능하다고 설정한 한계, 난관을 빠져나왔을 때의 희열, 기분은 돈 주고는 절대 얻을 수 없죠."

놀라운 장치는 그의 코뿔소에 줄을 매어 끌어낸 평범해 보이는 승합차에 있었다. 여기저기 찌그러지고 붉은 녹이 슬어 있는 게 관을 싣는 영구차처럼, 아니 관처럼 보였다. 그 차 주인에게 온몸이 번쩍거리는 소형차를 타고 온, 딱따구리처럼 생긴 남자가 "선생님, 완성을 축하드립니다" 하고 공손히 인사를 했다. 각자 브랜드 이름이 없는 차를 끌고 온 십여 명의 남자들이 비슷한 식으로 최고의 존경을 표했다. 누가 봐도 그는 종교적 열광을 느끼게 하는 영적 지도자였다.

"저는 선생님에 비하면 발가락의 때만큼도 안 돼요. 제 차는 사실 고칠 데가 많아서 인기가 좋아요. 계기반을 비행기처럼 만들고 바퀴는 플랫 타이어로, 유리는 광량에 따라 자동 변화하는 변색유리로 하고요. 우리는 유명한 차보다는 고칠 데가 많은 구닥다리를 더 좋아해요. 싹 도색하고 컨버터블로 고치는 데까지 드는 비용…… 뭐 별거 아녜요. 한 2억? 아유, 이건 우리 선생님에 비하면 발가락의 때만큼도 안 된다니까요."

딱따구리처럼 생긴 남자가 쉴새없이 떠드는 소리에 귀가 따가울 지경이었다. 국내 최소형, 배기량 최소인 그의 차는 어디를 봐도 국산차 같지 않았다. 차 같지도 않고 외계인들이 타고 온 비행접시 같았다. 그런데 그가 고개를 숙여 숭배하는 고물 승합차는 무엇이 대단하길래 오프로드 · 온로드 · 언더그라운드 · 오버그라운드 모두의 존경을 한몸에 받고 있는 건가.

"들어와요, 앉아요."

승합차 주인, 아니 지도자가 권하는 대로 들어간 승합차의 뒤칸은 유리도 없이 완전히 벽이 막혀 컴컴했다. 그는 신도들, 아니 사람들에게 양쪽에 설치한 좁은 의자에 앉으라고 했다.

"도대체 이게 뭔……"

내가 묻는 말이 채 끝나기도 전에 반짝하고 허공중에서 불이 빛났다. 자세히 보니 카오디오 회사로 유명한 'LUVV'의 최신형 앰프였다. 그는 가느다란 리모트컨트롤로 가볍게 몇 가지를 조작했다. "앉아요, 앉아. 편하게. 내 집이다 생각하시고. 그래야 치료효과가 높아요."

가슴을 둔중하게 때리는 드럼 소리가 시작되었다. 아득한 옛날, 드러머로 이름을 날리던 몇몇 인물이 떠올랐다. C.C.R, 플리트우드 맥, 레드 제플린, 존 보넘…… 그들 중 누구일까. 아니, 상관없었다. 음악은 그들의 것이었는지 모르지만 승합차에서 나는 소리는 전혀 다른 소리였다. 소리가 아니라 진동이었다. 벽면에 둘러진 스피커가 차 전체를 진동하게 하고 있었다. 내 온몸이 그 진동에 공명했다. 마치 전신안마를 받는 것처럼. 머리가 드럼 내부처럼 울렸다. 가슴이 기타 속에 들어가 있는 것처럼 반응했다. 삼십여 분 후 나는 얼이 빠져나간 사람처럼 차에서 내렸다.

"어때요?"

지도자는 수줍은 표정으로 내게 물었다. 나는 아무런 말도 할 수 없었다. 생각 같아서는 그를 껴안고 울고 싶었을 뿐이었다.

그들 그룹 중 나이가 가장 어린 삼십대 중반의 진짜 선생님, 아니 교사 임형빈씨가 있었다. 선생님은 어느 여름방학 때 문제학생으로 분류된 아이들과 전국일주 자전거 여행을 다녀왔다고 했다. 문제는

문제학생에게 있지 않았고 학생에게 '문제'라는 딱지를 붙이고 계도
하겠다는 시스템에 있다는 것이었다. 그는 그 일을 계기로 혼자서 전
국 해안선과 휴전선을 따라 자전거로 일주했다. 그가 직접 페달을 밟
으며 측정한 우리나라 국경선 총연장은 2607킬로미터였다.

'문제학생'으로 분류되었던 그의 제자 김은수는 고등학교를 졸업하
자 대학 입학을 포기한 채 혼자 자전거를 타고 세계일주를 떠났다. 그
는 중국 당나라 때 고구려 유민의 후예인 고선지 장군이 서역 정벌 때
넘었던 해발 4694미터의 힌두쿠시 산맥 다르호트령을 넘으며 찍은
사진을 SNS를 통해 스승에게 보냄으로써 '청출어람'의 고사를 입증
했다. 이어 실크로드를 거쳐 유럽, 아프리카와 남미를 돌았고 미 대륙
을 횡단한 뒤 종단했으며 자전거로 극지를 뺀 세계일주를 완성했다.
왜 그렇게 힘들고 오랜 여행을 했느냐고 묻자 그의 대답은 이랬다.

"재미있으니까요."

김은수의 'SNS 세계일주 중계'를 통해 알게 된 독일 프라이부르크
의 송이상 교수는 처음 만났을 때 다짜고짜 내게 알프스 산맥에 봉우리
가 몇 개 있는지 아느냐고 물었다. 정답은 없지만 송교수가 알고 있는
해답은 336,788개이다. 그중 송교수가 오른 봉우리의 숫자는 3752개
라고 했다. 송교수는 유학을 간 이십대부터 주말이면 등산에 적합하도
록 개조한 자신의 소형차를 몰고 가서 차에서 침식을 해결하며 알프스
의 봉우리를 올랐다. 교수가 된 이후로 방학 때에는 한꺼번에 수십 개
를 올라가기도 했다. 정년퇴임 후 하루 서너 개의 봉우리를 등정한 적
도 있었다. 82세의 그는 죽기 전까지 '5000봉 등정'이라는 생의 목표를
채우리라는 의지를 불태우고 있었다.

100세를 넘어선 지금까지 산에 오르는 '산 선생님'이 있다. 90년대 중반에 혼자 백두대간을 종주하던 중에 희양산에서 조령으로 오는 가파른 암릉 코스에서 한 치 앞도 알 수 없는 짙은 안개로 길을 잃었을 때 그분이 아니었다면 죽을 뻔했다. 산 선생님은 산에 다니던 사람들 사이에 회자되는 대로 이십대 초반의 예쁜 증손녀와 함께 있었다. 이들은 길이 험하거나 날씨가 나쁜 산길에서 사람들에게 구원의 손길을 내미는 것으로 유명했다. 이들의 배낭에 달린 은방울에서 나는 '딸랑딸랑' 하는 소리는 구원의 복음이나 다름없다. 구조를 받은 이후에 나도 산에 갈 때 방울을 매달고 다니게 되었다. 어쩌다 산속에서 들려오는 다른 방울 소리를 듣게 되면 가슴이 뭉클해진다.

지리산만 천 번을 올라간 사람이 있다. 영신 형수의 오빠, 죽은 영원 형의 처남이다. 그 또한 누구도 알아주지 않지만 산에서 어려움에 빠진 사람을 구조하는 역할을 자원한 사람이다. 그는 하루에 두 번 지리산 정상을 밟은 진기록도 가지고 있다. 1999년 12월 31일 밤, 2000년 1월 1일의 일출을 보려고 많은 사람들이 지리산 정상인 천왕봉으로 올라가고 있었다. 그날 역시 그는 혹시나 사람들이 조난사고라도 겪지 않을까 염려해 혼자서 구난장비를 꾸려서 천왕봉으로 올라갔다. 정상에 이르렀을 때 문득 영원 형의 기일이 그날이라는 생각이 들었다. 할 수 없이 산 아래로 내려와 통화가능 구역에서 전화를 걸어 확인해보니 제사는 이틀 뒤라는 것이었다. 그는 새벽에 다시 천왕봉까지 올라가서 자리를 잡았다. 다행히 그해에는 아무런 사고도 나지 않았다.

영신 형수는 사십대가 되기 직전 한국의 야산 3000개를 올랐다. 그중 40퍼센트가량은 이름이 없는 '무명봉'인데 정상 높이에 따라 '788고지' 하는 식으로 불리던 산봉우리에 그녀가 새로 이름을 지어주어서 지도에 정식으로 등재된 경우가 수십 개는 된다. 본인은 사양했으나 그녀의 이름을 딴 최영신봉, 영신산도 있다. 지금은 등산과 걷기를 정식과목으로 채택한 대안학교를 설립해 아이들을 가르치고 있다.

영신 형수의 학교에 갔다가 알게 된 사람이 이웃에 사는 '라이더' 조성호씨였다. 그는 어릴 때 읍내에서 말을 탄 기마경찰을 보고 반한 적이 있다고 했다. 몇 년 전 경마장에서 경주마로 뛰다 폐마가 된 말을 불과 이십여만 원에 불하받았다. 멀미가 심한 예민한 말을 자신의 집에까지 데리고 오는 데 무진동차량을 이용해야 했으므로 운송료부터 말값만큼 들었다. 매달 말에게 들어가는 사료비며 말을 건강하게 키우고 훈련시키는 데 들어가는 기본적인 비용이 말값의 몇 배가 든다. 승마에 필요한 장비나 복장, 마구간을 짓는 데 들어가는 비용은 치지도 않았다. 그는 한 달에 서너 번 그 말을 타고 사람들이 많이 모이는 장날을 골라 읍내까지 오간다. 어떤 소년이 자신을 존경스러운 눈으로 올려다봐줄지도 모르기 때문에.

고스톱의 최고수를 만난 적도 있었다. 그는 노름꾼, 프로 도박사가 아니고 점당 백원 이상의 고스톱을 친 적이 없다. 농산물 유통업에 종사하는 그는 단지 고스톱과 수학, 우연과 필연의 관계에 매혹되었을 뿐이었다. 그는 초창기의 고스톱 규칙에 여러 가지를 추가하기도 했는데 그중 일부는 훗날 전국 방방곡곡의 고스톱판에서 통용되기도 했다. 가령 난초와 홍싸리 열끗을 쌍피로 쓸 수 있게 하는 것과 '포고 4go'는 '쓰리고 3go'의 두 배로 한다는 것 등등인데 그가 아니었으면 오늘날의 고스톱은 재미가 훨씬 덜했을 것이다.

인터넷이 보급되면서 전 세계적으로 음악, 영화, 미술, 이야기, 정보, 지식 등 인간만의 문화가 파일 형태로 교환되고 엄청난 양과 속도로 전파되고 있다. 십여 년 전 내가 알게 된 바로는 클래식, 현대음악, 팝송, 민요, 록, 재즈, 블루스, 합창 등 대부분의 음악을 망라한 파일의 크기는 20페타바이트쯤이었다. 지금 매일 전 세계에서 생성되는 데이터량은 2.5엑사바이트로 소설책 6500억 권에 달하는 분량이다. 2020년에는 하루 생성 데이터가 지금보다 2만 배 증가한 44제타바이트까지 늘어날 것으로 예상된다고 한다. 하지만 나는 거기에서 나오는 공짜 음악은 거의 듣지 않았다. 평생을 쉬지 않고 들어도 20페타바이트의 백억분의 일, 곧 0.00000001퍼센트도 듣지 못하겠지만 그건 나와 관계없는 외계의 거대한 쓰레기처럼 느껴지기 때문이었다.

무엇엔가 제대로 미친 사람들에게는 그런 흔해빠진 쓰레기, 공짜를 백안시한다는 공통점이 있었다. 그들은 부자가 아니고 명성과 이익은 염두에 두지 않았다. 자신이 자발적으로 하고 싶은 일을 할 뿐이었다. 그들은 인간 뇌 속의 뉴런처럼 스스로의 일생을 인간의 황금기를 담고 기록하는 뉴런으로 만드는 것 같았다. 나는 그들처럼 창조적이거나 창의적인 적이 없었다. 그들을 좋아하고 그들을 만날 수 있었고 만남의 연쇄를 경험할 수 있었던 것뿐이다. 나는 그런 사람들, 인류의 신경세포에 미쳤다.

새롭게 그들 한 사람 한 사람을 알게 되는 것은 책을 접하는 것과 비슷했다. 책을 꺼내들었을 때의 무게와 냄새, 첫 장을 펼 때의 설렘, 페이지가 넘어갈 때의 조바심과 흥분을 사람들에게서 느꼈다. 사람을 만나고 알게 되고 부딪치고 그리워하게 되는 것은 결국 책을 꺼내서 읽고 생각하고 느끼고 책장에 다시 꽂고 기억하는 것과 비슷했다. 책과 사람, 음악, 모험, 자연 또다른 무수한 그 무엇들이 인간적 총체성의 네트워크에 닿아 있다는 것, 그걸 깨닫기까지 나 또한 나이가 들었다.

나는 각자 수만 권의 책을 소장하고 있는 장서가들을 알게 되었고 그들을 통해 지나간 세기 중반, 어느 전설적인 독서가가 마련해두었다는 비밀스러운 장소, 책의 황금향 혹은 성지로 불리는 서재가 있음을 알게 되었다. 쉰 살이 되던 겨울 어느 날, 나는 그곳으로 찾아갔다.

외삼촌의 서재는 내가 그곳을 떠났을 때와 달라진 게 거의 없이 그대로 남아 있었다. 새하얀 머리에 꼿꼿한 허리를 한 외숙모에게서 넘겨받은 열쇠로 문을 열고 안으로 발을 들여놓았다. 커튼을 걷자 삼십 년 전처럼 2월 오후의 햇빛이 비스듬히 쏟아져들어왔다. 나는 먼지를 아랑곳하지 않고 묵은 책에서 나는 냄새를 폐부 깊숙이 들이마셨다. 책장이며 책장에 꽂힌 책들은 내가 외삼촌에게 건네주고 외삼촌이 받아서 꽂은 그대로였다. 책장에 기대 세워진 사다리가 여전히 있었다. 나는 무심코 그 사다리로 올라갔다. 한 칸씩 올라갈 때마다 눈에 보이는 책이 늘어났다. 내 머리와 서가에서 가장 높은 칸이 수평을 이루었을 때에 나는 방을 내려다보았다. 낯설었다. 전혀 와본 적이 없는 장소 같았다. 그때 어떤 말소리가 머릿속에서 울려퍼졌다.

"생각보다 시간이 많이 지났구나. 그사이 무엇을 읽고 보고 들었느냐. 이 세상을 설명할 수 있는 단 한 권의 책, 그걸 찾았느냐?"

외삼촌이 내게 묻는 것 같았다. 나는 어찌할 바를 모르고 눈을 돌리다가 사다리 아래에 시선을 멈추었다.

"아, 아니요, 아직, 아직은 못 찾았어요. 잠시만, 잠시만요."

사다리 아래쪽에 나를 닮은, 십대 후반의 더벅머리 소년이 서 있었다. 답을 찾기 위해 이마를 잔뜩 찡그리고 눈을 외로 뜬 채 몸을 앞뒤로 흔들고 있었다. 껑충한 키에 비해 낡은 옷은 너무 작았고 튀어나온 무릎은 닳아서 반질거렸다. 소년이 안간힘을 써가며 입을 열었다.

"왕휘지가 밤새 바람과 어둠과 추위를 뚫고 배를 타고 친구의 집 앞까지 갔다가 왜 그냥 돌아왔는지, 그 대답은 알 것 같아요."

방바닥에서 반사된 오후의 햇빛이 부드럽게 소년의 얼굴을 비춰주고 있었다. 그의 대뇌에서 1000억 개의 뉴런, 1000조 개의 시냅스에서 신만이 계산할 수 있는 무수한 반응이 일어나고 찰나 사이에 우주에 있는 별의 숫자보다 많은 신호가 오가고 있을 것이었다. 나는 기다렸다. 기다릴 수 있었으니까. 이윽고 소년이 입을 열었다.

"왕휘지는 친구 대안도를 만나는 것보다 친구를 만나기 위해 호수를 건너간 자신의 마음이 훨씬 더 중요했던 거예요. 그 마음이 움직이는 대로 돌아간 거구요."

"그래, 알아냈구나. 결과보다는 과정이 중요하다는 걸. 결과는 과정에 숨어 있다는 것을."

나는 천천히 사다리에서 내려왔다. 내 손에 들려 있던 책은 『짧은 세계사A Short History of the World』였다. H. G. 웰스가 쓴. 그게 외삼촌이 염두에 둔 이피터미, '단 한 권의 책'이었다. 젊은 시절부터 수십 번을 되풀이해서 읽은 얇은 책은 표지가 나달거렸고 손때가 반질반질 묻어 있었다. 그 책을 어떻게 알고 골랐느냐고? 그냥 알아졌다. 수많은 사람을 만나고 생각하고 듣고 읽고 맛보고 냄새 맡는 동안 저절로 느끼고 알고 깨닫게 되었던 것들이 응축과 체현의 과정을 거쳐 먼지와 시간 속에 뒹굴고 있는 한 권의 책을 집어내게 만들었다.

어디선가 바흐의 〈작은 푸가〉가 들려왔다. 이웃집에서 음악을 듣고 있는 것일까. 아니면 소년의 외사촌이 연주하는 건지도 몰랐다. 상관 없었다. 어느 순간 어떤 음악이 누군가에게는 단 한 권의 책이 될 수 있다. 마침내 소년은 확신에 찬 목소리로 또박또박 말했다.

"단 한 권의 책을 찾는 과정이 단 한 권의 책이었군요."

어디선가 어린아이의 웃음소리가 들리는 듯했다. 아기의 걸음마를 격려하는 아버지의 소리도. 햇빛의 노란색이 짙어졌다.

"네 마음이 일어나 나를 찾아왔고 내 집에 그 마음이 들어와 벗끼 리 만나게 됐으니, 이제 내가 움직일 차례구나."

누군가 내 머리를 쓰다듬고 있었다. 서늘한 바람이 불어들었다.

"답을 맞혔으니 이 공간은 이제 너의 것이다. 나는 먼저 가서 기다 리고 있으마. 거기가 어딘든. 너 또한 나처럼 단 하나의 벗을 찾아내 기를 빌고 있겠다."

눈을 뜨자 소년도, 사다리도, 사다리 위의 사람도 보이지 않았다. 다만 내 손에 낡고 얇은 책이 한 권 들려 있을 뿐이었다.

나는 너다

N, 너는 2016년 9월 27일 오전 8시 15분 16초 현재 지구상에 존재하는 호모사피엔스 7,341,874,089명 가운데 1인. 1km²의 면적 안에 509명이 살아서 인구밀도 세계 3위의 국가에 사는 N. 41년하고도 두 달 조금 넘게 산 너는 '나이가 벼슬'이라는 유구한 전통을 가진 나라 한국에서 딱 중간의 나이지.

 지금 너는 스마트폰을 보며 길을 건너고 있다. 이미 세 번쯤 남모를 사람과 부딪혔고 두어 번은 아슬아슬하게 자전거가 피해 갔으며 한 번은 치명적인 차 사고를 당할 뻔했으나 너는 그걸 전혀 모른 채 지하철역에 들어섰다. 구름 같은 사람 사이를 필사적으로 파고들어 차에 오르고 자리를 잡고 난 뒤 다시 스마트폰을 보는 너.

 전세보증금이 조금이라도 싼 수도권의 아파트에서 네가 직장에 출근하기까지 마을버스-광역버스-지하철로 58분이 걸리고, 그건 OECD 회원국 평균 출근시간의 두 배가 넘는다. 너는 출근 전에 스마트폰을 보며 양치질을 하고 스마트폰을 식탁의 반찬그릇과 나란히 놓고 반찬보다 그걸 더 자주 보며 식사를 했지. 스마트폰으로 네가 뭘 얼마나 먹는지 계산해봤다. 너는 하루 평균 2074kcal를 섭취하는데, 그건 1998년 1933kcal에서 7.3% 늘어난 것. 이중 술로 섭취하는 에너지만 100kcal다. 맥주로 쳐서 200ml, '꿀꺽꿀꺽' 두 번 하는 양이다. 맥주 자체의 열량은 몸에 축적되지는 않고 배설이 된다니 살찌는 것과는 상관없을 것 같지만, 네가 좋아하는 '치맥'이 그렇듯 푸짐한 안주가 네 배를 맥주통 모양으로 만들어주는 중이지. 헤이, 아기라도 가진 사람처럼 자주 쓰다듬지 말라고.

호모사피엔스 1인당 하루 필요한 식량이 580g이라는데 너는 하루에 쌀 170g 남짓, 일 년에 70kg을 먹고 있다. 옛날에는 징병 적령자인 장정 한 사람이 한 해 한 섬, 160kg를 먹는다고 했는데 말이지. N 너는 육류를 일 년에 47.6kg 정도 먹는데 아버지는 네 나이 때 5.2kg밖에 먹지 못했다. 이런저런 지식을 너는 스마트폰 하나로 얻는다. 그게 밥상머리에서 꼭 필요하거나 궁금한 것도 아닌데.

사람이 밥만 먹고 살지는 않지. 짜장면도 떡볶이도 먹는다. 너는 작년 한 해 라면을 76개 먹었다. 일 년간 먹은 면류 중 라면이 전체의 69%이고 나머지가 국수, 냉면, 파스타 등등이지. 1인당 라면 소비량에서는 한국이 단연 세계 1위인데 그 뒤를 베트남, 인도네시아가 쫓고 있다.

21세기 초에 미국인 61%가 과체중이었다. 한국인은 지금 60%가 자신이 과체중이라고 믿고 있고. 공장식 축산, 기업형 농장이 값싸게 먹을거리를 쏟아내고 필요 이상의 고열량을 공급하기 때문이다. 소화하기 쉽도록 곱게 간 밀가루, 부드럽게 가공한 음식, 더 높게 농축된

열량이 마트의 매장과 식당에서 우리를 기다리고 있지. 이제 사람들은 사과를 사과로 먹지 않고 주로 사과주스로 마시지. 그 사과주스에는 주문하지 않은 액상과당이, 합성향료, 착색료, 보존료가 들어갔을 수 있고. 그거 알아? 부드러운 음식을 먹을수록 허리가 더 굵어진다는 걸. 그 결과 일찍 죽는다고도 하지. 요점은 음식이 가공되지 않을수록 몸에는 좋다는 것.

　네가 밥이든 고기든 술이든 편히 먹으려면 기본적으로 필요한 게 있다. 밥상, 그릇, 수저, 요리해주는 사람…… 무엇보다 돈이 있어야지. 돈, 돈, 돌고 돈다는 돈. 전문용어로는 '소득'이라고 하던가. IMF 통계로 2016년 기준 한국의 GDP는 1조 3212억 달러이고 1인당 소득은 25,990달러. 국가 경제력 순위는 미국, 중국, 일본, 독일, 영국, 프랑스, 이탈리아, 브라질, 인도, 캐나다 다음인 11위이고, 1인당 국민소득은 10만 달러가 넘는 룩셈부르크, 5만 달러를 상회하는 미국, 인구 30만을 조금 넘는 아이슬란드(56,114달러), 일본(34,871달러) 등등의 뒷자리인 28위. 자랑스러운가, N? 내 손에 쥐어지는 건 그게 아닌데 무슨 이웃집 포메라니안 짖는 소리 같은 숫자놀음이냐고?

　N, 너는 맞벌이하는 아내, 초등학생 딸 해서 세 식구고, 2016년 1분기 월평균 가계소득이 455만 원이라는데 그건 너와는 별 상관없고, 네 주먹 속에 뭐가 들어 있는가가 중요한 거지. 신경쓰이는, 신경써야 할 통계는 따로 있다. 국회입법조사처에서 2012년 기준 한국의 상위 10% 소득집중도는 44.9%로 아시아 주요국 중 가장 높은 '수치'이며 영광스럽게도 전 세계에서 미국(47.8%) 다음으로 높은 수준이라고 발표했다.

세계선수권으로 쳐서 한국의 인구밀도는 동메달, 한국인의 라면 소비량과 출근시간이 금메달인데, 드디어 은메달도 나타났다. 2012년 통계지만 올라가면 올라갔지 낮아지지는 않았을 터, 체감하기로는 50%를 넘었다. 상위 10%가 전체 국민소득의 절반 가깝게 가지고 가고 나머지를 두고 90%가 피 터지게 경쟁하는 상황이니 '헬조선'이라고 불리는 거지. '헬조선민'의 1인당 연간 소득은? 2016년 소득을 가지고 2012년 소득집중도에 단순 대입해 계산하면 12,866달러. 이건 54위 칠레와 55위 폴란드 사이. 상관없는 이야기지만 한국의 FIFA 랭킹은 2016년 9월 현재 49위로군.

한국 국민의 가계부채 규모가 1250조 원을 돌파했는데 네 가족은 딱 6181만 원의 빚을 지고 있다. 넌 그것도 아주 선방한 것이라 생각한다. 한국보다 가계부채 비율이 높은 나라는 덴마크, 노르웨이, 스웨덴, 아일랜드 등등인데 이런 나라들은 한국과 비교할 수 없이 사회복지제도가 잘되어 있지. 자녀 1인당 양육비가 3억씩이나 들지도 않고.

어쨌든 부부의 연소득 일 년 치를 한푼도 쓰지 않고 모은다 해도 빚은 절대 갚을 수 없다. 의식주에 한푼도 쓰지 않고 '헬' 아닌 이승에 일 년 아니라 일주일도 존재할 수가 없다는 게 사소한 문제다. 이승에 없는데 무슨 수로, 왜 빚을 갚나.

그래도 N, 너는 사랑하는 사람과 결혼을 했고 눈에 넣어도 아프지 않을 아이가 있고 집도 있고 직장인으로 순탄하게 살아왔으니 성공한 편에 든다고 생각한다. 지금 직책은 과장이지만 임원이 될 가능성도 있다! 확률은 1%가 되지 않지만.

N, 너는 업무중에도 습관적으로 스마트폰을 들여다보는구나. 실시

간 검색어, 뉴스 랭킹에 따라(주로 네 생계와는 아무런 상관이 없는 연예인 가십이나 예능 프로그램에 관한 것이지만), SNS(라고만 하면 너무 간단하고 네가 스마트폰으로 접하는 것만 해도 카톡, 페북, 인스타, 트위터, 카스, 밴드, 텔레그램⋯⋯)를, 인터넷 포털(지식인, 뉴스, 블로그, 카페, 커뮤니티⋯⋯), 게임, 영상을 보고, 스포츠·전쟁·테러·선거의 생중계를 실시간으로 보고, 사지 않을 아웃도어 신발 '신상'을 살피고 '핏'이 좋은 옷을 보고, 어느 때는 그저 멀거니 '사이버 방랑'을 하고 있고, 핫이슈에 달린 댓글까지 꼬박꼬박 읽는다. 구글이나 네이버 같은 대기업이 무료 검색엔진을 제공하는 건 인류애가 넘쳐서가 아니지. 광고주들이 원하는 수많은 마케팅 정보를 제공할 수 있게 해주려는 것. 온라인에 넘치는 돌팔이와 사기꾼, 사이비 종교 지도자, 가짜 전문가들에게 한번 주의를 분산해 업무에 방해를 받았다 다시 집중하는 데 걸리는 시간은 30분. 그러다 상위 10%에 진입할 기회를 누군가에게 빼앗기고 있다. 물론 그것도 네 탓은 아니다.

상위 10%의 10%의 10%⋯⋯의 그들은 네가 스마트폰에 들이는 시간과 주의력 같은 '가난한 과부의 동전 두 닢'을, 하위 90% 이하의 절대다수에게서 얻어냄으로써 부와 권력을 얻는다. 유권자가 하나씩 가진 표를 모으고 서민의 지갑에서 알뜰하게 세금을 빼가고 정보, 데이터, 물, 불, 사회 인프라, 자원, 땅, 환경, 시대, 불안, 불화, 평화를 제 것인 양 소매가로 팔아서 그들만의 거대한 철옹성을 쌓는다. 하위 90%에 속한 그 누구도 넘지 못할 영구불멸의 진입장벽을 설치한다. '지금 이대로 영원히'라는 슬로건으로 성벽을 두른다.

그들은 인생의 중요한 단계에서 놀라운 집중력을 발휘해 시험을 통과하고 맨 앞에서 내달렸다. 남들의 머리 위, '수석'에 일단 올라선 뒤로는 그들끼리의 '메이저리그'를 형성하고 무법, 탈법, 초법, 비법, 불법을 가리지 않고 그 자리를 지켜왔다. 마치 자신은 그런 운명을, 유전자를 타고난 듯 당연하게. 연민과 염치의 유전자는 결락된 채. 그런 그들 앞에서 너는 이럴 수도 없고 저럴 수도 없어서 스마트폰을, 스마트폰만을 보고 있는 게 아니냐.

넌 잠에서 깬 새벽부터 잠들 때까지 스마트폰을 본다. 아침 먹으면서 보고 점심 먹으면서 보고 간식 먹으면서 보고 저녁 먹고 회식하면서 보고 퇴근하면서도 본다. 너는 보고 또 본다. 스마트폰은 네 시간과 지각과 판단력의 요람이자 무덤이다.

넌 앞으로 40년하고도 두 달 정도를 더 살 거다. 그중 건강하게 살 시간은 25년이 남았다. 스마트폰과 함께, TV와 함께, 카페인과 함께, 도파민과 옥시토신과 세로토닌과 멜라토닌, 코르티솔, 아세틸콜린, 노르에피네프린, 글루탐산, 엔도르핀과 함께. 기능성식품, 비만, 불면증, 대사성 질환, 요요현상, 수면제, 알코올 중독, 다이어트 중독, 약물 중독, 탄수화물 중독 등등과 살아갈 거다. 정백당, 정백미, 정백밀가루, 정백염, 백색 화학조미료, 트랜스지방, 항생제, 설탕, 액상과당, 잔류농약, 방부제, 유전자변형식품, 인공착색제, 인공감미료를 피하려 애쓰면서. 기아로 죽는 사람보다 비만 때문에 죽는 사람이 더 많아진 세상에서. 이대로. 정말? 이대로?

네가 얼마나 어렵게 이 세상에 왔는지 계산해볼까. 너는 네 부모가 사랑에 빠진 결과 한 개의 난자세포와 한 개의 정자세포가 수정됨으로써 새 생명으로 태어날 수 있었다. 3억 마리의 정자가 초속 4mm의 속도로 필사적인 경주를 벌였고, 그중 일착으로 난자에 도달한 정자는 머리끝에서 효소를 생성해서 난자를 둘러싼 젤리층의 보호막을 녹인 뒤 난자 속으로 들어갔지. 수정된 난자는 12일 동안 자궁으로 이동한 뒤 착상하는 과정을 거쳤다. 너는 1,000,000분의 1g의 수정란에서 생명이 시작되어 266일 동안 자궁 안에서 영양을 공급받아 발육을 계속한 끝에 수정란 무게의 30억 배인 3kg이 넘는 아기가 되어 탄생한 몸이시다…… 로또에 당첨될 확률보다 수백 배 낮은 확률을 뚫고 세상에 나온, 기적적 존재, 아니 기적 그 자체다.

탄생뿐 아니라 너의 첫 호흡, 너의 옹알이, 울음, 까르르하는 웃음, 뒤집기, 처음으로 '엄마 아빠'라고 부른 것, 네 손으로 물을 마신 것, 너의 그림·노래·글·춤·연기, 첫사랑, 열 번의 프러포즈, 아홉 번의 이별 그 모두가 신비 그 자체. 너의 시간, 너의 삶, 너의 일상은 오직 하나뿐이고 유한하고 부스러지기 쉽고 그래서 고귀하다. 너는 무엇과도 누구와도 바꿀 수 없는 존엄성 그 자체다.

자살률이 OECD 국가 중 부동의 1위인 나라, 인구 10만 명당 28.5명이 자살로 죽는 나라에 너는 살고 있다. 권력 비리, 법조 비리, 경제 비리, 방산 비리, 채용 비리, 병역 비리, 세무 비리, 측근 비리, 친인척 비리, 사학 비리, 조선 비리, 급식 비리, 아파트 관리비 비리, 공직자 비리, 하청 비리, 종합세트 비리를 은퇴 없는 로봇처럼 저지르면서도 반성과 연민과 공감의 능력이 결핍된 상위 10%의 10%가 지배하는 나라이지만, 매일 매시 매분 매초 열받는 일로 겨울 난방비를 절약하게 해주는 이 나라, 이 시대에도, 이 더러운 역사 속에서도 사는 것이 죽는 것보다 훨씬 가치 있다.

과거와 미래가 현재보다 행복할 리 없지만 사람들은 그렇게 믿는다. 현실이 힘들면 호모사피엔스의 뇌는 그렇게 작동한다. 과거나 미래가 아닌 현실에서, 지금 여기 이 시간 좀처럼 행복할 수 없는 상황에서 그저 7,341,896,144명 가운데 1인, N분의 1로 산다는 게 N, 1km²의 면적 안에 사는 나와 비슷한 508명과 살아간다는 게 N, 누군가를 사랑하고 보살피고 만나고 어울리고 이별하고 다시 만나고 N, 너 스스로를 저버리지 않고 포기하지 않고 살아가는 것, 사는 것이 잡은 줄을 탁 놓아버리는 것보다 훨씬 더 어렵고 귀한 것이다.

상위 10%의 10%의 10%의 10%라 할지라도 네 기적적인 현존에 비하면 발가락 사이의 때만도 못한 것. 쇼윈도에 진열돼 화려한 자태를 뽐내다가 성공의 태양에 가장 먼저 빛이 바래고 폐기물 처리장으로 가거나, 고속압축성장으로 백열등의 필라멘트처럼 가늘고 떨리는 전성기를 맞은 뒤 돌연 내파하거나 끊어져버리는 그들의, 그들이 보여주는 리얼리티 순도 100%의 드라마를 관람할 기회를 놓치지 않기 위해서라도 '오래 살고 볼 일'이다. 위선적 말종들의 지뢰와 폭탄이 곳곳에서 터질 때 멀찍이 떨어져서, 그들이 남긴 우람한 똥무더기와 장엄한 크기의 쓰레기를 밟지 않으려고 조심하면서, 부디 오래. 너절하고 거지같은 그들의, 그들끼리의 리그가 무너지고 스러져 바람 속 먼지처럼 흩날리는 것을 보기 위해 더 오래. 아주 오래오래, 살아 '영화'를 보려, 깨달음의 드높은 세계로 가는 일은 나중으로 미루고 기대여명 따위 훌쩍 넘어 천년만년 살아남으라. 살아남는 것이 이기는 것.

N, 너는 나다. 나의 모든 사랑이며 영원한 전부인, N.

N.

스토리텔링 애니멀

노태훈(문학평론가)

—형님, 문학이 별거예요? 그냥 노가리 까고 생각나는 걸 글로 쓰면 문학이지. 문학은 말로만 해도 되니까 과외나 비싼 레슨 받아야 하는 그림이나 음악보다 훨씬 쉽죠.(「블랙박스」, 38~39쪽)

　　아마도 이 소설집에서 가장 인상적일, '박세권'의 일갈로부터 이 글을 시작해보자. 소설을 사실상 대필하고 있는 그는 소설가 '박세권'을 향해 구구절절 통쾌할 정도로 맞는 말을 쏟아내는데, 곰곰이 생각해보면 이 날카롭고 속시원한 말들은 또 틀린 것이기도 하다. 문학은 "별거"일 때가 제법 많고, "그냥 노가리 까고 생각나는 걸 글로" 썼다간 웬만해서는 작품이 될 수 없기 때문이다. "말로만 해도 되"는 장르이지만 바로 그래서 누구나 할 수 있고, 그러므로 사실 오히려 더 어렵다.

　　문학, 그러니까 좀더 정확히 말해 소설의 입장에서 보자면, 어쨌든 이야기를 만들어내는 것, 그래서 그 이야기를 독자로 하여금 읽게 만드는 것이 소설의 모든 것이다. 이 방면에서 늘 성석제는 선두에 있어왔다. 일군의 한국 소설 작가들에게 탁월한 이야기꾼이라는 수식어가 그리 낯선 것은 아니지만 성석제처럼 실로 다양한 방식으로 이를 증명해온 작가는 아주 드물다. 성석제가 그동안 왕성하게 발표해온 작품들을 두루 살펴보면 그에게는 소설의 소재도, 형식도, 길이도 별로 중요하지 않았던 것 같다. 특히 특유의 희극성을 바탕으로 밑바닥의 삶에 가닿은 그의 작품들은 이미 일가를 이루었다고 해도 과언은 아니다. 그는 마치 천부적인 감각을 지녔다는 듯 능청스럽게 이야기를 늘어놓지만, 이번 소설집에서도 잘 드러나듯 쉽게 쓴 소설은 한 편도 없다. 단편 하나에 쏟아붓기에는 아깝다는 생각이 들 정도의 서사적 양量부터가 압도적이거니와 매 작품이 머리를 무수히 쥐어뜯을 정도의 고민 끝에 써낸 소설들임은 군데군데 드러난다. 그러면서도 동시에 문학적이어야 한다는 강박 없이, 문체나 어휘에 불필요한 기교를 부리지 않고, 형식과 구성에도 별로 구애받지 않고, 그저 '이야기를 쓴다'는 점에서 확실히 그는 돌올하다.

예전의 성석제를 떠올리면 이번 소설집에서, 그야말로 낄낄거리면서 눈을 떼지 못한 채 읽는 맛은 조금 덜할 듯하고, 또 어떤 독자들은 이 소설집의 작품들이 조금 올드하다고 느낄지도 모르겠다. 하지만 나는 이번 소설집에서 올드한 것이 꼭 나쁜 것은 아니라는 사실을 이 작가가 충분히 증명하고 있다고 생각한다. 폭발적이거나 충격적이지 않더라도, 완전히 새롭거나 아주 신선하지 않더라도, 정통 단편소설의 미학이 여전히 힘을 가질 수 있다는 점 역시 보여주고 있다고 느낀다. 잘 알려져 있듯 성석제는 의심할 여지 없는 프로 소설가이고, 이 야기에 한해서는 맹수에 가깝다. 소설의 세계에 들어서면 그는 동물 적으로 알고 있는 것이다.[*] 어떻게 하나의 이야기가 완성되고, 그것이 한 편의 소설이 될 수 있는지.

찬찬히 이 소설집에 실린 작품들을 두루 살펴보자. 「블랙박스」는 소설가라면 누구나 상상해봤을 법한 이야기다. 소설이 도무지 써지지 않는 소설가와 그 고민을 단숨에 해결해주는 어떤 인물의 구도는 꽤 익숙한 것이기도 하다. 결국 모종의 거래가 파탄나고, 그 순간 '진짜' 소설가는 '인물'을 죽인다. 이러한 구도 속에서 사실 우리가 주목해야 할 것은 '블랙박스'라는 소재이다.

차를 타고 다니면서 사진을 찍거나 녹음을 하거나 메모를 하는 건 주의가 분산되고 위험하고 번거로운 일이지만, 블랙박스를 달면 입으 로 말만 하면 원할 때 그걸 다시 돌려볼 수 있었다. 내가 모르는 내 삶, 내가 모르는 의식의 변화를 지켜보는 게 가능해질 것 같았다. 가령 내 가 죽을지도 모를 교통사고를 당하기 직전에 어떤 표정일지, 그런 사 고가 어떻게 일어나고 또 어떻게 내가 모르는 채로 아슬아슬하게 사고 를 모면하는지 알고 싶었다. 내가 그 차의 전 주인처럼 제 운명에 잡아 먹히는 순간을 블랙박스가 기록한다면 살아 있는 사람들은 어떤 기분

---

[*] 해설 제목에 쓰인 '스토리텔링 애니멀'은 맥락은 조금 다르지만 조너선 갓셜의 『스토 리텔링 애니멀—인간은 왜 그토록 이야기에 빠져드는가』(노승영 옮김, 민음사, 2014) 에서 가져왔다.

으로 그 기록을 볼까. 어쨌든 블랙박스가 있고서야 그 모든 흥미로운 일이 가능해질 것이었다. (「블랙박스」, 11~12쪽)

이 작품에서 소설쓰기의 괴로움이나 그들의 위태로운 거래를 지켜보다가 우리가 정작 놓쳐버릴 수 있는 것은 '블랙박스'라는 기기를 통해 드러나는 소설가의 욕망이다. 사건이 일어나기 직전의, "내가 모르는" '나'를 관찰할 수 있다는 기대는 마치 죽음의 순간이 궁금해 죽음을 결행하는 위험한 욕망처럼 느껴진다. 하지만 이야기에 굶주린 소설가라면 스스로를 파괴하는 한이 있더라도 사고를 앞둔 '블랙박스'가 되고 싶지 않을까. 그것도 이 소설의 주인공처럼 이토록 간절하게 말이다.

「사냥꾼의 지도」를 읽으면 성석제의 소설들이 어떤 방식으로 주조되는지 어느 정도 짐작할 수 있다. 그는 하나의 소재를 붙잡은 순간, 모든 촉수를 동원해 짐승처럼 돌진한다. 디테일을 확보하고, 개연성을 부여한 뒤, 사건을 종결시킨다. 이것이 성석제의 서사 전략이다. 이를테면 그는 아비뇽이라는 지역에 관해, 그곳에서 열리는 연극제에 관해 거의 모든 정보를 제공한다. 그리고 '나'가 왜 이곳에 오게 되었는지 '나'의 입을 빌려 명쾌하게 서술한다. 그런 다음 뒤돌아보지 않고 '자전거'를 타고 곳곳을 질주한다. 그는 어떤 것도 애매하거나 모호하게 두지 않고 때때로 지나칠 정도로 자세하게 상황을 전달한다. '나'의 시선으로 아비뇽을 샅샅이 훑어가는 작품의 전개를 보노라면 이것이 소설이라기보다 아비뇽 여행기에 가깝다는 생각을 갖게 되는데(실제로 그런 의도를 갖고 기획된 작품이기는 하다), 성석제는 이 소설을 그저 이국에서의 여행기로만 남겨두지는 않는다.

> 낯선 장소에서 길을 잃었을 때, 너 자신을 잃어버린 것 같을 때 머릿속에서 수많은 사람이 소리지르는 걸 들어본 적 있어? 벌통 속에서 수없이 많은 벌이 윙윙대듯이. 사실은 혼자야. 저 혼자 여러 명의 목소리로 외치고 있는 거야. (「사냥꾼의 지도」, 179쪽)

아마도 그냥 쉬이 지나쳐버렸을 소설의 서두를 다시 읽어보면, 성석제가 마련한 이야기의 성격이 조금 드러난다. 그는 '길 잃기'를 통해 낯선 장소에 대한 감각을 환기시키면서 스스로 믿었던 정보—구글 지도와 같은—가 혼란과 곤란을 가져다줄 때 진짜 '혼자'가 된다는 사실을 말해준다. 그것도 단순한 혼자가 아니라 "저 혼자 여러 명의 목소리로 외치고 있는" 혼자 말이다. 길을 잃었을 때, 그제야 우리는 결국 모두 혼자라는 사실을 새삼스럽게 자각하게 되는 경험이 여행임을 그는 말하고자 했던 것일까. 성석제는 소설의 마지막 장면에서 넌지시 알려준다. 길을 잃은 '나'가 설령 그 스스로 위기를 헤쳐나왔다고 하더라도 그의 손에 '사냥꾼의 지도'가 남아 있었다는 것을. 즉 우리는 각자 혼자여도 끝내 혼자로만 존재할 수는 없다는 것인데, 그러고 보면 이 소설 자체가 친구에게 쓰인 편지임이 눈에 들어온다.

「몰두」는 "세상을 단 한 권의 책으로 이해해야 한다면 너는 이 책 중에서 어떤 책을 읽겠느냐"(221쪽)는 질문에 대답하는 소설이다. 그 질문에 대답하는 과정에서 '나'가 만난 수많은 '몰두자沒頭者'들이 나열된다. 장서가 외삼촌은 물론이거니와 음악에 미쳐 있는 '영원 형',

매일 일정한 시간에 일정한 분량의 원고를 쓰는 '남자', 천재 클래식 기타 연주자 '이상진 소위', 나무나 풀에 관해 모르는 것이 없는 '이병장', 어마어마한 식사량을 가진 '박상병', 음瘋에 미친 '김병일'과 오프로드 차량 마니아인 그의 팔촌 동생, 그리고 그 둘을 접목시킨 '지도자', 산山에 미친 사람들, 고스톱의 최고수 등. 이런 '몰두자'들에 대해 성석제는 이렇게 쓴다.

> 무엇엔가 제대로 미친 사람들에게는 그런 흔해빠진 쓰레기, 공짜를 백안시한다는 공통점이 있었다. 그들은 부자가 아니고 명성과 이익은 염두에 두지 않았다. 자신이 자발적으로 하고 싶은 일을 할 뿐이었다. 그들은 인간 뇌 속의 뉴런처럼 스스로의 일생을 인간의 황금기를 담고 기록하는 뉴런으로 만드는 것 같았다. 나는 그들처럼 창조적이거나 창의적인 적이 없었다. 그들을 좋아하고 그들을 만날 수 있었고 만남의 연쇄를 경험할 수 있었던 것뿐이다. 나는 그런 사람들, 인류의 신경세포에 미쳤다. (「몰두」, 251쪽)

설령 그것이 아주 사소하고 보잘것없는 종류라고 할지라도 그것에 깊이 빠져 보통 사람들과는 다른 '능력'을 소유하게 된 사람들이 있다. 우리 모두 잘 알고 있듯, 그러한 사람들에게 부분적으로나마 긍정적인 시선이 부여되기 시작한 것은 그렇게 오래되지 않았다. 미쳤다거나 광기가 있다는 식의 표현은 사회로부터 인정받는 '정상적'인 분야가 아니라면 대체로 부정적인 의미를 띠는 것이었다. 성석제는 "새롭게 그들 한 사람 한 사람을 알게 되는 것은 책을 접하는 것과 비슷했다"(251쪽)고 쓰고 있다. 그리고 세상을 이해할 "단 한 권의 책"으로 『짧은 세계사A Short History of the World』*를 집어낸다. 마치 이 소설이 그렇듯, 『짧은 세계사』는 세계사의 주요 국면들을 간략하게 서술해 기원전 세계의 시작으로부터 저자 본인이 사망한 1946년까지의 역사를 한 권에 담아놓은 책이다. 이를 통해 우리는 성석제가 생각하는 "인간적 총체성의 네트워크"(252쪽)를 짐작할 수 있다. 그는 위대한 삶의 진리나 거창한 목표가 존재하는 것이 아니라 그저 개별적인 각자의 삶들이 한데 엉켜 세계를 구성하고 있으며, 바로 그것이 결국 '총체성'이라고 여기는 것 같다. 그러니 두서없이 '몰두자'들을 열거하고 있는 듯한 이 소설이야말로 이른바 총체적 서사라 이름 붙일 수 있을지 모른다. 외삼촌과 조우하는 소설의 마지막 장면은 사실 여러모로 좀 아쉬운 면도 없지 않지만, 다양한 '몰두자'들의 군상은 곧 소설가로서의 성석제가 인물을 대하는 방식과도 같아 보여 흥미롭다. "나는 그들처럼 창조적이거나 창의적인 적이 없었"지만 "그들을 좋아하고 그들을 만날 수 있었고 만남의 연쇄를 경험할 수 있었"다는 것은 곧 소설가가 소설의 인물을 대하는 태도가 아닐까. 나아가 그것은 소설이 미리 어떤 주제의식이나 뚜렷한 의도를 가질 필요 없이 한 인물의 삶을 그저 보여주는 것으로 족하다는 확신일지도 모른다.

「먼지의 시간」에서 'M'을 바라보는 '나'의 시선이 이를 잘 보여준다. '나'는 애초에 'M'을 찾아가는 동행길이 마음에 들지 않았던데

---

* H. G. 웰스의 이 책은 『웰스의 세계문화사』(지명관 옮김, 가람기획, 2003)라는 제목으로 출간된 바 있다.

다가 "세속의 번잡을 피해 깊은 산중에서 자연과 우주의 순리에 따라 살고 있는 이 시대의 정신적 스승"(46쪽)을 자처하는 'M'이 탐탁지 않다. 계속되는 'M'의 허언과 고압적인 태도에 '나'는 점점 인내심을 잃어가는데, 하룻밤을 보내자 '나'는 마음속에서 전에 없던 호의가 싹트는 것을 느낀다. 'M'에 대한 절대적인 믿음이 불신으로 바뀌어버린 'Q' I' 부부와 달리 '나'는 'M'이 어쩌면 이곳에서 자신의 몫을 한 것이고, "그의 오만과 자화자찬은 거기에 비하면 사소하고 용납할 수 있는 게 아닐까"(71쪽) 하고 생각하게 된다. 이러한 변화는 'M'이 보여주는 일관성에 기인한다고 볼 수 있는데, 그는 함께 지내는 1박 2일 내내 "오만과 자화자찬"을 버리지 않고 자신의 속내를 가감 없이 솔직하게 드러낸다. 그 태도는 속셈을 알 수 없는, 그래서 결국 갈등이 폭발하는 'Q' I'와 대조적이기도 하다.

"내가 갈 데 못 갈 데 다니면서 겪어봐서 다 알지. 기회를 잡으면 꽉 붙들어서 자기 걸로 하는 게 절대적으로 중요해. 그다음에 남들은 기어오를 생각을 못하게 진입장벽을 높이 쌓아야 해. 그뒤로는 적당히 베푸는 척하고 적당히 폼 잡고 잘 버티는 거야. 유명하고 성공한 사람들 다 그래. 예나 지금이나. 안 그래요?"(「먼지의 시간」, 78쪽)

'나'는 'M'이 건네는 거침없는 말들에 어느덧 적응한다. 스스로를 합리적인 인간이라고 믿고, 영성靈性이나 포스force 따위에 코웃음쳤던 '나' 역시 'M'과의 대화에서 자신의 속물성을 확인했기 때문이다. 자기 자신의 속물성을 인정하고, 자연과 우주에 의탁해 그것을 과장과 허언으로 위장하는 'M'이 어쩌면 끝내 자신의 속물성을 인정하지 않으려는, 그래서 그것이 속에서 곪고 있는 '나'보다 더 나은 것이 아닐까 하는 깨달음은 비단 '나'만의 것은 아닐 것이다. 마지막 장면에 이르면 우리는 M에 대해 묘한 애정 같은 것을 갖게 되는데, 그 여운이 꽤 오래간다.

「골짜기의 백합」을 이어서 읽어보자. 아마도 작가가 성석제라면 독자 입장에서 기대하는 소설이 이런 작품이지 싶다. 밑바닥 삶에 대한 거침없는 묘사, 뒤돌아보지 않고 밀고나가는 서사, 돈과 사랑, 핏줄로 엮인 지긋지긋한 관계들. 주인공 '이소동李蘇同'의 일대기가 펼쳐질 때, 우리는 그 타락한 삶에 대해 모종의 연민을 갖게 된다. 유흥과 향락으로 탕진해버린 '이소동'의 인생과 노름으로 모든 것을 잃어버린 '선녀'의 인생은 이제 죽을 때까지 카지노촌에서 빚을 갚아야 하는 행로를 걷겠지만 '이소동'의 목소리에는 분노나 절망이 별로 느껴지지 않는다.

아니 왜 그런 눈으로 사람을 봐? 시커면 얼굴에 다 쭈그러진 몸이 무슨 담보가 되냐고? 이봐요, 내가 술만 며칠 안 마시고 세수 좀 신경써서 하면 남자들이 전부 나만 쳐다봐요. 귀찮아서 안 하는 건데, 왜들 이러셔. 그런데 말이오, 손님이 보다시피 내가 아직까지 술을 못 끊었어.

나나 저 아이나 다 겪어보고서 알게 된 거지만, 사람은 죽도록 저 하고 싶은 것만 하다가 죽을 수도 있고, 그걸 안 하는 것만 가지고도 행복할 수 있어요. 생각하면 인생이라는 건 얼마나 모를 것인가요? 누구에게나 단 한 번뿐인 도박판이니 짜릿짜릿하지요. (「골짜기의 백합」, 136쪽)

이 대목이 소설을 특별하게 만든다. 성석제의 인물들 중 이런 유의 인물에게는 반성이나 후회 같은 것이 거의 느껴지지 않는다. 삶의 가장 추악한 곳까지 내려가본 사람들만이 가질 수 있는 일종의 자부심이 이들을 감싸고 있다. 그들은 일견 당당해 보이지만 사실은 모든 것을 체념한 상태이고, 또 동시에 여전히 '한 방'을 기대하고 있다.

그런가 하면 「매달리다」의 주인공은 끝없이 고통 속에서 신음하는 인물이다. 바닷가에서 배를 타며 자란 소년이 한 여자의 남편이자 한 아이의 아버지가 되었고, 그렇게 평온하고 안락한 일상이 계속되는 듯했다. 그러나 엄혹한 시대는 남자를 간첩으로 오인받게 했고, 그는 극심한 고문 끝에 수감되어 15년의 징역을 선고받는다. 가정이 파탄난 것은 물론이고, 자신을 둘러싼 모든 것을 상실한다.

"사랑하고 좋아하는 아들님. 이 애비는 너에게 인생을 팔아서도 갚을 수 없는 피해를 줬습니다. 미안하고 미안합니다. 그러나 이제 옛일을 다 잊고 가족 간에 사랑하며 오순도순 살아가자꾸나. 이제부터 우리는 한식구가 되어 영원히 헤어지지 않을 겁니다. 잘 부탁합니다."
(「매달리다」, 101쪽)

감옥에서 나온 뒤 그는 아들에게 전할 말을 수첩에 적고 달달 외우며 아들을 찾는다. 아니 기다린다. 아들은 군에서 제대해 그를 찾아왔고, 그는 연습한 말은 하지도 못한 채 아들과 여러 날을 그저 함께 보낸다. 그리고 부자의 연을 끊기로 한 채 아들은 떠나가고, 그길로 자살한다. 다시 십여 년이 지나 결국 무죄선고를 받아낸 그는 아들을 찾지만, 죽었다는 사실만 접할 수 있었을 따름이다. 그는 다시 나무에 몸을 매달아 고문의 고통 속에 자신을 가둔다. 평온한 몸으로는 도저히 견딜 수 없고, 육체적으로 가해지는 고통이 자신의 괴로움을 줄여주기 때문이다.

시대와 국가, 그리고 이념의 폭압 아래 처참히 부서지는 개인의 삶에 관한 이야기는 흔하다면 흔할 수 있는, 아주 새로운 것은 아니다. 당장 이 작가의 『투명인간』(창비, 2014)만 떠올려봐도 그렇다. 그러나 성석제에게 이 소설은 좀 특별해 보인다. 이토록 고통과 절망에서 신음하고 어떤 희망도 존재하지 않아 보이는 인물은 좀처럼 없었기 때문이다. 그는 사건의 황당함이나 추악함을 강조해 희극성을 부각시키는 것이 아니라 그 사건 이후, 길게 남은 상흔을 처절하게 그려내 비극성을 표현하는 것에 중점을 두고 있다. 물론 성석제의 전작들에서 그러한 경향이 없었던 것은 아니지만 이 작품은 조금 더 '아픔' 쪽으로 향하는 작가의 변화가 아닐까.

변화의 기운은, 아마 이 소설집에서 가장 독특하다고 할 수 있을 「미리도 괴리도 업시」에서 더욱 느껴진다. 그것은 당연히 동성애를 직접적으로 다루고 있기 때문에 그렇다. 「첫사랑」에서 동성애자인 '너'를 등장시킨 것이 이십여 년 전쯤이니 어쩌면 이 소설은 꽤 묵혀둔 이야기라고도 할 수 있겠다. 이 작품에서도 나를 강렬하게 흔드는 것은 '너'이다. 언제나 '나'에게 친절하고 다정했던 '너'는 이제 금발의 게이 애인을 둔 화가가 되어 있다. 이 소설이 주목하는 것은 '너'를 통해 흔들리는 '나'의 정체성이다. 대학생 때 옷을 모두 벗은 채 '너'

와 '나'를 포함한 남자 넷과 여자 한 명이 뒤엉켜 잤던 경험은 실제로 어떤 일이 일어났었는지 알 수 없지만, 또 그래서 더욱 '나'에게는 "최악의 황음荒淫"으로 남아 있다. 이후 한동안 '너'를 만나지 않으면서, 또 5년 만에 '너'를 만나 편지를 주고받기 시작하면서 '나'는 불륜을 저지르고, 아내와 이혼하고, 직장에서는 해고당한다. '나'의 인생이 최악으로 다다르는 일은 마치 '너'와는 아무런 관계가 없다는 듯 서술되지만 7년 만에 다시 '너'를 만난 자리에서 '나'는 그 모든 일에 '너'와 '나'의 문제가 있었음을 깨닫는다.

> "너희, 자기가 정상이라고 생각하는 교만한 이성애자들은 꼭 그렇게 묻더라. 언제부터 게이였느냐. 나를 어떻게 생각해온 거냐. 나를 볼 때마다 몰래 흥분한 거 아니냐. 기분 더럽다…… 내 대답은 이래. 나도 눈이 있고 수준이 있거든? 미안하지만 너희들은 내 취향이 아니야."
> (「믜리도 괴리도 업시」, 169쪽)

'나'는 '너'와 '너'의 애인을 만난 자리에서 "아, 내가 혹시 질투라도 하는 것은 아닐까"(170쪽) 생각한다. 이제 '나' 스스로도 '사랑'의 감정을 뚜렷이 느끼고 있는 것이다. '너'의 저런 대답을 듣고도 '나'는 계속해서 애정을 확인하려든다. "노래방"에서 금발의 게이 독일계 유대인이 젊은 여자들을 앞에 두고 "빌어먹게 노래를 못 부르"고, 그런 애인을 위해 '너'가 "열심히 하면 할수록 기괴하게 여겨"지는 춤을 추는 소설의 마지막 장면은 이 소설집 전체를 통틀어 가장 기묘하게 아름다운데, 그 끝에 '나'는 그게 "사랑이야? 사람이야?"(176쪽)라고 묻는다. '나'는 무슨 대답을 바랐던 것일까. 어떤 대답을 듣더라도 '미워할 사람도 사랑할 사람도 없이' 살았던 '나'는 끝내 돌에 맞은 것처럼 울지 않을까.[*]

　여기 실린 여덟 편의 소설을 읽고 나면 마치 긴 여행을 다녀온 느낌을 받게 될 것이다. 성석제의 소설들은 우리를 다른 곳에 데려다놓는 것이 아니라 출발했다가 그대로 다시 제자리로 돌아오게 한다. 물론 읽고 난 뒤의 우리는 어딘가 바뀌어 있겠지만, 그의 소설은 특별한 결말을 제시하지 않는다. 이야기를 따라 걷다보면 어느새 우리는 자연스럽게 원래 있던 자리에 안착한다. 이야기는 대책 없이 열려 있는 것도 아니고, 무책임하게 흐지부지 끝나지도 않는다. 성석제는 사건을 자연스럽게 종결시키는 능력이 있다. 다시 한번 언급하건대 그는 디테일을 확보하고, 개연성을 부여한 뒤, 사건을 종결시킨다. 이 단순한 소설의 작법을 능숙하게 해내기란 결코 쉬운 일이 아니다.

　또한 이 소설집의 작품들에서 나는 작가 성석제의 자신감도 느낀다. 그의 소설은 단편이지만 '일생'을 다루는 경우가 많다. 서사의 시간에 구애받지 않고 효율적이고 정확하게 서술한다는 의미가 될 것이다. 그리고 그는 현실이나 시대에 무턱대고 기대지 않는다. 시대의 고통을 외면하지 않으면서 현실 속으로 매몰되지 않는 개인을 길어올린다. 마지막으로 이것이 중요한데, 성석제의 소설은 독자들에게

---

[*] 어듸라 더디던 돌코 / 누리라 마치던 돌코 / 믜리도 괴리도 업시 / 마자셔 우니노라 (「청산별곡」 중에서)

부담을 주지 않는다. 자기 할말을 쏟아내는 성석제 소설 특유의 화자들은 마치 '듣는 소설'을 연상케 한다. 그러니 우리는 그냥 읽기만 하면 된다.

작가의 말

깨달음을 얻은 자는 그렇지 못한 자들에게 말했다.

"세상을 유행遊行하라, 세상을 사랑하기 위하여. 신과 인간의 이익과 애정과 안락을 위하여."

인간은 사랑 없이는 존재할 수 없는, 사랑의 산물이고 사랑을 연료로 작동하는 사랑의 기계이다. 살아가는 한 사랑하지 않을 수 없다.

길로 덮인 세상을 유행하는 내게 서슴없이 다가와 나를 통과해가는 이야기들, 존재들, 삶이 고맙다. 사랑이, 미움이, 적멸이, 모두 다.

2016년 10월

성석제

| 수록 작품 발표 지면 |

블랙박스 ······ 문학동네 2014년 겨울호

먼지의 시간 ······ 문학과 사회 2014년 겨울호

매달리다 ······ 도요문학무크 2016년 가을호

골짜기의 백합 ······ 학산문학 2015년 가을호

믜리도 괴리도 업시 ······ 창비 2015년 겨울호

사냥꾼의 지도 ······ 도시와 나 2013년 12월

몰두 ······ 에스콰이어 2014년 1월호~3월호

나는 너다 ······ 경향신문 2016년 10월 6일

문학동네 소설
믜리도 괴리도 업시
ⓒ 성석제 2016

초판인쇄 2016년 10월 5일
초판발행 2016년 10월 12일

지은이 성석제
펴낸이 염현숙
책임편집 이연실 | 편집 김봉곤
디자인 고은이 유현아
마케팅 정민호 박보람 이동엽 배규원
홍보 김희숙 김상만 이천희
제작 강신은 김동욱 임현식 | 제자처 영신사

펴낸곳 (주)문학동네
출판등록 1993년 10월 22일 제406-2003-000045호
주소 10881 경기도 파주시 회동길 210
전자우편 editor@munhak.com | 대표전화 031) 955-8888 | 팩스 031) 955-8855
문의전화 031) 955-3576(마케팅) 031) 955-2651(편집)
문학동네카페 http://cafe.naver.com/mhdn | 트위터 @munhakdongne

ISBN 978-89-546-4250-7 03810

www.munhak.com